对联创作学

著/邹宗德

天津出版传媒集团
天津古籍出版社

图书在版编目(CIP)数据

对联创作学 / 邹宗德著. -- 天津 : 天津古籍出版社, 2022.6

ISBN 978-7-5528-1233-6

Ⅰ. ①对… Ⅱ. ①邹… Ⅲ. ①对联—创作方法—中国 Ⅳ. ①I207.6

中国版本图书馆CIP数据核字(2022)第096364号

对联创作学

DUILIAN CHUANGZUOXUE

出　　版	天津古籍出版社
出 版 人	张　玮
地　　址	天津市和平区西康路35号康岳大厦
邮政编码	300051
邮购电话	(022)23517902
策划编辑	张福寅
责任编辑	杨　颖
美术设计	明轩文化·贾丽娜
印　　刷	廊坊市鸿煊印刷有限公司
经　　销	新华书店
开　　本	710毫米×1000毫米 1/16
印　　张	25.5
字　　数	295千字
版次印次	2023年5月第1版　　2023年5月第1次印刷
定　　价	88.00元

序

余德泉

宗德君是一个很厚道的人，一个很敬业的人，一个很爱家乡的人，一个很谦虚的人，一个做人和做学问都很严谨的人。这是我与宗德交往二三十年的感觉。

宗德对师长很关心很尊重很爱护，在同辈之间也相处得很和谐。这一点，在邵阳一些大学教授和楹联界同道、特别是在湖南楹联界都是有口皆碑的。根本原因，就是他从来不把自身的利益作为与人交往的筹码，也从来不因为自己在某方面做出了成绩就自以为是。

几十年来，他对楹联事业一直很执着。一方面是刻苦学习，不断提高。就其对联创作来看，而今已颇为成熟。另一方面，他不断搜集整理资料，丰富楹联知识，开阔楹联视野。他不仅搜集了许多资料，而且编著了好几部书，上百万字。在丰富自己的同时，还能忠实地履行湖南省楹联家协会副主席和邵阳市楹联学会会长的职责，不断推动邵阳地区和湖南省楹联事业的发展。他能够被中国楹联学会评为“中国联坛十秀”并获得中国楹联最高奖——梁章钜奖，绝不是偶然的，也是当之无愧的。

宗德忠实履行职责，他对邵阳楹联事业发展所做的突出贡献，正好体现了他对自己家乡的深厚感情。尽管每个人都有自己的家乡，但却不是每个人对家乡的情感都是那么深厚的。这一点很可贵，也可以看出他的情操。他从二十多岁开始就发起组建邵阳市楹联学会，并担任副会长，三十多岁就担任会长了。30多年来在楹联园地孜孜以求，他做了许多有影响的大事。上世纪末，他主持的"城步儒林镇隐字联"活动轰动海内外，《羊城晚报》、上海和香港《文汇报》《人民日报·海外版》以及全国许许多多文摘类报刊都报道了这一盛况；2005年，他发现了武冈浪石古楹联村，并为武冈成功争取到了"中国第一古楹联村"这块金字招牌；他还策划打造了"邵阳楹联第一镇"（邵东廉桥）、"邵阳楹联第一乡"（隆回荷田）和中国家训楹联村（隆回七江），并协助洞口和邵东成功打造"中国楹联文化县"。他连续16年在《邵阳晚报》主持"巧联句"栏目，在邵阳电视台开讲《邵阳的楹联文化》，在《邵阳日报》开辟《水府品联》和《邵阳名胜楹联》专栏，出版了《邵阳古代楹联集》《邵阳现当代楹联集》《邵阳名胜楹联集》《邵阳历代名联鉴赏》等邵阳历史上划时代意义的楹联著作，让楹联文化在全国占有了一席之地，也将楹联文化的种子播种到了更多邵阳百姓的心田。邵阳是车万育的故乡，车万育是《声律启蒙》的作者，尽管有人质疑，但清康乾以来书上就是这么印的，我几岁时读《声律启蒙》就只知道作者是车万育。《声律启蒙》是一部诗词楹联的重要启蒙读物，在过去的私塾教育中对青少年有很大的影响。十几年来，宗德不仅搜集了十多个《声律启蒙》不同时期的版本，准备集印出版，而且一直奔走呼号，希望修缮车万育故居。通过宗德和许多有识之士的努力，故居的修缮工作已经动工，车万育故居很快就会正式成为文物保护单位。

宗德对学习总是抱着虚心的态度，他常常在电话中同我探讨楹联等有关问题，凡是没有把握的地方总要弄清楚，我感受颇深。为推动楹联事业的发展，他常常组织活动。为了把活动开展好，他也总是广泛征求意见。这不仅是一种态度，而且是一种可贵的品格。

宗德是一位在创作、理论、教育、活动等诸多方面齐头并进的联家。《对联创作学》这本书，是宗德学习研究楹联的心得，也是他从事楹联教育的讲义。由于这一段时间事务繁忙，我只作了粗略的浏览。这本书花了宗德很多心血，给我的总体印象非常不错。尽管我们的认识还存在不完全一致的地方，但毕竟是见仁见智的问题，个别问题也许还有待深入，这也是对联理论的发展要求，治学追求之所在。宗德现在已从银行行长的岗位上退了下来，有更多的时间和精力投入于楹联事业。对于一位联家来说，这个年纪可能正是如日中天的时候，以宗德君的品性和治学精神，他定会迈上一个新的台阶！这一点我坚信。

2021年7月12日于山语林居卧云台

余德泉：四川叙永县人。1965年毕业于北京大学中文系。中南大学教授，中南大学楹联研究所所长，中国首位对联学研究生导师，中央文史馆书画院研究员，湖南省文史馆员，中国楹联学会顾问，湖南省楹联家协会名誉主席。

目　录

第一章　对联的源流

对联又称楹联，是我们中华民族文化的瑰宝，是人类艺术的珍品。短短两行文字，却蕴涵丰富，美不胜收，她能写景状物，能言情述志，能叙事说理，几乎具有一切文学形式的功能。她能运用各种修辞手法和艺术技巧，创造出丰富多彩的美学境界，在平仄对仗的外衣里面包含抒情美、理性美、意象美、含蓄美、简洁美、空灵美、音韵美。对联的普及性也是其他任何艺术形式无与伦比的，她可以雅俗共赏，艺术特色多姿多彩，诵读这些对联，是一种高尚的艺术享受。

对联是具有一千多年历史的独立文体，是词语对仗和声律协调的传统格律文学，是中华民族传统文化的瑰宝。它产生于古代朴素的哲学思想：阴阳学说，即对立统一观点，如：

阴——阳　天——地　乾——坤
虚——实　父——母　多——少
长——短　安——危　大——小

2017年，中国楹联学会认可甘肃天水为“中国对仗理论发源地”，因为天水是中华人文始祖伏羲氏的故乡。伏羲氏以其超凡的智慧，发明了八卦符号，通过相互演变，揭示了阴阳对立统一规律，奠定了中华民族的哲学根基。对联的核心是对仗，这是区别于其它文学样式的最本质的特征。天地之道，阴阳平衡而已；对仗之道，也是阴阳平衡而已。所以，天水也是诞生对仗理论的地方，是对仗理论的发源地。

从美学原理分析，对联源于对称美的原理。古希腊哲学家毕达哥拉斯曾说过："美的线条和其他一切美的形体都必须有对称的形式。"对称是指图形或物体相对某个点、直线或平面而言，在大小、形状和排列上具有一一对应的关系。对称美无处不在，无处不有，世界因为对称而更加美丽。它犹如空气一般寻常，而又无比珍贵，一个人失去空气，就会死亡；如果失去对称美，那也是十分恐怖的事。对称美是对联的主要特点，它不仅是外观上的对称，更是内容和意义上的对称，在平平仄仄中彰显对称美的无穷魅力，充满了对称美的韵味。

对联最早的雏形是桃符。原来，早在秦汉以前，我国民间每逢过年，有在大门的左右悬挂桃符的习俗。桃符就是用桃木做的两块木板，上面分别刻画驱鬼二神"神荼"和"郁垒"形象。据东汉应劭《风俗通义》记载："上古之时，有荼与郁垒昆弟二人，性能执鬼，度朔山上章桃树下，简阅百鬼。无道理妄为人祸害(者)，荼与郁垒缚以苇索，执以食虎。于是县官常以腊(月)除夕，饰桃人，垂苇索、画虎于门，皆追效于前事，冀以卫凶。"这个记载也表明以桃木辟邪的历史早矣。唐代以后，"神荼""郁垒"又换成了尉迟恭、秦叔宝等人物形象。到了五代，人们开始把联语题在桃木板上。据《宋史·蜀世家》云："(孟昶)每岁除，命学士为词，题桃符，置寝门左右。末年，辛寅逊撰词，昶以其非工，自命笔云：'新年纳余庆，嘉节号长春。'"这便是我国最早的一副春联，这一年正是公元964年。第二年，赵匡胤派兵统一了后蜀，将孟昶掳走，派吕余庆做成都(原后蜀都城)地方长官，同时，宋太祖将自己的生日定为长春节，故此联成了后蜀亡国的先兆，这副春联被后人称为“谶语联”或“签语联”。

宋代以后，民间新年悬挂春联已经相当普遍了，王安石的“千门万户曈曈日，总把新桃换旧符”就是当时春联盛况的真实写照。由于春联的出现和桃符有着密切的关系，所以古人又称春联为“桃符”。

最早的春联并不代表最早的对联。最早的对联有晋代说和唐代说。《晋书》记载了晋代文学家陆机之弟陆云在张华家的一则应对故事：云与荀隐素未相识，尝会华坐，华曰：“今日相遇，可勿为常谈。”云因抗手曰：“云间陆士龙”，隐曰：“日下荀鸣鹤”。这两人的自我介绍就是一副十分工整的对联。还有关于王羲之的对联故事，但没有可靠的根据。不过，唐代的对联却发现了好几副，如唐人酒令中有这样一副对联：(令)鉏麑触槐，死作木边之鬼；(答)豫让吞炭，终为山下之灰。《全唐诗话》卷四“温庭钧”条：李义山谓曰：“近得一联，句云‘远比赵公，三十六年宰辅’，未得偶句。”温云：“何不云：‘近同郭令，二十四考中书。’”这都是十分成熟的对联。可见唐代说应该靠得住些。

从五代到元代，是对联的推广、发展阶段。春联无疑是五代时期的重要品种。宋代之后，对联的种类增多，出现了挽联，如苏颂挽韩康公联：“三登庆历三人第；四入熙宁四辅中”，这是我国史籍记载最早的一副挽联。还出现了题赠联、名胜联、书院联、喜庆联、谐趣联及灯联等。此时的对联吸收了词曲语言变化的特点，以长短句创作对联，字数上已不再是单纯的短联了。此外，苏轼、赵孟頫等大书法家将联墨合一，丰富了对联独特的审美功能。

明清两代，是对联的鼎盛时期。朱元璋建都金陵后：“除夕传旨，公卿士庶家，门上须加春联一副。”“春联”之名，即由朱元璋提出。他还“微行出观”，见一户人家没贴春联，一问，原来这户人家是阉猪的，不识字，于是朱元璋亲自动笔为他写了一联：“双手劈开生死路，一刀割断是非根。”运用行政命令推广某种文体，实属罕见。

清代的许多皇帝也是对联高手，如雍正、康熙、乾隆、慈禧、光绪等都有对联传世，以乾隆为最。康、乾都很重视宫廷春联，乾隆时，专门派楷书写得好的翰林亲自书写。清代的对联著作也比较多，尤以清代梁章钜的《楹联丛话》最为著名。该书分为故事、应制、庙祀、廨宇、胜迹、格言、佳话、挽词、集句、杂缀等十类。这一时期，还有两本著名的对课读物，一是邵阳人车万育的《声律启蒙》，二是浙江金华人李渔的《笠翁对韵》。两书都是以当时通用的平水韵为准，按上下平声三十韵的秩序，依韵对句，每韵各有对文三则，每则对文十句，每句自一二字、三四字、五六字至十余字，对得自然、贴切、流畅，文采斐然，读来朗朗上口，引人入胜。它们是我国声律类对书的代表作，是与《三字经》《百家姓》一样家喻户晓的儿童启蒙之书，同时也是我国楹联史上的瑰宝。优美的韵律，在古老的神州大地上曾经响彻了两个世纪。

在这一阶段中，对联作家灿若群星。有前面提到的皇帝，有政治家林则徐、曾国藩、左宗棠、张之洞、康有为、梁启超，有文学家祝允明、徐渭、魏源、李渔、杨慎、袁枚、俞越、阮元、王闿运等，有书画家董其昌、郑板桥、赵藩、何绍基、邓石如等，还有擅联而闻名于世者，如解缙、纪晓岚、孙髯翁、钟云舫、方地山等。辛亥革命后的一二十年，仍然是对联的鼎盛时期。孙中山逝世，仅《哀挽录》就收了1406副挽联，实际数目可能在30万副左右。此时，孙中山、黄兴、蔡锷、章炳麟、秋瑾、李大钊、鲁迅、郭沫若、刘师亮都擅长撰联。

新中国成立后，对联文化渐渐衰落，特别是“文化大革命”时期，传统文化遭到破坏，对联也成了“四旧”。虽然对联习俗还没有完全禁绝，形式还偶尔被运用，但几乎无艺术性可言。2021年，友人杨运焰先生送给我一本湖南省隆回第二中学革命委员会1969年油印的《革命联语》，这是一个袖珍小册子，分为九类：毛主席诗词集句联、歌颂毛主席歌颂共产党、国庆、"文化大革命"、贺烈军属、春节、结婚、新居、其他。除郭沫若集毛主席诗词的集句联外，其他基本上是标语口号，如："坚决听毛主席话，永远跟共产党走。""毛泽东思想传万代，红太阳光辉照九州。""革命形势无限好，红色江山万年春。""不忘阶级苦，牢记血泪仇。"春联："东风万里，三面红旗引来大胜利；春光一片，六亿人民喜迎新高潮。"；婚联："鸾凤和鸣，声声歌颂共产党英明伟大；夫妻好合，双双祝福毛主席万寿无疆。"；新居联："住新房，想过去，提高阶级觉悟；树雄心，立壮志，攀登忠字高峰"；"其他"类似乎有寿联："永葆革命青春，年老心难老；增强人民体质，古稀今不稀。"这些对联虽然没有什么艺术性，但它是楹联文化在一个时代打下的烙印，具有重要的文献价值。

改革开放以后，传统文化复苏，对联文化再度兴盛，以1984年中国楹联学会在北京成立为重要标志。在将近40年的时间里，对联发展十分迅猛，对联创作水平日新月异，对联理论的研究逐渐系统化、权威化。中国楹联学会制定的《联律通则》逐步得到推广，楹联的基本规则正逐步得到统一。

第二章 对联的文体属性

作为一种独特文学形式的对联，从广义的文体属性来分析，应该属于诗歌的范畴。因为我们的文学理论将文学分为诗歌、散文、小说、戏剧四大类，对联是从诗歌中产生的，所以应归属诗歌一类。从狭义上来分析，对联应该具有实用属性、谐趣属性和文学属性三个方面的特点。

一、实用属性

实用型文体是与欣赏型文体相对的，它是为解决实际问题而撰写的，是社会生活中具有特定用途的文章。中国楹联学会颁布的《联律通则》在“引言”中说：“楹联是中华文化宝库中的独立文体之一，具有群众性、实用性、鉴赏性，久盛不衰。”自对联产生时起，它就与人们的日常生活息息相关，并逐渐融入到了中国的民间习俗之中，成为中国传统文化不可缺少的一部分。一般认为，最早出现的实用对联是春联，而春联起源于桃符，因而对联即传承了桃符的民俗性，并逐渐盛行，延续至今。总之，浓厚的传统性与实用性，是对联赖以生存和发展的土壤。从开始只限于春联的尝试，至后来延伸到各种行业，不断创新，不断发展，充分说明楹联有着极其强大的生命力和独特的实用性。它有着比诗歌更广泛的实用价值，是一种实用性很强的文学形式。不管是典雅的、通俗的还是雅俗共赏的对联，不管是婚丧还是厅堂、廨宇、名胜对联，都能营造出一种祥和、喜庆，或者庄严、典雅的气氛与格调。如古代的通用婚联：

雀屏欣中目；
鸿案庆齐眉。

上边运用了唐高祖李渊雀屏中目的典故，意喻婚姻乃天作之合；下边运用了后汉梁鸿和孟光举案齐眉的典故，祝愿婚姻幸福美满，十分贴切典雅。根据贴对联的门柱的高矮来调整对联长短，门柱高的，对联可以长一点，如：

金屋莺娇，喜抱鸳衾开锦帐；
玉堂燕喜，笑依鸿案进芳樽。

上边运用金屋藏娇的典故，描绘洞房的喜庆气氛；下边描绘宴饮喜乐的场景。上下边对仗十分工整，珠联璧合，与天赐的良缘构成一个美满的意境。婚联为喜气的营造起到了画龙点睛的作用。复婚的对联则又有所不同：

晓镜新眉描黛月；
桃源旧路驾轻舟。

喜庆的氛围是一样的，但和新婚还是有区别的，为了让客人看得出来，分寸的把握须恰到好处才行。

对联最本质的艺术特征就是对仗，而只有严谨的格律，才能保证它的对仗。这是世界上其他任何文字都做不到的,所以说对联是中国独有的应用文。

二、谐趣属性

汉文化的精华,首先在于汉文字。汉字之形、音、义,都具有变化无穷的艺术表现力。在汉文字发展的历史长河中,有两种最为精巧的汉字民俗文艺,那就是字谜和对联。其中,对联中的机巧联,又叫谐趣联或技巧联,俗称机关联。机巧联往往在对联对仗规则的基础上,借助汉字音、形、义某一方面的特殊情况,运用各种修辞手法和别出心裁的奇思异构创作而成,它包含嵌字、隐字、复字、叠字、偏旁、析字、拆字、数字等。机巧联用途广泛,它或褒扬、或鞭挞,或讽刺、或赞美,或鼓励、或自勉,或斗智、或游戏,无所不及。其实,纯以搞笑谐趣、斗智试才为目的的游戏性对联也不少,游戏性楹联在宋代就很普遍了。苏轼就曾经创作过不少游戏性对联,留下了许多趣闻佳话。传说苏轼、苏辙与佛印一起出游,过巫山时,佛印随性吟出一句上联:“无山得似巫山好。”苏轼听罢,略微思考,便对出下联:“何叶能如荷叶圆?”“无”和“巫”谐音,“何”和“荷”同音,“何叶”对“无山”,“荷叶”对“巫山”,非常工整,佛印拍手叫好。可是,站在一旁的苏辙似乎有异议,他认为“荷叶”对“巫山”还不够对称,山应该对水才更匹配。于是,他对了一个下联:“何水能如河水清?”

从苏轼以后,对对子成为文人乃至普通百姓津津乐道的一种试才斗智的文字游戏。明代的朱元璋、刘基、解缙,清代的乾隆、纪昀都是热衷于游戏性对联的大师。特别是纪晓岚留下来的对联故事最多,这可能与他的学生梁章钜的著述传播有关。梁章钜《巧对录》载:

吾师纪文达公尝言，世间书籍中语，无不可成偶者，客举“唯女子与小人为难养也”。公曰：“有寡妇见鳏夫必欲嫁之。”又举“孟子致为臣而归”，公应曰：“伯夷非其君不仕。”皆信口拈出，不假思索，自是别才。

梁章钜在他的《巧对录》中说：

余辑《楹联丛话》，多由朋好录贻，而巧俪骈词，亦往往相连而及。余谓是对也，非联也。语虽通而体自判，因别载而存之箧。衍积久裒，因复搜取说部诸书及前后所记忆，汇次成帙。昔宋人诗话，喜言巧对，然不过数联而已。

梁章钜把巧对只算对仗，而不算对联，未免失之偏颇。与一般律联相比，机巧联在格律上的要求少了几分苛刻，而在趣味性上又多了一些特点。趣联的谐趣来自其俊秀之美，它追求的是一种对称、均衡、完整、和谐的趣味，因逻辑的严密、思维的辩证、色调的鲜明和形式的工整而产生一种流畅、摇曳、映衬、照应之美。对仗形式本身就是一种“天机自合”的机趣，使谐巧成为对联的一个重要属性，所以古人称对仗语句为“巧俪骈词”。楹联历来被很多人视为笔墨游戏，虽为偏见，但也说明了楹联具游戏性的特点。许多机巧联，既包含了思维游戏和语言游戏的成分，又蕴含了文学的特质。如果单纯向对得工、对得巧上发展，就纯粹变成了一种语言和思维斗才斗智的文字游戏了。

三、文学属性

从文化学和民俗学角度来说，对联就是一种文化，给普通大众的印象，就是一种实用文化或娱乐文化，对对联作者来说，大家更重视的应该是对联的文本部分。或者说，对联作者都希望自己是一位楹联作家，而不是一位楹联写手。如果从更深的层面上，用文学和文艺学的观点来审视对联文化的核心部分，也就是它的文字内容，我们又会得出一个新的结论：“对联是一种文学体裁。”

一千余年来，对联虽然受到了人们的喜爱，却在文坛上没能得到应有的重视，很少登入大雅之堂，还被一些学术权威以“雕虫小技”“笔墨游戏”视之。梁启超就曾经把对联称为“苦痛中的小玩意儿”。还认为“对联起自宋后，在骈俪文中原不过是附庸之附庸”。张之洞的弟子许同莘在为老师编《张文襄公全集》增订本时，竟然将对联部分全部删去。像徐文长、郑板桥、曾国藩等在对联方面很有成就的文人雅士，都在自编诗文集时，将对联弃而不录。打一个比较通俗的比方，她就像古代富贵人家中风情万种的小妾，颇受主人宠爱，却总得不到名分。得不到名分，就上不了谱，因而造成很多优秀的对联没能流传下来。在我国洋洋大观的文学史专著中，有些连歌谣等俗文化都有论及，可偏偏不涉及对联，似乎与对联结了仇一样，偏见颇深，生怕对联沾上文学的边。究其原因，一方面是对联的实用文体形象已深入人心，从民间而言，对联的主要功用是生活实用，大家见到的最多的也是春联、婚联等生活实用联语，这就给对联打上了深深的实用文体的烙印。而实用文体(如书信、总结、文书等)一般是不包括在文学体裁之内的；另一方面，对联中的巧对也深入人心，而巧对一般属于文字游戏类，它偏重于趣味性而忽视思想情感的表达，所以正统的文学观不会把文字游戏囊括其中，很大程度上拖累了对联成为文学体裁。

然而，这一最能体现中华民族传统文化精髓的艺术品类，从未因为文人们的偏见而衰落，反而活得越来越精彩，展示了对联顽强的生命力，这正是对联的魅力所在。艺术有它内在的规律，它不因人们的喜好而出现。自梁章钜《楹联丛话》之后，楹联越来越受到了人们的重视。文学史家程千帆在《关于对联》一文中指出："（对联）本应该在文学史中占一席之地，但不知为什么，却被我们的文学史家们在一致同意下开除了，这恐怕也是文学界应该平反的错案之一。"确实应该为对联平反了。现代著名诗人、文学理论家刘大白先生在其《白屋联话》中明确指出：

> 联语，是律体的文字，是备具外形的律声的文字。它备具整齐律、参差律、次第律、抑扬律、反复律、当对律和重叠律。凡是中国诗篇的外形律，它无一不可以备具。所以单就外形而论，它实在可以说完全是诗的。至于它的内容，虽然一部分是教训式的格言和颂扬式的谀词等，但是大部分是写景的和抒情的，与诗篇的内容一致。所以它走不出诗篇的范围，可以说是诗篇的一种。

诗是文学史上一致公认的文学正宗，对联源于诗，自然是诗之一种。在对联成为实用文体的过程中，一部分对联淡化了它的文学性，但文学性始终是其主流，文学性的对联是诗中之诗。对联将汉语言的优越性发挥到了极致，古之智者曾云："文之妙者为诗，诗之精者为联。"现在有很多初学者愿意写诗，却不愿意写对联，因为觉得对联比诗难写。一首绝句，一般有一个出彩的句子，一首诗就基本上能完成。而对联，有一个出彩的句子是绝对不行的，因为要求对边要强于出边。对边要求更加出彩，这就是对联的难点所在。如姚铁松中丞守武昌时撰厅事联：

笔下留有余地步；

胸中养无限天机。

出边饱含人生哲理，意思是说，做事要留有余地，要留白，要有宽容之心。短短七个字，表达出了一种高超的人生智慧，意蕴已臻高致。然而下边在与对边对仗十分工整的情况下，不但没有弱于出边，反而气势更足一些，境界更高一筹，还与出边一脉相承，意蕴归于极致，非文学高手不能为也。

那么，与前述的谐巧属性和实用属性相对照，对联的文学属性，其特质究竟是什么呢？文学写作是一种以塑造文学形象为目的，具有形象性、审美性和创造性的写作实践活动。而实用写作是以适合社会实用性为目的的写作实践活动，具有实用性、规范性和简明性的特点。不过，对于对联来说，其实用性和文学性特点有时难以做到泾渭分明，不像一般的文学写作和应用写作那么明显，有的对联即具有双重特点。例如在前面“实用属性”一节中所举的例子就是，因为这几副对联运用了形象思维。1983年，著名语言学家王力作了这样一副春联：

做好公民，爱国坚持四原则；

行新局面，兴邦全靠两文明。

这副春联就仅仅具有实用性特点，它将应景作为第一要务，语言直白老套，没有形象性、创造性，不符合文学审美特点。下面这一副春联就不一样了：

晴绿乍添垂柳色；

春流时泛落花香。

这副春联采用意象的表达方式，具有文学的审美特点。文学属性主要在于“审美特质”的有无多寡。鲁迅在《摩罗诗力说》中论述，好的诗人（可泛指文学家）必须“能宣彼妙音，传其灵觉，以美善吾人之性情，崇大吾人之思理者”。文字不单单用来记录（尺牍、新闻、文书等），而是作者心灵的自由抒发，融入了作者的思想和情感，并具有艺术审美价值，才可称为文学艺术。请看大观楼长联：

五百里滇池，奔来眼底，披襟岸帻，喜茫茫空阔无边。看：东骧神骏，西翥灵仪，北走蜿蜒，南翔缟素。高人韵士，何妨选胜登临。趁蟹屿螺洲，梳裹就风鬟雾鬓；更苹天苇地，点缀些翠羽丹霞，莫辜负：四围香稻，万顷晴沙，九夏芙蓉，三春杨柳。

数千年往事，注到心头，把酒凌虚，叹滚滚英雄谁在？想：汉习楼船，唐标铁柱，宋挥玉斧，元跨革囊。伟烈丰功，费尽移山心力。尽珠帘画栋，卷不及暮雨朝云；便断碣残碑，都付与苍烟落照。只赢得：几杵疏钟，半江渔火，两行秋雁，一枕清霜。

这副长达一百八十字的对联，写景则气魄宏阔，诗情画意，有远景，有近景，有动态，有静态，有实写，有虚写；咏怀则因景及情，格调苍凉，有吊古，有伤今，有赞叹，有惋惜，有嘲讽，有伤感。文学手法多种多样，仅修辞手法就运用了比喻、排比、借代、呼告、用典、对偶、数字等等，至于语言的锤炼，气魄的宏伟，对仗的工整，用典的贴切，意境的壮美，内涵之丰富，一气贯注，浑然天成，赢得很多文学爱好者的激赏和倾倒。此联被誉为“古今第一长联”，主要因为它是对联文学的经典之作。

第三章　对联的社会功用

一、审美作用

对联，是语言艺术的浓缩精品，是中华文化的一朵奇葩，具有极其丰富的审美作用。可以说，无论是从形式上还是从内涵上来说，对联都具有很高的审美价值。

1.形式美

对联是具有一千多年历史的独立文体，是词语对仗和声律协调的传统格律文学，是中华民族传统文化的瑰宝。对称美是对联的主要特点，它不仅是外观上的对称，更是内容和意义上的对称，在平平仄仄中彰显对称美的无穷魅力，充满了对称美的韵味。

对联的物质形式要用工艺美学衡量。不同物质形式的对联，有不同物质的加工制作工艺，石料、水泥、陶瓷、竹、木、金属等，各种工艺使对联由平面的对称美转换为立体的对称美，由二维变成三维。这也使对联具有了建筑美。对联就像一架梯子，两侧平行，每个字就是一级梯阶，七字联就是七级梯，十个字就是十级梯。这架梯子就是对联的建筑美、立体美。

再者，一副对联的上下边，句式和节奏点相同，平仄协调，朗读起来，无论是朗读者还是聆听者，都能获得一种节奏和音律上的和谐美。对联的音乐美是单音节汉字按音韵规律排列起来的大合唱。对联的平仄就像钢琴等键盘乐器上的黑白键，黑白键是递进的音阶，平声字好比白键的全音，仄声字好比黑键的半音。平仄如黑白键一样错落有致，洋溢出语言韵律的天籁之音。

2. 内涵美

我们的汉语是一种诗性的语言，是对联文学最肥沃的土壤，同时，又是对联把汉语的特殊优越性发挥到了极致，属对"触摸"到了汉语言的声音、形体、色彩、结构、分量、品质等等，从而领略到汉语本身独特的声、音、义的综合美、立体美，是"通文理捷径"。

一副好的对联，不仅形式上要对称，内容上也要讲求对称。从语意的份量上看，其上下边一般是彼此相当、上下对称的，在内涵上也具有一种均衡美。从人们的审美习惯看，下边可略重于上边，而上边绝不可重于下边。这样，不但不会影响它的均衡美，还能产生一种稳重感。如果上联重于下联，就会显得头重脚轻，致使重心不稳，失去均衡。对联的均衡美，还表现在上下联意蕴的份量和修辞手法的运用等方面。另外，还有格调、情感、风格、气韵等方面的均衡。

总之，对联仅仅短短的两行文字，却蕴涵丰富，美不胜收，她能写景状物，能言情述志，能叙事说理，几乎具有一切文学形式的功能。她能运用各种修辞手法和艺术技巧，创造出丰富多彩的美学境界，在平仄对仗的外衣里面包含抒情美、理性美、意象美、含蓄美、简洁美、空灵美、音韵美。对联的普及性也是其他任何艺术形式无与伦比的，她可以雅俗共赏，艺术特色多姿多彩，诵读这些对联，是一种高尚的艺术享受。

二、教育作用

对联的教育作用首先表现在启蒙教育上。古代的启蒙教育非常注重蒙童的语感培养，课堂上常有对仗和对句的练习，例如启蒙通用教材《声律启蒙》《训蒙骈句》《笠翁对韵》等都是以对仗句式编写的，私塾教育中对课更是当时的基础必修课，以此来锻炼思维、增加知识、培养语感等。此外，对句在民间的流行与活跃也起到了传播知识、活跃思维、增加文化积累的作用，很多资料记载了带有浓烈民间习俗风格的趣对、巧对故事。

从对联的内容上来说，对联的教育作用主要表现在对人们的思想影响上，它体现在社会的各个方面。

人们作对联，一般都要表达某种思想观点或者政治倾向。一般来说，对联所要表达的观点需符合传统价值观和主流价值观，难以被普通大众接受的观点很难开拓这一市场。例如，我们有句古话："八字衙门朝南开，有理无钱莫进来"，但这种观点绝不会出现在衙门的对联里面。衙门的对联更多的是教育官员的对联，如河南省内乡县三省堂联：

吃百姓之饭，穿百姓之衣，莫道百姓可欺，自己也是百姓；
得一官不荣，失一官不辱，勿说一官无用，地方全靠一官。

这是清代康熙年间内乡知县高以永所撰。这副楹联的意思是说，为官者吃的穿的，全是老百姓供给的，老百姓是官员的衣食父母，当官的不能倚仗权势而欺压百姓，要记住自己也是百姓的一员；不要以官职的得失为荣辱，也不要说地方官没什么用，要知道地方治理的好坏，百姓是否安居乐业，全靠地方父母官。即使到了现在，这副对联还很有教育意义。"吃百姓之饭，穿百姓之衣"，说明官员的权力来自于人民，要为民所用。"莫道百姓可欺，自己也是百姓"，道出了为官的真谛。为官不能欺压百姓，应把自己视为人民群众的一员，不要高高在上。“得一官不荣，失一官不辱”，让每个在位者清醒地看到，职位是有限的，事业是无限的，做官是暂时的，做人做事是长远的。要不为名所累、不为利所诱、不为进退去留所烦恼。

有些对联，本身的目的就是为了教育人，引导人们弃恶扬善，或者宣传自己的思想和主张。如太平天国起义时，太平军所到之处都要写对联，把他们的革命目的和政治理想写进去，普通百姓一看便懂。《贼情汇纂》一书里写道：“（太平军）最尚联句，凡陷一城，分据第宅，谓之打馆，必令充先生者搜括红黄纸张撰联句，以朱墨书之，互相夸耀。”如李秀成题指挥衙门联曰：

指示机宜，伤心二百余年，忍令故国衣冠，沦为妖服；
挥军力战，假手六千君子，但愿当朝父老，复返王都。

联语宣扬的就是打倒清政府，恢复汉民族的统治。妖服代指清统治者，王都代指明代统治者。民国年间，四川军阀杨森主政成都期间，忽发奇想，对进城挑粪的农民，开征粪捐。成都诗人刘师亮撰联讽刺道：

自古未闻粪有税；
而今只剩屁无捐。

其语言幽默辛辣，令人喷饭，所言苛捐杂税之多，又是一针见血，对社会统治腐败、民不聊生的现实作了无情批判。

对联的载体，为对联的教育作用提供了最好的平台。对联具有其他文体所不具备的载体优势，例如皇宫殿宇的大门是十分神圣的地方，其他任何文体都别想登上它的版面，唯有对联一家独大，具有绝对的垄断地位。这些神圣的地方是不能发表非主流观点的，一般只能发表社会公认的、经典的修身齐家之道，为人处世之德。一副好的对联，就是让人终身受益的箴规和格言。特别是一些说理的场所，教育联语是大有作用的，如桂林吕月沧（璜）题云南高等法院大堂联云：

我也曾为冤枉痛入心来，敢糊涂忘了当日？

汝不必逞机谋争个胜去，看终久害着自家。

联语以身说法，表达公证执法的决心，并正告讼者不要恶意争胜，震撼人心。宁乡李石冰为河南法院题联：

莫寻仇，莫负气，莫听教唆，到此地费心费力费钱，就胜人，终累己；

要酌理，要揆情，要度时事，做这官不清不勤不慎，易造孽，难欺天。

吴恭亨在《对联话》中评曰："一片村婆絮谈，而言言中肯綮，楔物俗，出幅砭讼者，对幅砭听讼者，尤若有条不紊。"

宗教场所的对联，一般是宣传宗教教义的，而很多高手则借以表达自己的思想，教育人们。湖南隆回刘友生题井湾里罗公庙联是一副绝妙的庙宇联，也是一副绝妙的教育联：

罗网防宜早，莫到犯了罪时，方才觉悟；

公庭法纵严，只要过得意去，也肯慈悲。

此联如果不是鹤顶格嵌“罗公”二字，读者会误以为是题公检法大门的对联，上边教育人们预防犯罪，下边提醒执法人员人性执法，不也是十分贴切么？极个别特殊场所的对联，如厕所联：

进来三步急；
出去一身轻。

联语只是谐趣而已，很难说有什么教育作用。可下面这一副题厕所联却不一样：

唯愿你来我往；
最恨屎少屁多。

联语看似俗不可耐，其实蕴含着一种哲理，就是不能“占着茅坑不拉屎”，让身居要位的人看了，于厕上琢磨琢磨，为什么要恨我啊？原来是我尸位素餐，没为老百姓办事啊。

三、娱乐作用

对联的对句活动应该是对联最早的娱乐作用的体现。对句活动的历史悠久，从正史上可以追溯到晋代文学家陆云和荀隐初次会面时非常语的自我介绍——“日下荀鸣鹤，云间陆士龙”。鸣鹤、士龙分别为二人的字。这副对联运用了嵌字、谐音和双关的手法，荀隐，字鸣鹤，因其家乡在京都洛阳，古代以帝王比日，因以皇帝所在地为“日下”，这句话又描绘了一幅日暮鹤鸣图，一语双关，又雅又切。陆云，字士龙,“云间陆士龙”谐音“云间鹿是龙”。这被普遍视为有记载的最早的对句故事。到了唐代,属对已相当盛行,流传的对句故事也逐渐多起来。唐宣宗以“金步摇”三字请求进士对之,温庭筠以“玉条脱”相对而得宣宗赏赐,此即一例。“金步摇”即金子制作的步摇,步摇是妇女的发饰,“玉条脱”一词出自《南华经》。“玉”对“金”,“条”对“步”,“脱”对“摇”,每个字都对得十分工整。自此以后,对句经常作为文人仕宦社交聚会的游戏方法和娱乐手段,既起了一定的交际作用,又能锻炼才智,提高修养。在这方面出现了很多广为传诵的对句,例如,北宋杨大年与寇准的对句:

水底月为天上月;
眼中人是面前人。

杨大年对翰林学士:

李伯阳生指李木为姓,生而知之;
马文渊死以马革裹尸,死而后矣。

封建时代的文人仕宦为了适应交际需要,自然应该像今天我们重视交际礼仪一样要学习对句,把它作为交际手法之一。

唐人的酒令中也以对联助兴。宋人胡仔《苕溪渔隐丛话》前集卷第二十一·香山居士条引《蔡宽夫诗话》云:“唐人饮酒,必为令以佐欢,其变不一。乐天所谓‘闲征雅令穷经史’,韩退之‘征令前事为’者,今犹有其遗习也。”文中所引以下酒令对句:

火炎昆仑；
土圭测影。

鉏麑触槐，甘作木边之鬼；
豫让吞炭，终为山下之灰。

由此可见，唐人的酒令与对联的关系。又据宋代尤袤《全唐诗话》（卷四·温庭筠）载：李商隐对温庭筠说："近得一联句云：'远比赵公，三十六年宰辅'，未得偶句。"温庭筠对曰："何不云'近同郭令，二十四考中书'。"由此可见，对联在唐代已经作为一种对仗对偶的骈俪文体从律诗中分离了出来，不仅在民间口头流传，而且成了文人墨客的娱乐遣兴活动。

古代，青年男女的结合总是要伴随一些古老的文字形式，其中的"回书"需是对句的形式。还有的地方保留着迎亲之时要写起轿联的风俗，男方写上联，女家对下联，女方若不能对就很丢脸面。有一次，某男方送来的上联是：

取女成娶，娶取淑女；

女方一看上联傻了眼，原来是一个合字对，只得请来有才华的教书先生帮忙。先生对出的下联是：

生男为甥，甥生才男。

很多地方有闹洞房的习俗，包括用婚联搞笑取乐。1935年，33

岁的毛彦文女士与在政界、学界皆负盛誉的66岁熊希龄结婚。贺熊毛结婚的对联，皆妙语如珠，雅俗共赏。如其中有这样两副：

熊希龄雄心不死；
毛彦文茅塞顿开。

九九丹成，恰好三三行满；
双双如愿，谁知六六无能。

联语借两人年龄的差距，极尽诙谐调侃之能事，引起读者抿嘴而笑。

大众喜爱对联的一个重要原因，就是对联的娱乐功能。娱乐性也使对联没有那么枯燥无味，吸引人们去动脑，给对联增添了生机与活力，也使它顺应时代的发展，不会被丢失在历史的文化长河之中。对联的娱乐性主要体现在谐趣对联之中，由于联家的雕章琢句，潜心营构，使对联中的巧对妙联成为大众最喜爱的品种。这种妙联巧对一般称为机巧对联，它是根据汉字音、形、义等方面的特点，多运用修辞手法，通过变化巧合创造出来的一种意趣，在文学意味上别具巧意，带有文字游戏的性质。历来不少妙联巧对来自民间，却也颇多出自文人、名人手笔，为生活带来了无穷乐趣！机巧对联可分成“谐音联”“同韵联”“拆字联”“迭词联”“嵌字联”“隐字联”“回文联”“同韵联”“同旁联”“飞白联”“绕口联”“谜语联”“无情对”……也有两种以上手法交织在一起的机巧联。

机巧对联一般强调趣味性而忽略文学性，二者具备的机巧联也有，如写诸葛亮的一副对联：

收二川，排八阵，六出七擒，五丈原前，点四十九盏明灯，一心只为酬三顾；

取西蜀，定南蛮，东和北拒，中军帐里，变金木土爻神卦，水面偏能用火攻。

出边用了一至十的数字，把诸葛亮一生的主要事迹作了相当全面的概括，下边要用同样的技巧来写诸葛亮的事迹，的确太难了。但作者用五方和五行来对十数，而且十分自然贴切，艺术形象丰满。其艺术匠心，令人叹为观止。

第四章　对联的类型特点

历史上流传下来的对联浩如烟海，种类繁多，纷繁复杂，但至今没有权威的分类方法。南北朝刘勰在《文心雕龙·俪词篇》中说："俪词之体，凡有四对：言对为易，事对为难；反对为优，正对为劣。言对者，双比空辞也；事对者，并举人验者也；反对者，理殊趣合者也；正对者，事异义同者也。"刘勰进一步解释道："长卿《上林赋》云：'修容乎礼园，翱翔乎书圃'，此言对之类也。宋玉之《神女赋》云：'毛嫱障袂，不足程式；西施掩面，比之无色'此事对之类也。仲宣《登楼》云：'钟仪幽而楚奏，庄舄显而越吟'，此反对之类也。孟阳《七哀》云：'汉祖想枌榆，光武思白水'，此正对之类也。"

魏庆之在《诗人玉屑》卷七中引《诗苑类格》说："唐上官仪曰：诗有六对：一曰正名对，天地日月是也；二曰同类对，花叶草芽是也；三曰连珠对，萧萧赫赫是也；四曰双声对，黄槐绿柳是也；五曰迭韵对，彷徨放旷是也；六曰双拟对，春树秋池是也。又曰：诗有八对：一曰的名对，'送酒东南去，迎琴西北来'是也；二曰异类对，'风织池间树，虫穿草上文'是也；三曰双声对，'秋露香佳菊，春风馥丽兰'是也；四曰迭韵对，'放荡千般意，迁延一介心'是也；五曰联绵对，'残河若带，初月如眉'是也(据《文镜秘府论》，第二、三字重为联绵，疑当作"残河河若带，初月月如眉")；六曰双拟对，'议月眉欺月，论花颊胜花'是也；七曰回文对，'情新因意得，意得逐情新'是也；八曰隔句对，'相思复相忆，夜夜泪沾衣；空叹复空泣，朝朝君未归’是也。”日本人遍照金刚著《文镜秘府论》，东卷专讲对偶，类分更细，共29种，此不列举。

其实，上面这些只属于对仗的类别，还不能属于对联的分类。对联的分类千头万绪，按照字数的长短，可以分为短联和长联；按照审美的趣味，可以分为俗联和雅联；按照对仗的宽严，可以分为工对和宽对。但我们通常根据用途来分。梁章钜的《楹联丛话》，把对联分为故事、应制、庙祀、廨宇、胜迹、佳话、挽词、集句、杂缀这9类。光绪年间出版的《楹联汇编》，将对联分为万寿、寿诞、职官、廨宇、故事、佳话、神庙寺观、应制、胜迹、人品、人事、格言、四书、店铺、俗语、戏名、春联、新婚、哀挽、屋宇（厅堂、山居、田家、门窗、园林、书室）这20类，分得非常细。民国时吴恭亨的《对联话》将对联分为题署、庆贺、哀挽、杂缀、谐谑等几类。民国初年胡复君编的《古今联语汇选》将对联分为名胜、园林、祠庙、刹宇、庆贺、哀挽、廨宇、学校、会馆、戏台、杂题、投赠、谐谑、谚语、杂缀，这些类别。不得不说，这些分类有些并不在一个维度上，但综合笼统看来，仍然可以勾勒出传统对联的大致分类：胜迹、园林、祠庙、格言、题赠、庆贺、哀挽、学校、会馆、集句、谐谑，等等。当然，也可以粗线条地分为题署、交际、行业、谐谑、文学等门类。笔者通过多年的实践，将对联分为春联、寿联、婚联、乔迁联、庆祝纪念联、挽联、名胜联、题赠联、杂感联、谐趣联这12类，基本上可以涵盖所有的对联。

一、春联

春联，又称“春贴”“门对”“对联”“桃符”，是过年时所贴的红色喜庆元素“年红”中的一类。春节，是中华民族“百节之首”。庆祝春节的习俗很多，在中国民间尤其是农村中保存最广的习俗当是贴春联和贴门神。贴春联是中华民族庆祝春节的第一件事情。每当春节临近之时,家家户户都在大门两边贴上一副对联,红底黑字,稳重而鲜艳,表达一家一户对新年的美好愿望。

春联的种类比较多,按照不同的位置,而分为门心、框对、横批、春条、斗斤等。“门心”贴于门板上端中心部位;“框对”贴于左右两个门框上;“横批”贴于门楣的横木上;“春条”根据不同的内容,贴于相应的地方;“斗斤”也叫“门叶”,为正方菱形,多贴在家具、影壁中。同时,还要在屋门上、墙壁上、门楣上贴上大大小小的“福”字。据《梦粱录》记:“岁旦在迩,席铺百货,画门神桃符,迎春牌儿……”;“士庶家不论大小,俱洒扫门间,去尘秽,净庭户,换门神,挂钟馗,钉桃符,贴春牌,祭祀祖宗。”

春联起源于桃符,据《后汉书·礼仪志》所载:桃符长六寸,宽三寸,桃木板上书降鬼大神“神荼”“郁垒”的名字。“正月一日,造桃符着户,名仙木,百鬼所畏。”清代《燕京岁时记》记载:“春联者,即桃符也。自入腊以后,即有文人墨客在市肆檐下,书写春联,以图润笔。祭祀之后而渐次粘挂,千门万户,焕然一新。”唐朝以后,除了以往的神荼、郁垒二将以外,人们又把秦叔宝和尉迟恭两位唐代武将的画像当作门神。相传,有一次唐太宗病了,隐闻鬼魅呼号,彻夜不得安宁。于是他让这两位将军在门外站岗,第二天夜里就宁静了。后来,唐太宗让人把这两位将军的形象画下来贴在门上,这一习俗开始在中国民间广为流传。

到了宋代,春联习俗已经相当普遍了。王安石《元日》诗曰:“爆竹声中一岁除,春风送暖入屠苏。千门万户曈曈日,总把新桃换旧符。”此诗描绘了当时家家户户挂春联的盛况。发展到清代,春联习俗更为流行,正如袁枚《随园诗话》中所记载的那样:“沿途听爆竹,逐驿读春联。"内容更加丰富，气氛更加浓厚，还出现了《桃符缀语》之类的春联专著。

春联的内容，就总的特点来说是吉祥语，表达人们辞旧迎新，对美好生活的向往。但春联也有它的时代特征，战争时期的春联与和平时期的春联也是不一样的。在湖南武冈市档案馆，保存着26副抗战时期的春联，每一副春联都紧扣抗战主题，且文字表达慷慨激昂、奋发向上，有着很强的穿透力和感染力，如其中一副是这样写的：

贤妻应劝夫入伍；
良母须送子当兵。

改革开放之后，老百姓一般喜欢以发财致富为主题的春联。随着人们文化水平的提高和楹联文化知识的普及，越来越多的人喜欢自己撰写春联，这样才能抒发自己的情感，写出有个性的春联。2020春节，在中国央视网和中国楹联学会开展的春联征集活动中，其中获得十佳的一副：

小村微信群，互晒农家喜事；
大地丰收网，遍传田野佳音。

这副对联描写的是时下农村的美好生活，融入了时代的主题。但它只能用于农村，不能用于城市，具有地域性特点。写春联和写一般对联是一样的，也要注意"切"，只是专用春联要切地点、切行业、切家庭等等，而通用春联只要切"春意"、切喜庆就行。总之，写春联要特别注意当地的风俗，切不可为了创新而写入有违风俗习惯的词语或句子。民国时襟霞阁主人著《对联作法》一书说："要注意避开不吉利的字眼，因为有许多字，为平常所用惯的，不知不觉把它使用了，还有和'死'字、'败'字的音相同的字，也要避讳。"

二、寿联

为他人或自己祝寿时题赠的对联就叫作寿联。生日是指一个人出生的日子，也指每年年满周岁的那一天。孩童和青年人，生日可直接称为"生日"，庆祝仪式称为"过生日""庆生"或"贺生"。寿，是表示一个人年纪较大。做寿的年龄有一定的规定，人届30岁诞日，称做生，但不称做寿。中国民间有俗语：30不做，40不发。40不发的原因是民间方言认为"40"的谐音为"死日"。由生日名称的更改可以看出，传统风俗中开始做寿的时间为50岁或60岁，地域不同开始的时间也不同。孔子曰："人年五十，不为短夭。"所以，50岁以上，才可以称寿，生日改称为"寿辰"或"寿诞"。给人祝寿时，要根据不同的年龄正确地称谓。有的地区，讲究有父母在世时自己不过生日或做寿，但小孩子除外，可以给小孩子过生日，至于过到几岁各有不同。旧时也有个别地区，不按年龄大小，只要添了孙辈，便开始做寿。

有的地方有"做九不做十"的习俗，即60大寿在59岁做，是为避"十全为满，满则招损"之讳。一般做寿，各年纪有不同的称呼，50岁称暖寿、半百添寿；60岁称小寿、花甲寿；70岁称中寿；80岁称上寿、大寿；90岁称绛老添寿；100岁称期颐。

襟霞阁主人在《对联作法》中也说："用字的时候，还有时间的分别，譬如在春天，说起酒来，就称韭酒。在秋天便称菊觞，不可一律通用。至于男女两性，用字上分别更多，譬如南极寿星，是只能适用于男性的，假使用于女性，便弄出笑话来了。"这也就是说，创作寿联要切合时令和身份。民国时金铁庵著《撰联百日通》关于寿联一节，除了强调要切时令外，还强调要切年岁，措辞要区别于挽联。“至于寿联，对于切年岁、切时日这两件事是须注意的，若寿联之中不将年岁时日切定，那么五十寿可用，六十七十寿也可用，正月做寿可用，二月三月做寿也可用，那岂不与现在流行的月份牌一样，随处可以张挂么？还有一层，寿联与挽联，相去亦仅一间，若做寿时遣词运典，稍有疏忽，立刻可变成挽联，这种无意中闹成的笑话，是往往有的，故在落笔的时候，务须格外谨慎！”民国时李天根著《讨论作对联方法浅说》在谈到作联忌讳时说：“祝男寿不必用寿考二字，祝女寿不宜用瑶池、蟠桃等字，女寿四十，不惑二字万不可用。”

在寿联中，还有一种自己为自己题写的对联，称为自寿联。自寿联一般为文人之作，以抒发性情为主，或愤世嫉俗，或自我解嘲，或总结人生感悟。清代著名书画家郑板桥在60岁生日时，写了一副104字的自寿联：

常如作客，何问康宁，但使囊有余钱，瓮有余酿，釜有余粮，取数叶赏心旧纸，放浪吟哦，兴要阔，皮要顽，五官灵动胜千官，过到六旬犹少；

定欲成仙，空生烦恼，只令耳无俗声，眼无俗物，胸无俗事，将几枝随意新花，纵横穿插，睡得迟，起得早，一日清闲似两日，算来百岁已多。

联语抒发了他不随流俗、无拘无束、知足常乐、坦荡达观的自由天性，也读出了洞察世事、洞察人生的超脱智慧。用语诙谐，自然流畅，无半点造作之感。这是一副传颂不衰的名联。

三、婚联

婚联是指用于为自家庆贺或向他人祝贺结婚这一人生乐事时所题的对联。其内容主要是赞颂两人结合的美满，对未来婚姻生活的憧憬，以及对婚姻当事人的良好祝愿等。嫁娶之日，贴在大门、洞房门、洞房里妆台两旁、婚庆宴会会场等地，大多是表现喜气盈门的情景和对结婚新人的祝福，不乏夫妇燕尔新婚、互敬互爱、琴瑟和谐、白头偕老之意。除通用婚联外，可分为四季婚联、姓氏婚联、复婚用联、续娶用联、老年婚联、同学婚联等。婚联多取于诗词、典故、格言、俗语，有些还用动物、植物等词联缀成联，要多几分喜气谐趣，少几分陈词酸腐。民国时襟霞阁主人著《对联作法》一书说："贺人家新婚的对联，都用香艳的字句，近乎香奁体，但以不轻佻为宜，也不能如裒集拢来的样子，一些不连贯，还有许多人，都用诙谐的字句来做调笑，便失却庆贺的意思，为初学者所不宜学的。"

在艺术表达上，婚联的主要特点就是多用比喻的修辞手法，用花、鸟、鱼、水、月、璧、珠等一系列美好的事物，来比喻婚姻美满，夫妻恩爱，家庭幸福。但是，在构思这类婚联时，应与结婚的时间地点相吻合。如荷月婚联：

栀绾同心结；
莲开并蒂花。

历史上的爱情故事很多，把这些典故融入婚联中是很美的，如蓝田种玉、举案齐眉、红叶题诗、雀屏中目、金屋藏娇等，如：

蓝田曾种玉；
红叶自题诗。

描写爱情的成语也很多，如男欢女爱、红豆相思、比翼双飞、相濡以沫、百年好合、天长地久、情窦初开、青梅竹马、一见钟情、眉目传情、碧海青天、至死不渝、含情脉脉、暮翠朝红、心心相印、相敬如宾、花好月圆、谈情说爱、天作之合、卿卿我我、海枯石烂、海誓山盟、儿女情长等等，描写爱情从来不缺乏词汇。如：

花好月圆欣比翼；
天长地久卜齐眉。

如果是自家大门贴婚联，办婚宴，用词要有所区别，注意自谦。清代方尔谦为女完婚联：

两小无猜，一个古泉先下定；
万方多难，一杯淡酒便成亲。

联语朴实淡雅，有儿女亲情，有家国情怀，境界凸显。

四、乔迁联

房屋落成或迁入新居，人们要用对联道喜，自己需要用对联装点新居，体现新居喜气，这类对联称为乔迁联。乔迁联的内容围绕宅第展开，描写周围环境、风物，多以颂扬乔迁之家地势之佳妙、房屋之宽敞、装饰之华丽、生活之美满等等。写乔迁联也应同写婚嫁联一样，要结合人物、季节、职业等特点加以描述，融入或嵌入联中，但要避免说大话、空话和一些套话，如：

杰构地偏幽，水如碧玉山如黛；
高人居不俗，凤有高梧鹤有松。

但这副对联也是不能通用的，必须适合新居环境才行。如果周边没有山没有水，那就是不切了。

乔迁联也是一种应酬礼数，不需要太多的辞藻修饰，但也以不俗为贵。譬如纪晓岚赠法式善梧门新造的诗龛联就很是风雅：

小筑当水石间，直以云霞为伴侣；
大名在欧苏上，尽收文藻助江山。

上联盛赞书屋构筑之美，下联称颂主人才能之高。“大名在欧苏上”，是典型的拔高之作。自家写的则要注意措辞，新居风水气象、对美好未来的憧憬固然是要写入联的，但“雕梁画栋”“美轮美奂”之类的词则不宜用。下面是郑板桥的一副自题联：

百尺高梧，撑得起一轮月色；
数椽矮屋，锁不住五夜书声。

此联不落俗套，意境高雅，“矮屋”乃自谦之词，但“撑”“锁”二字将主人之知趣和盘托出，好一幅“月夜读书”图！足见怪人笔下之功夫。

五、庆祝纪念联

凡是用于喜庆的对联，都归于庆贺联。这里将纪念用联也归入这一类，统称庆祝纪念联。从字面上来说，它包括春联、婚联、寿联、乔迁联、开业联、开学联、生子联、节日联、庆典联。如果这样分类，这一类对联就太多了。其中的春联、婚联、寿联、乔迁联是用得比较多的，而且这些名称已深入人心。所以，我们就只好将除这四类联语之外的所有喜庆联语归入"庆祝纪念联"，包括开业联、开学联、升学联、生子联、参军联、入党联、评先联、节日联（春节除外）、庆典联、表彰大会联、大会开幕联、纪念大会联等等。

庆祝纪念联创作也要特别注意三点：一是喜庆的气氛，这是主基调。但颂扬之辞，也要得体，赞誉过分，就是吹捧或者讥讽，令人生厌。二是要切，不同的祝贺联要有不同的特点。如"庭前兰吐芳春玉，掌上珠生子夜光"，这是贺人生子联；"桐有孙枝看满树，庭培阴德种三槐"，这是贺人生孙联；"天赐石麟，祥开四叶；夜投玉燕，瑞霭一堂"，这是贺人生曾孙联。随着时代的发展，古代的有些行业名联，现在已不适用了。"茅店月明鸡早唱，板桥雪滑马行迟""未晚先投宿；鸡鸣早看天"这两副旅馆联只能进入对联博物馆了。三是要注意俗中带雅。这一类联语与民俗契合得很紧，是不能免俗的，如贺人生子联，肯定要祝这个小孩将来有出息，如果说"这个小孩将来活到一百岁也一定会死的"，那挨揍是肯定的；商业联，祝贺发财之类是必须的，如果说有盈就有亏等哲理语，也万不可用。"财如晓日腾云起；利似春潮带雨来"则颇受大众喜爱。不过，要做到俗中带雅，当然是有难度的。如贺人生子的对联，一般用词，不出乎"熊梦""麟趾"之类的字眼，见多了就显得庸俗了。从前，齐梅农贺赵味辛冬月生子联，应属俗中带雅的佳构:“喜日暖若小春,定为德门增吉事;听声清过老凤,从今家学有传人。”

六、挽联

悼念死者的对联叫挽联。挽联源于远古时代的挽词、吊文和挽歌。《诗经》和《楚辞》中都有挽歌,后来发展为诔词哀文。隋唐之后,律诗中对仗工整的两联更适合于悼亡,有人就用来代替挽歌挽词,这样就出现了挽联。《能改斋慢录》载,北宋韩绛兄弟皆为宰相,门前植有梧桐,时人以“桐木韩家”呼之,韩绛死后,陆农师曾送挽章云:

棠棣行中排宰相;
梧桐名上识韩家。

据南宋叶孟德(号石林)《石林燕语》记载,韩绛得解(考举人)、过省(考进士)、殿试(考状元),皆第三名;后为相四迁,皆在熙宁中。苏子容挽韩绛曰:

三登庆历三人第;
四入熙宁四辅中。

“庆历”是宋仁宗年号,“熙宁”是宋神宗年号。这两副挽联是挽同一人的,可很多对联书上都把苏子容这一副定为我国史籍记载最早的一副挽联,可能是因为后面这一副运用数字对,更巧妙地表述了韩绛的生平事迹的缘故吧?由此可见,挽联的出现不会迟于北宋中叶。但最为流行的时期还在清代,成为用得最多的一类对联。

《文心雕龙·哀吊》:“隐心而结文则事惬,观文而属心则体奢。奢体为辞,则虽丽不哀;必使情往会悲,文来引泣,乃其贵耳。”意思是说,为写挽词而表示痛心,则浮夸而不实;只有因痛心而写挽词,才能情辞切合。一些挽联之所以动人,就是因为情恸于心。如挽夫联:

夫妻恩,今世未全来世再;
儿女债,两人共负一人完。

联语既不述其生前事迹,也不直述悲痛性状,但字字带泪,出自肺腑,撼人心魄。挽联从性别上分为挽男和挽女;从亲疏关系分为挽亲族和师友,挽亲族又分为很多种,如父系亲属和母系亲属等;根据相切的程度分为通用挽联和专用挽联;根据生死时间,分为他挽和自挽。不管怎样,要注意“以情动人”。民国时襟霞阁主人平襟亚在《对联作法》中说:“作这种哀挽联,不能专事颂扬,夸赞死者的勋业如何、学术如何,也不能多用典故,使真情反而消失,更不能专述死者,而于自己对于死者之间的交情如何,一些不及。总之,挽联以切实不泛为上乘。于姻亲亲属,以白描为最好,或叙述我与死者有何关系,及亲属的远近如何,而赞美之辞,即可寓于哀挽之中。对于朋友,则叙自己与死者的交情如何,或写死者以何病何年何月而死,而寓哀悼之意,于交好之中,这都是最合格的。”亲戚有远近之分,挽近亲更不宜多用辞采,也不宜多用直接颂扬之语,这样会让人觉得不真实,显得空泛。远方亲戚,因为对其事迹了解不多,可以略用辞采,但也要尽量少用,拿捏好分寸。自挽联有些例外,多为文人抒发内心块垒、调侃自己之作,但也有许多自挽联紧扣一个“情”字,当然是对家人恋恋不舍之情。如清代光泽何氏妇自挽联:

奴别良人去矣，大丈夫何患无妻，愿日后重订婚姻，莫对生妻谈死妇；

儿依严父悲哉，小孩子终当有母，倘常时得蒙抚养，须知继母即亲娘。

出边嘱咐丈夫一定要续弦，且不要和后妻去评价我这个死去的前妻，让人感到这才是真正的爱情；对边教育儿子一定要尊重自己的后妈，希望儿子继续得到母爱。句句写实，感情至深，催人泪下，一位高大的贤妻良母形象突兀而出。

他挽联要尽量注意区别死者的年龄、性别、职业、社会地位和对社会的贡献、死因、辈分等等，通用挽联尽量少用或不用。

七、名胜联

为装饰名胜而题的对联，叫名胜联，因为它对名胜景点起到装饰和点缀作用。古人所谓名胜，是指名山大川中的建筑物，与“庙祀”和“廨宇”是分开的。梁章钜的《楹联丛话》即将“胜迹”与“庙祀”和“廨宇”相并列，但梁章钜也没有完全区分开来。如他把西湖金沙港的关庙归入庙祀，而将西湖跨虹桥的花神庙归入胜迹；把杭州府院归入胜迹，而将惠州郡署归入廨宇。当然，也不知道当时的建筑是否有新旧之分。但是到了现在，古代的廨宇和庙祀都成了古迹，自然而然形成了三者合一的局面，廨宇和庙祀都归入了名胜。现在的名胜所指的范围比较广泛，它包括风景旅游区、革命圣地、文化古迹、名山大川、园林水榭、庙宇刹寺等等。有人说下面这副对联是历史上第一副名胜联：

三千里外一条水；
十二时中两度潮。

该联出于北宋太平兴国二年(977年),作者是释契盈,闽中人,五代吴越时杭州龙华禅寺诗僧。联语现悬于杭州百花潭。据《吴越春秋》记载,契盈陪吴越忠懿王王钱缪游碧波亭,闻王曰“吴越去京师三千里,谁知一水之利如此”而题此联。上联据王意写水之利,贯通千里,惠及诸州;下联写潮之信,潮起潮落,守时有信。唐代李益的“早知潮有信,嫁与弄潮儿”诗句也说明潮之信由来已久。但《宋代楹联辑要》一书记载,后蜀孟昶的花园中有个百花潭,后蜀兵部尚书王瑶为它题了一副对联,这副对联可能比前面一副还要早:

十字水中分岛屿；
数重花外见楼台。

《红楼梦》第十七回中贾政作了精辟的论述:“若大景致,若干亭榭,无字标题,任是花柳山水,也断不能生色。”名胜楹联能令名胜风景生色的主要原因是优秀的名胜楹联具有很高的审美价值,所以名胜楹联创作首先要注意创造美,如韦坦淮安文通寺联:

女墙帆影排云去；
佛殿钟声度水来。

女墙、帆影、钟声、云、水,生动的意象组合,唯美的艺术画面,不愧名家手笔。又如醴陵人吴德襄题湖南邵阳市双清亭联：

云带钟声穿树去；
月移塔影过江来。

双清亭建于资江中的一个半岛之上。为一突兀而出的巨石，险峻无比，故名“砥柱矶”。资江北岸有一古塔，名曰北塔，古朴雄伟。双清亭与北塔夹峙，蔚为壮观。站在亭上，可俯览江水，每当清秋月夜，江天一色，水月双清，美不胜收。这副联语可以说把这一美景写绝了，风吹江面，水波荡漾，塔影摇动，似过江来，这是何等惬意之景！

名胜联创作，要抓住风景中至美的特点，加以想象，并用优美的语言表达出来是不容易的。不过，既称名胜，自然有美丽的风景，对景属词，一般来说不难做到风雅，而难于做到切实。名胜楹联要做到不可移易方为佳构，也就是说，写此景之联，不可移易于他处。如何子贞题黄鹤楼联：

我从千里而来，看江上梅花，已开到红羊劫后；
谁云一去不返，听楼中玉笛，又吹起黄鹤高飞。

这副对联只能用于黄鹤楼，不可移于他处。“江上梅花”“楼中玉笛”“黄鹤”都扣得很紧，“一去不返”，更是黄鹤楼的铁案。吴恭亨《对联话》开篇介绍的第一副联是伊秉绶题镇江明月亭联：

月明如昼；
江流有声。

这副联语颇多争议，吴恭亨说它“用成语雄桀惊人”，而平襟亚在《对联作法》中批评陈宝麓题松宾阁联“月明如画；江流有声”时说：“试问近江边的地方，哪一处不能移用？难道在松宾阁独有如许月明，如许江流，其他的地方就没有了吗？”也有人批评梁章钜题苏州沧浪亭联犯了不切的毛病：

清风明月本无价；

近水远山皆有情。

殊不知这副对联是一副集句联，上联出自是欧阳修《沧浪亭》诗，下联出自苏舜钦《过苏州》诗，皆沧浪亭本事，说明作者对于所处的环境非常惬意，从而赋予身边的山山水水以感情。据说，梁章钜屡次书写，都感到不如意，道光七年（1827年）梁章钜重修沧浪亭没有写于亭上。直到清末，才由著名学者、书法家俞樾为之书写，镌于柱上。

八、题赠联

在日常生活和工作中，题赠答谢亲人、朋友、同学、同事、长者等的对联，叫题赠联。古人在应酬场上是用得比较多的，以表莫逆之交。但多浅薄无聊的句子，流传下来的佳作不多。因为作这样的对联，所赠对象需关系密切，对其生平熟悉，对其为人心生敬意，方能情动于中，写出好的对联。现在的题赠联，多索赠之作，并要求嵌名。要撰一副好的题赠联，并非易事，要重点注意以下几个方面的问题：

1. 表述要恰切，不只要切事切情，还要切合被赠与者的身份。必须先了解题赠对象的生平和个性特点，当然是越详尽越好。如果实在做不到详尽，至少也要核对正确题赠对象的姓名、年龄、从事职业、家人相关情况等。下级赠送上级的对联，要表示尊敬、赞颂之情，如清末举人贺学海赠毛泽东联：

天下有民皆仰泽；
世间无水不朝东。

联语很自然地嵌入了“泽东”二字，语意符合被赠者身份，也只有毛泽东才能承受得起。

上级赠送下级或者长辈赠送晚辈的对联，一般要表示感谢、夸奖、希望、鼓励之意。如孙文恪妻训子题塾壁联：

爱惜精神，留此身担当宇宙；
蹉跎岁月，将何日报答君亲。

2.题赠对联要名副其实，褒扬适度。撰联内容可以就题赠对象的长项、特点、成就等入手来写。夸奖失度，就是吹捧。如李鸿章赠伍嵩生联即切合被赠者身份，夸奖而不觉失度：

天下翰林皆后进；
蜀中佳士半门生。

3.题赠联以短为贵。题赠联多为七言、八言，十二言以上者不多见。如果字数太少，又难得完美。本书序言作者余德泉先生赠傅治同教授联：

无为而治；
有道则同。

全联以凤尾格的形式嵌入“治同”二字。上边为集句，出自《论语·卫灵公》：“无为而治者，其舜也与？”下边亦化用《论语·卫灵公》“道不同，不相与谋”而成。这正符合赠者与被赠者同是省政协委员、同是省文史馆馆员、同是民盟省委委员、同是古代文学专家的特点。如此圆满，何等功力！何等机缘！

4.让题赠对象认可接受欣然悬挂，当是最高目标。如苏轼赠王文甫联：

门大要容千骑入；
堂深不觉百男欢。

据《墨庄漫录》记载：“东坡在黄州，一日逼岁除，访王文甫，见其家方治桃符，公戏书一联与其云‘门大要容千骑入，堂深不觉百男欢’。”东坡信笔为王家书写春联，当属题赠联，用语饱含吉庆祝祷之情。上联赞扬王氏子孙能够光大门庭，下联祝王家多子多福，子孙欢愉。用词诙谐稳妥，主人窃喜，足见高明。一般的题赠联，最好蕴含哲理，赠者视为赞扬，被赠者视为勉励，悬挂为修身警句。如严长明赠虞朴山联：

红杏花深君独立；
绿杨春好我平分。

上联用虞家的典故，以“红杏”来代虞姓。下联用白居易赠元微之诗的典故，以“绿杨”代同居的意思。上下联对得自然雅切。又如许少文赠杜维石联：

室有名花樽有酒；
门无俗客案无尘。

这样的联语挂在家里就很雅致。

5.写出境界，写出情怀，影响名人，提升社会价值。民国初年，北洋军阀吴佩孚驻军岳州，耳闻湘北名士吴獬在岳州金鹗书院任山长，特往拜访，不料吃了闭门羹。1917年，吴佩孚任两湖巡阅使，再次登门求教治湖之策，执礼甚恭，临别时求赐墨宝，吴獬书此联以赠：

民国正需廉耻将；
吾家曾出广平侯。

廉耻：廉洁与知耻。《淮南子·泰族训》：“民无廉耻，不可治也。非修礼义，廉耻不立。”广平侯：指东汉初佐刘秀定天下的大将吴汉，字子颜，以贩马为业，后归光武帝，位至大司马，封广平侯。联语雅切姓氏，坦诚寄意，不要辱没先祖，拳拳之心可见。据说对吴佩孚触动很深，将赠联一直挂在客厅，奉为座右铭。后来他标榜的“四不誓言”，即“不纳妾、不积金钱、不出洋、不住租界”，是受到此联的影响。这才是题赠联语的最高价值。

6.要注意避讳，对文字要有敬畏之心，一些不雅的词语或者民俗中忌讳的词语不能用。如“三坟五典”中有一个“坟”字，就不宜赠人。1935年3月23日，黄侃五十岁生日，章太炎送这位得意门生一副寿联：

韦编三绝今知命；

黄绢初裁好著书。

上联典出于“孔子读易，韦编三绝”，意思是说黄侃勤奋好学，刚50岁就读了许多书，下联典出于“东汉蔡邕题曹娥碑：黄绢幼妇，外孙齑臼”，意思是希望黄侃写出绝妙的著作。不料，黄侃接到老师送的联语后，见其中含有“绝”“命”二字，心中不快，以为不祥之兆。同年10月8日，黄侃因饮酒过量而死，一肚子学问也带进了棺材。章太炎因联语成谶语，悔痛不已。

7. 定稿之前应将题赠联给题赠对象征求意见。在撰联的过程中，作者需要和题赠对象作一些沟通，尤其在意境的表达上要和被赠人或者了解被赠人的朋友交流，倾听大家的意见。赠联应尽量让题赠对象感到满意，这样才能充分表达自己的诚意。

九、杂感联

杂感联，顾名思义，就是有感而发的对联，是指游离于实用联之外，没有特定对象，而内容包罗比较广泛的对联。这种对联往往带有比较单纯的文学创作特色，如哲理言志联、咏物抒情联、劝喻讽刺联等。

由可以作为人生准则的警语组成的对联，因为它所含的教育意义很深刻，故被称为格言联。格言联自明代以来，时有出现。梁章钜

《楹联丛话》卷八，就是专门收集格言联的。它记载了一个故事，江西泰和人杨士奇，明初官礼部侍郎兼华盖殿大学士。有子横行乡里，友人进京密告士奇，士奇乃撰联一副示儿：

不畏官司千状纸；

只怕乡民三寸刀。

其子不知悔改，终因事被杀。这副对联是说众怒难犯，不可等闲视之。时人皆谓“可为巨族药石”，即为管家贵族的处事良方，金石格言。

古代一些清官，为了警示自己或劝诫别人，常作格言联贴挂于衙署。清代山东金乡县令王玉池曾题衙署联云：

眼前百姓即儿孙，莫言百姓可欺，当留下儿孙地步；

堂上一官称父母，漫说一官易做，还尽些父母恩情。

为官当爱护百姓，乃善政之至理也。更多的哲理联是教给普通大众修身处事的。有这样一副名联：

无求便是安心法；

不饱真为却病方。

此乃修身处事的一味良药。孔子说：“君子食无求饱。”《吕氏春秋》：“凡食之道，无饥无饱，是谓五脏之葆。”吃饭不贪食，达七八成饱即止，不使肠胃有过重负担，做到这一点，可以却病延年。寡欲以安心，节食以养身。如果真正做到这两点，人生受益无穷。

咏物抒情联一般是借对各种事物的吟咏而抒发自己的思想感情，也包括对人物的评价。如鄂尔泰题菜圃联：

> 此味易知，但须绿野秋来种；
> 对他有愧，只恐苍生面色多。

联语由菜圃而联想到百姓的疾苦，唯恐百姓忍饥挨饿而面多菜色，境界很高。这一类联语一般也会蕴含人生哲理。如题稻草人：

> 蓬蒿作一已形容，对世事沧桑，不言只字；
> 风雨是平生际遇，去人情冷暖，立到永年。

这个稻草人的形象其实就是人的形象，联语蕴含人生哲理，写出了人生的高度。

劝喻讽刺联，就是以幽默调侃的手法、以劝喻讽刺为目的的对联。在汉语楹联世界里，讽刺联占有相当重要的比重。中国文人每遇不平之事，总会以文字作为宣泄之途径，可起到其他文体难以起到的作用，得辛辣、谐趣之妙。而对联结构工整、琅琅上口使之成为最佳之文字宣泄工具。劝喻讽刺联一般十分警策，多政治讽刺之作，揭露社会阴暗面，谴责腐朽统治。借助讽刺联，光绪三十四年（1908年），慈禧太后死去，葬礼崇隆，死后“徽号”全称为“慈禧端佑康颐昭豫庄诚寿恭钦献崇熙”皇太后。联想到西太后垂帘听政20余年（实际掌权40余年），割地赔款，国势衰微，有人讽慈禧联曰：

垂帘廿余年，年年割地；

尊号十六字，字字欺天。

当时设在上海租界的《苏报》曾刊登佚名（有人说是章太炎）一联，人们传诵一时，清廷也无可奈何。联曰：

今日到南苑，明日到北海，何时再到古长安？叹黎民膏血全枯，只为一人歌庆有；

五十割琉球，六十割台湾，而今又割东三省，痛赤县邦圻益蹙，每逢万寿祝疆无！

上联说的是慈禧太后当年大兴土木，修“三海”、筑行宫。下联是说慈禧割地求和，最后一句“每逢万寿祝疆无”十分巧妙，对慈禧太后来说，是何等辛辣的讽刺啊！在慈禧统治下的那几十年，中国人民处于水深火热之中，中华民族灾难深重，此联正是全国人民悲愤的共鸣！

劝喻讽刺联一般都以技巧联的形式出现。如下面这一副隐字联就是讥讽联：

一二三四五六七；

孝悌忠信礼义廉。

“孝悌忠信礼义廉”出自《论语》，本来是八个字，分别是“孝、悌、忠、信、礼、义、廉、耻”，故意隐去一个“耻”字，如此一来，上边也肯定隐去了一个“八”字。解读这副对联就比较容易了，上联“忘八”，下联

"无耻"！骂人是王八无耻。真是骂得绝妙！

十、机巧联

在联语中或明或暗地设置一定难度的巧妙机关，这样的对联我们称之为机巧联。机巧联又叫谐趣联、技巧联或机关联。机巧联中包含的种类很多，一般运用修辞手法，如嵌字、隐字、复字、叠字、偏旁、析字、拆字、数字等。机巧联用途广泛，它或褒扬、或鞭挞，或讽刺、或赞美，或鼓励、或自勉，或斗智、或搞笑。古今中外之历史典故，人物、事迹，动物、植物，食材、药材，天文、地理，政治、经济，成语、俗语等等，无所不及。比之一般律联，带有文字游戏的性质。机巧联在对格律和意境蕴含上的要求少了几分苛刻，而在谐趣性方面一定要突出。古代有个秀才，经过私塾时，见先生在讲课，便出一联戏弄先生：

稻粱菽麦黍稷，这些杂种，哪些是先生？

先生不慌不忙，答曰：

诗书易礼春秋，许多正经，何必问老子？

出句和对句都运用了双关的修辞手法，但不同于一般的意境对联那样追求意与象的营造，而是突出搞笑和斗智。

机巧联的种类太多，在此不一一例举。只举一个拆字联：

冻雨洒窗，东两点，西三点；

切瓜分客，上七刀，下八刀。

“冻”字拆开是“东两点”，“洒”字拆开是“西三点”；“切”字拆开正好是“七”“刀”，而“分”字拆开是“八”“刀”。十分巧妙。

机巧联的创作关键要注意两点，一是要破机关，上下边的机关要相应，使之形成对称；二是要自然，强对拼凑就没有意思了，情趣蕴藏在天然流畅的文字之中。

在对联家族中，还有一种十分别致的“无情对”，专门作一类也可以，列入机巧联也行。它的特点是，上下联可谓风牛马不相及，两边的内容越隔得远越好，结构越不一致越好，但细读起来，则又字字相对，十分工整、巧妙。令人会心一笑。也有一种观点认为，无情对不是对联，只是一种对仗形式，这一说法，仅供参考。无情对的创作，关键在于借对中借意对的运用，需独具匠心，突破一般对仗思维的固有模式，追求“无情”的情趣效果。

十一、应对联

应对联就是一人出句，另一人对句而形成的联语。应对联源于古代的对课。它是旧时私塾中的一种功课，即对对子。是旧时私塾常见的乃至必开的课程之一，也是我国传统语文教学的一种重要手段。《西湖二集·愚郡守玉殿生春》：“那时方会得对课，你道他对的课是怎么样妙的？ 李先生道：‘一双征雁向南飞。’赵雄对道：‘两只烧鹅朝北走。’”蔡元培《我在教育界的经验》：“对课与现在的造句法相近。大约由一字到四字，先生出上联，学生想出下联来。不但名词要对名词，静词要对静词，动词要对动词；而且每一种词里面，又要取其品性相近的。例如先生出一山字，是名词，就要用海字或水字来对他，因为都是地理的名词。”鲁迅《朝花夕拾·从百草园到三味书屋》：

“对课也渐渐地加上去，从三言到五言，终于到七言。”对课有一些是词性平仄练习，有一些佳句就是对联，这一类对联就是应对联。

应对联一般采取比赛的形式。据说清咸丰二年(1852年)春节，广西武缘县(今武鸣区)举行过一次大规模的对联赛事，吸引了一大批本县和邻县的文人学子参加，观众也是人山人海，络绎不绝。比赛规定：参赛者每人抽签十次，抽到号码签的出上联，抽到无号码签(白签)的，要对下联。最终由一位叫尹文清的秀才获得第一名，奖品是一匹高头大马。这可能是历史上最早的春联比赛了。我们现在向社会公开征联活动中的出句征联就属于这一类。一个出句有多个对句，当然这些对句是有高下之分的。随着出句的难度增加，优秀对句就成反比例减少。出句如果是绝对，对句找到最佳的绝配就很难，以珠联璧合者为绝配。

应对联和普通的对联创作差不多，只是出句已经限制了许多属对的条件。所以构思只能在出句的基础上进行。对句时，从哪些方面入手去应对才能既快又对得好呢？ 下面我们来谈谈如何对句，主要有五个方面：(一)分析理解出句。 如果连出句的意思都不理解，那对句就无从下手，有典故的要把典故弄明白，有机关的要将机关弄清楚。如出句是“天若有情天亦老”，这是一个成句，那对句应该也是一个成句，形成集句联，以“月如无恨月长圆”对之可也，上下联分别出自李贺、石曼卿的诗句，对仗工稳，天衣无缝。(二)找应对的关键点。 如“万盏花灯齐喝彩”显然是为元宵而作，句子看似平常，但“喝彩”运用了拟人和双关的修辞手法，对句要围绕元宵时令，也要运用相应的修辞手法来属对才行。“暑去秋来秋去暑”是一个回文联，既可顺读，也可倒读，且顺读和倒读意思相同，颇有趣味。要对好这个句子，关键要注意用同样的回文对，且句意要流畅自然，注意切景，最好是写秋天的景象,对边所含风物也应与秋景有关,否则就会隔景。对以"云追月走月追云"应该不错。(三)拟对句。在了解了出句意思、分析了出句的特点、找准了关键点的情况下,就可以组织对句了。应对的方法有多种,常用的有正对、反对、流水对,关键是看你想到哪一种,对句适合用哪一种,如:"虚心成大器,劲节见高风。"这是一个写竹的联,作者通过竹子的两个不同特征,表达了对竹的敬意,关联并列。将其引申到人的品德,就是对人的称赞。再如唐伯虎的:"一失足成千古恨,再回头是百年身。"这是流水对。流水对的关键是上下联一般都有"因果、连贯、递进、条件、假设"等关系。(四)按格律、对仗的原则进行文字调整。这一点相信大家都很清楚了,就不一一细说了。(五)润色。通过文字调整,我们可以得到一个符合对仗要求的对句了,但如同一件工艺品一样,还应当对文字进行最后的雕琢和修饰。关键是炼字,要使每个字都妥帖生色,以达到最好的艺术效果。

十二、集句联

就对联的创作手法而言,大体可分为两种。一种为自撰联,另一种就是集句联。集句联是一种特殊的创作手法。"集"在这里做"集纳""集合"解。集句联的范围很广,诗、词、文的经典,甚至连成语、白话、俗语也可集。按照对联中的声律要求组成联句。既保留原文的词句,又另出新意,且浑然天成,给人一种"青出于蓝而胜于蓝"的艺术感染力。据《蓼花洲闲录》所载,早在宋朝初年就已有集句联的出现。北宋初年大词人晏殊,得一上句"无可奈何花落去",苦思一年,未能配对,后来还是王琪"似曾相识燕归来"配之,晏大喜,如获至宝,并将其写进自己的一首《浣溪沙》之中。集句成联殊非易事,甚至将大文学家王安石也难住了,周紫芝《竹坡诗话》里记载,王荆公做集句，得“江州司马青衫湿”之句，欲以全句作对，久而未得，一日问蔡天启……天启应声道：“何不对‘梨园弟子白发新’？”公大喜。何文焕在其《历代诗话考》中说：“荆公（王安石）始为集句诗，多者至百韵，皆合前人之句，语意对偶往往亲切过于本诗。”王安石可为此道之集大成者。文人们集诗句以成联，不但不会失去它诗的灵感，还能在所集之联中产生新的意境。历史上留存的集句联佳作很多，如有人集白居易、王维诗句题于武则天庙：

六宫粉黛无颜色；
万国衣冠拜冕旒。

以上联句原来都是著名的诗句，上边成了描写武则天的宫女身份，下边则描写了她的皇帝身份，真是天衣无缝，绝妙无比。集句是一种创造性劳动，并非游戏文字之类。作者没有一定文学底蕴，没有熟读经典是驾驭不了的，即使现在可以用网络搜索成句，亦难成佳对。又如徐文长集唐诗题安徽芜湖蟂矶灵泽夫人祠联：

思亲泪落吴江冷；
望帝魂归蜀道难。

灵泽夫人，即刘备孙夫人，孙权的妹妹。吴江：泛指吴国的江水。望帝：西望蜀帝（刘备）。蜀道难：唐李白有《蜀道难》诗，描绘了蜀道难行之状，有“蜀道之难难于上青天”的句子。此处借蜀道难隐含了难以回去之意。上联因极度思念母亲泪落不止，最后悲不自胜，投入清冷的吴江之中。下联西望蜀帝，灵魂欲归去，但是蜀道难行啊！此联的意境是多么高深啊！

在集句对中，作者根据自己的主观意向，经过思考、选择，才能从浩瀚的经典诗文中撷取两个毫不相关的句子相配以成佳对。从某种意义上讲，做好一副集句联要比自撰联难得多，可谓得之不易。有点像人类找配偶，要想在茫茫人海中找到人生中最合适的"那一位"，还得靠缘分。这个缘分在集句联创作中就是灵感。

集句联中有一种兼嵌字的对联，更增加了"新"意，如湖南益阳桃江亭联：

桃花尽日随流水；
江月何年初照人。

联语鹤顶格嵌"桃江"二字，上下边分别为张旭、张若虚句。嵌字就大大缩小了集句的范围，难度显然增加。

还有一种集句，故意隐去字面上的某一个字，使其表达一种特定的含义，如易君佐挽香港影星莫愁联：

与尔同销万古；
问君能有几多。

联语分别集自李白、李煜的诗句，且上下边尾字各隐去一个"愁"字，成为隐字联。一是隐去之后才能符合对联规则；二是因为它是被挽者的名字，又蕴含着莫愁不在了之意。不仅十分巧妙，而且更加意味深长。

还有的人干脆把诗中的对偶句原封不动地拿来，作为对联处理，这种联叫摘句联，如陈毅题杜甫草堂诗史堂联：

新松恨不高千尺；
恶竹应须斩万竿。

此联即摘自杜甫《将赴成都草堂途中有作先寄严郑公》五首之四，单独使用而翻出新意。此类对联因作者共鸣而摘引其语。有的人认为与抄袭无异，也有的人认为它属于再创作的范畴。只能读者去见仁见智了。但如果是半摘句联，就没有争议了。

第五章　对联的审美品味

一、对称美

对称以及平衡，是中国哲学文化与艺术美学一向追求的特点。道家文化的太极、两仪、四相、八卦的对称平衡推演更是突出强调了这一特点。这一哲学根源，决定了中华民族的审美心理。人们喜欢看重偶数，讲究对称平衡。这也是由人体本身及人类的居住环境所决定的。人只有一个脑袋，却有左右两只手、两条腿、两只脚，人的头部以鼻梁为中轴线，左右也是对称的，两只眼睛、两只耳朵，即使一个鼻子也有两个鼻孔。人体对称而影响到中国人居住环境的对称，一座房子，左右厢房是对称的，窗子是对称的，大门也有两扇门板。家里的桌子，不管是方桌还是圆桌都是对称的，方桌是四个角、四只脚，配的凳子基本上是成双成对的。这种审美取向，渗入文学便表现为对偶骈俪，进而孕育了对联。刘勰在其《文心雕龙·丽辞》中说："造化赋形，支（肢）体必双，神理为用，事不孤立。夫心声文辞，运裁为虑，高下相须，自然成对。"他从人畜形体特点悟出事物对称平衡的"必双"的特点，认为这是自然赋予的，由此推及辞章，也必然体现"高下相须，自然成对"的特点。而以对仗为核心的对联，是所有文学体裁中，最为突出对称审美取向的一种。

独立使用的对仗句子就是对联，因为对仗是楹联的核心规则。所谓对仗，原指仪仗之相对，后来借指词语之相对。大概说起来，就是语言的排偶或骈俪，两两相对的语句叫做对仗。我国古代之仪仗是队列成排的，所以人们借用“对仗”形容两两相排的词语。但诗句中、对联中之对仗，与仪仗的排列却有不同。仪仗队用刀与刀、矛与矛、枪与枪……成对相排，诗句、对联，尤其是对联，则大忌相同之词语两边相对（偶尔用相同的虚词相对），而只能用同类的词语两边相对。一副对联，当它与书法艺术结合，书写成条幅悬挂于雅室壁上，或张贴于门户两边，这种视觉上的对称美就更具魅力。对联中对称美的极致就是玻璃联。清代梁章钜《楹联续语》中说：吴山尊学士，始出意制玻璃联子。一片光明，雅可赏玩。玻璃联因用篆字书于玻璃上，选字必须要求对称统一，无论正面和反面看都是一样，如：

文同画竹两三个；

丁固生松十八公。

此联载于清人李伯元的《南亭四话》，联语中的文同为宋代大画家，以善画竹和山水著称。“两三个”是指竹叶，“竹”由“个”字组成。丁固为三国时吴国人，因梦松树生于腹上，便对人说：“松字拆开乃十八公也，再过十八年我当为公。”后果官至司徒（汉时称司马、司徒、司空为三公），此联不仅是标准的玻璃对，且用典自然，可谓形式与内容达到了完美统一。

二、韵律美

从狭义来说，对联的韵律美，就是指对联的声韵之美与对仗之美，是中国古人对形式美高度关注后的产物。从广义的角度来说，它是对联形式美与内容美的高度集合，它涉及中国文体学、音韵学、诗词学、音乐学、书法等多方面的学科，大致体现在以下几个方面：

1. 内容上的和谐。上下联，或形成对比，或相互映衬，或一因一果、一表一里、一古一今，或一个事物的两个方面，都是围绕同一个主题思想展开的。这样，它就从内容上产生一种彼此协调一致的和谐美。对联的最高境界就是追求一种天人合一的和谐之美，将花鸟虫鱼、山川草木自然融和到两行文字组合的优美意境之中。对联中的对仗，有工对和宽对之分。工对的对联是意象和谐的典范。如明末清初思想家、书画家傅山自题书房联："竹雨松风琴韵；茶烟梧月书声"，屋外有翠竹、苍松、梧桐和明月，屋内有古琴、香茗和书生。雨打在竹叶上，风吹着松树与屋内传出的琴声相伴；梧桐树上挂着的明月，茶的氤氲与屋内的朗朗书声相和。这些意象构成了一个清静和谐、天人合一的境界。又如陶澍题豫园得月楼联："楼高但任云飞过；池小能将月送来"，全联体现了作者灵动的审美观和丰富的想象力，"楼、池、云、月"，四种意象完美统一，相映成趣，构成了一幅和谐的画面，一个唯美的意境。

2. 音律上的和谐。对联句数不限，句中字数无定，联句句法十分复杂。从历史上流传下来的名联分析，成熟的、规范的联句，主要由骈句、律句、非律句和散句等各种句法组成。骈句，是骈体文的句法，因文多四六句，又成排比对偶句式，故又称"四六排偶"。梁齐以后，"四六"格式完全形成，唐宋之后，更加定型。骈句除四六句外，还有五五句式和七七句式，但与五言律句和七言律句不同，它实际上是四六句式中加一虚字或单音节动词，如"林泉是诗者瑶台"，"是"为虚字，"武昌居天下上游"，"居"字是单音节动词。骈体文在对联逐渐兴旺时开始衰微，大量骈句流入对联，为构成对联音律上的和谐做出了贡献。甚至有人凭这一点说对联是骈体的"余绪"或"支流裔余"。虽然有一定道理，但是过于片面，因为在对联中律句比骈句要多。律句，指律诗中的对仗句。律句只有五字句（五言）和七字句（七言）两种。一首律诗共四联，中间两联为对仗句。七字句有四种平仄格式：平平仄仄平平仄、仄仄平平仄仄平、仄仄平平平仄仄、平平仄仄仄平平。去掉前面两个字就是五字句的平仄格式。由于大量的律句入联，联句显示了律诗对仗句的特点，继承了律句的韵律美，故有人说对联是律诗中派生出来的，叫“诗之余”。这种观点也是片面的，因为对联还有非律句和散句。所谓非律句，不能望文生义。王力先生在《诗词格律》中说，“非律句”存在于词体（词谱）之中，因不是诗体中的律句，故称“非律句”。“在词谱中，有些五字句无论按语法结构或按平仄说，都应该认为一字逗加四字句，特别是后面跟着对仗。”“一字逗是词的特点之一。”“逗”的含义是句读，即逗字后稍有停顿，自成一个节奏单位。逗字连同它后边的句，称逗字句。它使词有了“特殊节奏”，破坏了律句以二字为一音步的规律。如“看万山红遍”，并非五言律句，其节奏是“看/万山红遍”，其平仄格式是：平/仄平平仄。第一个字是单独的音节，后四字为双音节，否则，如果把“万”字看作律句的第二字，平仄就不对了。再如“剪半岭闲云补衲；留一窗明月谈经。”其平仄格式是：仄/仄仄平平仄仄；平/仄平平仄平平”，如果把“半”和“一”看成律句的第二字，平仄肯定不合。这便是非律句的逗字句。逗字后只跟一句的，称为逗字句，逗字起提顿作用；逗字后跟多句的，称领字句，起统领作用。

对联是由整句和散句组成的。散句是指除骈句、律句、非律句之外的自由句式，它长短不一，灵活而富有变化，自由活泼，能使语气舒缓，舒卷自如。散句包括文言散句和白话散句。如明顾宪成题东林书院联：

风声雨声读书声,声声入耳;
国事家事天下事,事事关心。

前一分句就是散句,后一分句就是骈句。

从语言的交际功能看,散句是它的自然形态,也是基本形态,人们平时说话、写文章,主要用散句;整句则是一种修辞方式,是一种辅助形态,它除了在韵文中起主导作用外,一般都要与散句结合使用。散句入联,一是能使联意的表达、诵读的停顿、音韵的和谐统一起来,摇曳生姿;二是打破传统韵句的僵化模式,句子可长可短,句式灵活多变,解除了桎梏,使对联比诗词活泼,更具有生命力;三是可以将专有名词、口语、俗语、舶来词入联,既丰富了对联的内涵,又拓宽了对联外延和服务的领域;四是与骈律、诗律、词律、曲律均有广泛的兼容性,合骈、诗、词、曲格律的大都合联律,合对联格律的不一定要骈诗词曲律。如刘友生题隆回滩头三溪万人亭联:

万万莫乱行,凡过往商贾,恐高山歧路走错了转来不易;
人人且小坐,是衣冠名流,将故园风景闲谈罢再走何妨。

第一分句是加虚词的五字骈句,第二分句是逗字句,第三分句是散句。散句虽然比骈律、诗律、词律、曲律更宽松,但写入对联就要与那一边相对,需讲求声律的意节,也属于一种韵律文学。

总之,不管使用哪一种句式,对联的声律美是毫无疑义的。

三、意境美

说到意境，先要说意象。意象原义为主情意和外在物象相融合的心象。简单地说，意象就是寓“意”之“象”，就是用来寄托主观情思的客观物象。根据说文解字，意象是意思的形象。“出于更好地理解可以说是在大脑里的意思图像。”由此观之，所谓意象，说白了就是艺术形象。所谓营造意象，即是塑造具有艺术感染力的艺术形象。营造意象的思维过程即是通过具体的艺术形象，以充分表达作者意念与情怀的思维过程，所以也称为形象思维过程。

所谓意境，从字面上理解，“意”为意象，“境”为境界，所以意境就是到了一定境界的意象表达。王国维说：“文学之工与不工，亦视其意境之有无，与其深浅而已。”

境界是指人的思想觉悟和精神修养，一个人的思想境界如何，实际上指的是一个人的思想觉悟和精神修养的水平如何，其实也就是一种相对高度。意象用词是固有的，也可以新创，是我们可以使用的材料，可以增加我们思维的广度；而境界，是灵光一闪，是我们思维和灵魂能达到的高度。这种高度就是意境美，对联也和其它文学作品一样，意境美是其审美的最高层次。对联是诗中之诗。语言必须诗化，内容必须有诗的意境。语言必须诗化，就是说要用形象思维，要隽永，耐人寻味。内容必须有诗的意境，就是说，一副上乘的对联要能营造出一种艺术氛围、艺术境界，能给人以审美体验。这是各种艺术作品的共性要求，非对联所独特。清代文人许太眉有题上海花神庙二联曰：

海棠开后，燕子来时，良辰美景奈何天；芳草地我醉欲眠，楝花风尔且慢到。

碧澥倾春，黄金买夜，寒食清明都过了；杜鹃道不如归去，流莺说少住为佳。

上联描绘了海棠映红，紫燕逐飞的旖旎春光，以“海棠开后，燕子来时”的物侯，点明百花盛开的季节；引用汤显祖《牡丹亭》“良辰美景奈何天”句，赞美春色迷人；改苏轼词《西江月》“我欲醉眠芳草”句，表现春光醉人，躺在柔软的芳草花丛，醉心于温馨，醉心于柔媚。结句劝三月谷雨节最后的花信风“楝花风尔且慢到”，流露对春光的留恋之情。下联叹惋春日难留，起句以碧海奔涌着的春潮象征春天高潮，化用古诗“春宵一刻值千金”句意，抒发了珍爱春光之情。然而岁月依旧流逝，寒食、清明二节都已经过去。结句用拟人手法，通过杜鹃与黄莺的对话，叹惋春光难留。此联可以当作清新秀美温软伤怀的词来读，明丽如画，语浅情浓，借景生发，无处不在写花神，又无处不在写人，惆怅愁怨之情表露对青春年华的珍爱之感。引用诗、词、曲的散句，精致缠绵，意味深长，美不胜收。

四、哲趣美

对联是自然界和社会对立统一规律的反映，正对的上下边有如双峰并峙、并驾齐驱、二龙戏珠，反对有如二水分流、背道而驰。对联也是人类思维发展对立统一的表现形式，正与反、表与里、是与非、成与败都在对联中得到淋漓尽致的表现。对联不仅在形式上体现了对立统一规律的的特点，在内容上也可以表现哲理，写出哲学意味。臧克家说：“外国人看到家家户户贴的对联，说中国人人都是哲学家。”

善于表达自己的思想，且多社会人生之思，蕴含深厚。哲思深刻的楹联作品自然流溢出一种哲趣之美。楹联中的哲理联、格言联、警句联，多是人生哲学和辩证思想的艺术表现。在我国浩瀚的联海中，有不少带有警策、哲理的对联，十分深刻，充满思辨，发人深省。这类联语是文人写来警示世人，实际上也是作者自省的格言式对联。它并不一定是板起面孔的说教，反而常采用一些生动活泼的形式，运用多种修辞手段，颇能寓教于乐，所以说它具有"哲趣美"。如徐宗干咏炭联：

一味黑时犹有骨；
十分红处便成灰。

黑是炭之本色，一旦失去了本色，就是毁灭之时。这表面上是写炭，实际上是写人。世界上有多少人在人生逆境时还有骨气，一旦红得发紫的时候就灰飞烟灭了。这不正是物极必反的哲学道理么？又如咏竹联：

未出土时先有节；
便凌云处也无心。

这与前面的咏炭联所表达的是另一种人生哲理，竹子在没有出土的时候就有"节"了，所以到了凌云高耸的时候也是虚心的。说明人从小的修养很重要。有的名胜楹联也直接写成哲理联，清代甘肃兰州人刘尔炘题兰州五泉山联：

高处何如低处好；
下来还比上来难。

身处高位就比在底层强吗？上来容易下去可就不容易了啊！有骑虎难下的意思。身处高位的人总有各种各样的烦恼，进了那个圈子想出来就不容易了。这正是作者仕途人生的深刻体会，表现出宦海沉浮、悔恨当初的人生况味，与苏轼的“高处不胜寒”有异曲同工之妙。对联挂在下山的一面，也印证了“上山容易下山难”的俗语，颇为贴切。辛亥革命元老李有年有一副对联即直接抒发人生哲理：

识破人情知纸厚；
踏遍世路觉山平。

人情薄如纸，世路险如山，历经沧桑才会有此深感。用“知纸厚”“觉山平”夸张反衬“人情”之淡薄，“世路”之坎坷。又如佚名题河北邯郸吕翁祠联：

睡至二三更时，凡功名都成幻境；
想到一百年后，无少长俱是古人。

吕翁是唐代作家沈既济《枕中记》传奇故事中的人物，对联围绕黄粱一梦谈人生哲理：人的眼睛一闭一睁，这一天就过去了；眼睛一闭不睁，这一辈子就过去了。什么荣华富贵，谁知道现在是梦里还是梦醒？“人生如梦”是一种消极的人生态度，但对某些利令智昏者，不失为一剂清醒良方。

第六章　对联的一般规则

什么是楹联？楹联就是对联，因为对联一般都贴在柱子上，故又称为楹联。中国第一位对联学硕士研究生导师、中南大学余德泉教授给楹联下的定义是：独立使用的对仗句子。因为对仗是楹联的核心规则。

所谓对仗，原指仪仗之相对，后来借指词语之相对。大概说起来，就是语言的排偶或骈俪，两两相对的语句叫做对仗。我国古代之仪仗是队列成排的，所以人们借用“对仗”形容两两相排的词语。但诗句中、对联中之对仗，与仪仗的排列却有不同。仪仗队用刀与刀、矛与矛、枪与枪……成对相排，诗句、对联，尤其是对联，则大忌相同之词语两边相对（偶尔用相同的虚词相对），而只能用同类的词语两边相对。早几年，中国楹联学会颁布了《联律通则》，将联律概括为六要素。对联的主要规则其实比较简单，下面介绍一下对联的一般规则。

一、字数相等、意义相联

对联分作出边和对边，或称出幅、对幅，上边、下边。现在普遍称作上联、下联。

两边的字数各多少，却非一定，从一字到数百字均可，最长的达到一千多字。一字联和二字联很少，如无特殊意义则难以成对。一字联如：

> 死
> 生

这副对联的意思是，宁可站着死，不愿倒着生。二字联如：

> 容易；
> 色难。

这是一副集句无情对，“色难”出自《论语》，“容易”出自西汉《非有先生论》，“容”对“色”，“易”对“难”，十分工整。三字联也少见。但是，有一条，即两边的字数必须相同。当然也有不相同者，如王壬秋挽袁世凯联：

> 袁世凯千古；
> 中华民国万岁。

这副对联挂出后，有人问作者：你上联是5个字，下联是6个字，特别是前面的名词，“袁世凯”是3个字的名词，“中华民国”是4个字的名词，对不上啊？作者答道：“袁世凯是对不起中华民国呀！”一语破的，它正是运用了飞白的修辞手法，这种飞白修辞正是利用了楹联字数必须要求相等的基本特点而创造出来的机巧，如果没有这一规则就体现不了它的趣味性。所以它并不是对联上下边字数可以不相等的例证。

称呼较短的对联，通常根据每边之字数，每边四字者称为四字联或四言联，五字者称为五字联或五言联。余可类推。

对联，对联，既要相对，又要相联。相对是指其形式，相联则是指其内容。对联的上下边意义必须要互相关联，当然，也有上下边风马牛不相及的无情对，但那也是根据对联的基本规则而产生的一种机巧联，后面有专门论述。

二、词性相同

词性也称作词语对仗。中国古人根据词性将词分为六类：

1.数目字。例如：二、六、半、双等。

2.颜色字。例如：丹、青、黑、红等。

3.虚字，又分生、死两类。

生虚字，即动词。例如：笑、哭、打、骂等。

死虚字，即形容词。例如：好、坏、多、少等。

4.实字。即普通名词，又分为天文、时令、地理等。

5.半虚半实。

半虚，指方位词。例如：内、外、左、右、东、西等。

半实，指抽象名词。例如：品德、思想、精神等。

6.助字。包括副词、代词和其他虚词。

也可按现代汉语分为实词和虚词两类：

1.实词。包括名词、动词、形容词、数词、量词、代词。

2.虚词。包括副词、介词、连词、助词、叹词、拟声词。

词性相同，也称词性对仗，即实词对实词，虚词对虚词，名词对名词，动词对动词，副词对副词，形容词对形容词……

这些规则基本上与对偶辞相同，但有三点不同之处：

1.防止合掌

合掌即指上下联互相对仗的词语或句子的意思基本相同,就像两个手掌合在一起,即称为合掌。

如在纪念蔡锷逝世八十周年的“蔡锷杯”征联时收到这样一副对联:

护国有知音,烈士美人皆不朽;
除奸同合力,英雄红粉并齐名。

“烈士美人”与“英雄红粉”是同一个意思,这就是合掌。

2.防止犯重

犯重就是重字,重字影响了楹联的对仗美,自然是不允许出现的。

如2002年四川省中考题:

下面两副对联所讲的作家分别是谁,请将姓名及主要作品集填在括号里。其中一副为:

画人画鬼,高人一筹;
刺贪刺虐,入骨三分。

这是郭沫若题蒲松龄故居联,上联错了一个“筹”字,重了一个“人”字,原联是“写鬼写妖,高人一等”。这说明出考题的人根本上就不懂楹联。如果知道对联的基本要求,就不会出现这种错误了。

不过,联语偶尔也允许用两个“之”“于”“而”“以”等虚词相对的情况,如:

漏网之鱼，世间时有；

脱天之鸟，宇内尚无。

“之”字即为同位重字。

3. 名词分为若干小类：如天文、时令、地理、宫室、服饰、器用、植物、动物、人伦、人事、形体等。如：

①天文（日月风雨等）②时令（年节朝夕等）③地理（山风江河等）

④宫室（楼台门户等）⑤草木（草木桃李等）⑥飞禽（鸡鸟凤鹤等）

⑦走兽（狼虎象马等）⑧鱼虫（蛇鱼蚁蝗等）⑨饮食（茶酒莱肴等）

⑩器物（盆杯壶盏等）⑪文具（笔墨纸砚等）⑫衣饰（衣冠巾带等）

⑬形体（身心手足等）⑭人事（道德才情等）⑮人伦（父子兄弟等）

⑯珍宝（金银玉珠等）⑰军事（弓箭刀剑等）⑱文艺（诗词书画等）

⑲文史（经典史册等）⑳精神（智愚苦乐等）

所谓词类相当，严格地说，也包括不将这些小类的一类去对另一类。一副对联中，小类相对的越多，对联越工，它是检验对联工整的重要依据，如《声律启蒙》中的对句即十分严格：

云对雨，雪对风，晚照对晴空；来鸿对去燕，宿鸟对鸣虫……

鲁迅先生少年时期以“独角兽”对先生的“比目鱼”而赢得先生的称赞，“比目鱼”为何比“两头蛇”“九头鸟”“八脚虫”好呢？因为“比”和“独”都是非数字类数词。再如南宋沈义甫与老师对句联：

绿水本无忧，因风皱面；

青山原不老，为雪白头。

“风”“雪”是天文类相对，“面”“头”是形体类相对，“水”“山”是地理类相对，“绿”“青”是颜色词相对。当然，不可能一联中的名词都做到这样，能用则用，不要勉强。古人对颜色词、方位词和数词是特别重视的，万不得已不能归入一般的名词。如民国时湖南隆回名士魏仲青对萧少白联：

银坑萧少白；
金潭魏仲青。

萧少白的家乡旧称“银坑”，因为那里出“银子”，其实是铅锌矿。民国时，他以自己的家乡名加上自己的姓名组成上联征下联。恰巧被金潭的魏仲青知道了。他未加思考，便成此天然巧对。“银”对“金”是金属对，“白”对“青”是颜色对，“坑”对“潭”是地理类，“少”对“仲”是序数词。又如郑板桥题观月亭联：

月来满地水；
云起一天山。

“月”“云”是天文类，“水”“山”是地理类。

当然，许多对子都没这么严格，这就有严对（工对）、宽对之分。“工”是“精巧”的意思。工对，即指同类的词或相关的词相对。王力在《汉语诗律学》中说“在同一种类为对仗者，叫工对。”“对仗的范围越小，就越工整。”如上边讲到的按类别属对即为工对。宽对，即指词性相同，句法结构相同的对仗。宽对在词性相对上也放得松一些。宋代吴可《藏海诗话》说“凡诗切对求工，必气弱；宁对不工，不可使气弱”，它告诉了我们运用宽工对仗之原则，该宽时要宽，该工时要工。当你的水平进入化境之时，锤词炼句自然能把握好火候。

要说明一点，除颜色对、方位对、数词对要求严格外，虚词对和动词对，也必须严格按同类对仗，否则为失对。另外还有一种所谓的邻对，它指门类相临近的字词可以互相通对。邻对处在两者之间，一般比宽对严格，但又不如工对那样整齐精密。下面十一类二十八门，每一类是可以通对的：

1.天文门　时令门

2.地理门　宫室门

3.器物门　衣饰门　饮食门

4.文具门　文学门

5.草木花果门　鸟兽虫鱼门

6.形体门　人事门

7.人伦门　代名门

8.方位对　数目对　颜色对　干支对

9.人名对　地名对

10.同义连用词　反义连用词　连绵字　重叠字

11.副词　连介词　助词

三、语法结构相同

语法结构相同也是指词语结构对仗，即对联上下边中的词或短语结构必须相同。为主谓结构对主谓结构、动宾对动宾、动补对动补、名词短语对名词短语、动词短语对动词短语、形容词短语对形容词短语。大结构中的小结构又要相对。如湖南隆回罗洪人邹抱一题罗洪老屋院家宅联：

池水绿环三面镜；

梅花香护一楼书。

名名名动数量名

偏正　　偏正

偏正　　偏正

动宾

主谓

又如孙中山自题联：

养　天　地　正　气；

法　古　今　完　人。

动　名　名　形　名

并列　偏正

偏正

动宾

四、节奏相应

节奏相应也是指节奏相对仗，节奏是古代韵文的重要内容，尤其是诗，借助正确的节奏，可以通过停顿和韵律的变化，造成和谐的音乐美。对联也一样。

所谓节奏相称，是指上下联的节奏相同。如袁枚自题联：

不作—公卿，非无—福命—皆缘懒；

难成—仙佛，为爱—文章—又恋花。

显然，这副对联是“二二，二二三”节奏，上下联是一致的。

五、平仄协调

（一）什么是平仄？

平仄是汉字的不同声调应用于诗词对联格律中的名称。平，就是平声，指的是某个字的读音的声调不升不降。仄，就是仄声，不平就是仄，也就是某个字的读音的声调或升或降。“儿子上学”即包含了平上去入四个声调。

四声：平、上、去、入。这是古代汉语声调的划分法。按传统说法，平声是平调，上声是升调，去声是降调，入声是短调。有首分辨四声歌诀：“平声平道莫低昂，上声高呼猛烈强。去声分明哀远道，入声短促急收藏。”现代普通话中，汉语的四声分别为阴、阳、上、去，阴、阳是平声，上、去是仄声，入声字已分化，归入上述三种声调里去了，即入派三声也。当代对联界一般按古四声撰联，也提倡年轻人按新四声撰联，但不能混用。这就是所谓的“双轨制”。例如：“胸怀家国；书伴朝夕”这副对联就是古今声混用。如果按今声，“国”“夕”都是平声字，平仄没有相对；如果按古声，“国”“夕”都是仄声，平仄也没有相对。只有把“国”字作古声，将“夕”字作今声，平仄才能相对，在一副对联中出现了双重标准，这就是古今混用。究其原因，是作者对入声字不完全了解造成的。用古四声，就要了解入声字，记忆入声字。有这样一首区别古四声字的歌诀：

平声屋梁坦（平而拉长）

上去荡秋千（V）

去声鸡报晓(↘)

入声响铳般(猛促短暂)

辨声要诀

切韵先须辨四声,五音六律并兼行。

难呼语气皆为浊,易纽言词尽属清。

唇上碧班邠豹剥,舌头滴当帝都丁。

撮唇呼虎乌污坞,卷舌伊幽乙意英。

闭口披颇潘坡拍,齐齿之时实始成。

正齿止真征志只,穿牙查摘塞争笙。

引喉勾狗鸥鸲厄,随鼻蒿毫好赫亨。

上腭嚣妖娇矫轮,舌根臻栉乍诜生。

纵唇休朽求鸠九,送气查拿诧宅振。

合口甘含咸槛甲,口开河可我歌羹。

以前总述都三六,叠韵双声次第迎。

大抵官商角徵羽,应须细辨始能清。

世间礼义皆如此,自是人心不解明。

不过,我国南方大部分地区都保留了入声字,南方人只要用方言和普通话对比一下就知道了。所以,南方人写对联用古四声比用新四声还容易。对于没有保留入声字的地方,在普通话中仍然是仄声字的入声字,我们就不用记了,只要记住以下188个古入今平的常用字就行了:

竹福熟菊逐读哭独足俗毒鹄觉捉浊学出实疾悉茁漆佛拂弗屈发伐罚卒竭忽歇突勃掘曰曷达活脱夺割拨喝咄黠札猾滑察杀

刷节绝结说别缺决折拙辙诀杰哲鳖截桀噎碣薄阁爵约郭酌托削灼凿泊搏礴昨石白泽伯席宅籍格帛额积夕责惜择摘藉翮昔击笛敌滴檄析狄荻踢涤戚职国德食蚀极息直得黑贼则植值棘织识即逼亟缉辑集急湿习袭及级揖汁蛰执汲吸楫合杂匝阖鸽盍拉帖贴接牒蝶叠捷颊协插押狎夹泱侠屋服族斛卓一七十八钵雹镯剥窟革(188字)

入声字辨认法

普通话收n、ng的平声字(阴平、阳平)不是入声字,如间、颜、翁、中;以b、d、g和j、z、zh为声母的阳平字皆入声,xué和fá为入声,如白、博、帛、笛、敌、读、夺、格、骨、国、集、急、竭、贼、族、足、卒、直、职、辙、哲。

①韵母是ue(嗟、靴除外)的字为入声,如越、绝、穴、厥。②zh、ch、sh后边的韵母是uo的字为入声字,如拙、捉、着、灼、茁、琢、戳、绰、说、硕。③b、p、d、t、n后边的韵母是ie的字为入声字,如别、憋、撇、跌、帖、贴、捏。④d、t、n、l、z、c、s后边的韵母是e的字为入声字,z、c、s、f后边的韵母是a的字为入声字,如得、特、讷、乐、泽、策、色、瑟、扎、擦、撒、发。⑤除以上介绍的入声字外,还有一百多个无规律可寻的入声字(阴平56字,阳平28字),可编成以下两首顺口溜。

《郭都督吃粥》

郭督托钵吃鸽粥,屋里瞎摸汁泼出。

脱织拍膝拨滴吸,摘秃捽履擦迹哭。

虱湿激击揭掬扑,疙凸逼缩掐压突。

胳屈拉接刮剥漆,拆切扦楔挖塌窟。

《十媳袭貉》

十媳拾石袭黠貉，匣斛席膜辖活鹄。

误食咳壳舌浸蚀，额翮习檄察实俗。

还有34个单字：一、壹、八、捌、七、柒、只、喝、噎、咄、唧、撮、揖、缉、沏、曲、锅、锡、戌、戚、聒、杀、刷、劁、失、塈、杓、勺、赎、秫、涸、曷、挼、槲。

有些入声字往往同一个偏旁，因此可以采取偏旁类推法。如：色——绝；各——格、客；甲——押、鸭；菊——掬、鞠；答——搭、褡；叔——淑、菽；析——淅、晰；忽——惚、唿；盍——瞌、搕、磕。

为了记忆入声字，大家还想出了许多办法，如把入声字编成三字文进行记忆：

六伯黑、不白皙、忒龌龊、没出息、贷谷麦、织竹席、毒剥削、逐什一、啬吃喝、食苜蓿、恶服饰、益积蓄、欲窃物、掘穴窟、昨日暮、跖入屋、猝突兀、魄觳觫、怕失色、匿帛幕、急雀跃、脚蹶跌、逸角落、鼻憋厥、忽觉察、戟割截、血沥漉、卒殁绝、七叔俶、击羯狄、越朔漠、伐弑逆、啜冽雪、啮菽粒、历代北、踏石砾、执节钺、发矢镝、克貊国、若霹雳、馘魅杰、裂畜腹、抉敌目、酷杀戮、力搏毕。

把入声字编成故事进行记忆：

【昨日】【寂寞陌客】很【寂寞】在【画室】【学刻】【绿竹】，【虢国】夫人告诉他一个【秘密】，有人【黑夜】【直接越狱】不成，想【吸血割脉】，被她的【嫡侄】看到了，【特别罚】他【赤脚】坐在【竹席】上【掰脚吃鸭脖】,这人觉得受了【屈辱】很【失落】居然【一直哭泣】。【急煞独酌】【叔伯】拿出【芍药】【菊】花【竭力】哄他开心,那人跳起了【霹雳】舞,嘴里【叭哒】着念【格律】诗,【嘿嘿】地笑了。

古四声辨析法

平上去入:

东董冻笃、通统痛拓、工拱贡各、同动洞独、丰捧俸福、翁蓊瓮屋、丛重颂俗、钟肿种祝、邦榜谤卜、支止志质、为苇会或、移以异逸、奇跽忌及、非匪沸弗、余与豫育、孤古顾谷、敷抚赴蝮、卢鲁路禄、空恐控哭、龙陇弄鹿、扛港降各、枝主注折、牺喜戏肸、而尔二日、悲彼贝不、鱼语御玉、初楚醋错、徒桂渡独、租祖做镞、肤抚赋弗、融俑用郁、江讲绛觉、双爽丧叔、丝使肆设、医倚懿乙、脂旨至质、微尾未物、书暑恕束、疏锁素肃、逋补布卜、胡户护谷、儒竖树日、扶武附物、迷米谜蜜、妻取趣七、佳解戒吉、孩亥害曷、台待代特、辛省信息、旬静净绝、元阮愿月、浑稳溷活、团断段夺、删潸散瑟、低邸帝室、西洗细悉、鸡几季吉、排罢败拔、开恺慨刻、推腿退脱、仁忍刃日、文吻问物、蕃反贩发、寒旱汗合、桓缓换活、先选线息、啼弟第耋、溪起气乞、圭诡贵国、该改盖葛、来懒赖勒、真轸震质、申审圣设、群窘郡倔、根梗艮格、官管贯括、銮卵乱捋、眠缅面蔑、笺翦箭节、天舔忝贴、昭沼照灼、陶道导铎、蒿好耗黑、麻马骂木、章掌障灼、央痒样逸、晶井进即、蒸轸正职、钩苟遘各、裘舅旧噱、千浅蒨切、烟衍咽邑、嚣晓孝歇、糟早灶作、歌古过骨、巴把霸剥、桑颡丧索、良两量立、灵岭令栗、登等嶝德、驱口寇恪、俦纣胄着、蝉善缮折、萧小笑屑、包宝报博、曹早漕昨、波谱布不、臧驵葬作、郎朗浪落、名敏命灭、丁顶钉的、尤有宥叶、鸠久救脚、犨丑臭策、邹走奏责、林廪令立、甘感绀閤、签浅倩辑、修擞瘦沚、金锦禁急、盐琰艳叶、咸焰艳亦、音饮荫邑、覃断段突、严犛念蘖。

古入声字是现在年轻人学习对联的难点，因为我们现在推广普通话，对古四声难以把握，所以在这里作了比较详细的介绍。了解入声，便于我们对古诗、古联的学习、理解。初学者如果觉得它太难，也可不必深入进去钻研，知道了入声字是怎么一回事就行了。我们现在完全可以用普通话撰联，也就是新四声。阴平（第一声）、阳平（第二声）是平声，上声（第三声）、去声（第四声）是仄声，十分简单。但特别要注意的是新旧四声不可混合运用。初学者如果对平仄把握不准确，可以通过网上平仄查询器进行查询，把我们想查询的对联输入进去，就可知道每个字的平仄，而且还分为古四声和今四声，一目了然，十分方便。

其实，入声字在全国大部分地区的方言中还保留着，在黄河以南的广大地区，我们的语言中都能反映出来，甚至黄河以北的山西等地也有反映。将普通话的四声和古四声综合起来看，我们的声音可以分为五声，即阴、阳、上、去、入。如"家庭好幸福""花园养嫩竹""师徒啃硬骨"就是这五个声调的组合。我们了解了这一种方法，入声字就不会成为我们创作中的硬骨头了。下面举几个例子：

阴	阳	上	去	入
郭	国（虢）	果	过	国
夫	福（浮）	斧	富	福
靴	学（穴）	雪	血	学

都	读(毒)	赌	度	读
低	敌(笛)	底	帝	敌
发	罚(伐)	法	珐	发
姑(骨)	鹘	古(谷)	故	骨

这五声,如果以声频的方式来传授,受众很容易明白。这种文字的表达方式,只能靠读者去感悟了。但是,南方的读者可能容易感悟一些,北方的读者就要难一些了。“国”“福”“学”“读”“敌”“发”“骨”都是入声字,在普通话中,它就归入其他四声中去了。例如“国”字就到阳平里面了,“发”字就到阴平里面了,而“骨”字,则阴平和上声中都有。

(二)句内平仄必须交替,上下边平仄必须相对。

1.为什么如此注重平仄?

冰心曾谈过这样一件事:“最近报上有一个标题,叫做‘梨花开花访梨乡’。六个平声字,一个仄声字,平平平平仄平平,念起来很不好听。本来旧体诗是讲究音乐美的,平仄声要(协)调,平平仄仄平平仄,仄仄平平仄仄平,念起来就琅琅上口了。还有,‘春色满园关不住’,本来是众口传诵的宋人叶适的一句诗,可是,到报上偏偏成了‘满园春色关不住’,平仄也不调了。这不是自作聪明吗?”冰心的这段话给我们道出了懂得平仄的重要性。懂得平仄,就懂得音韵,懂得音韵,写出来的东西就有音韵美,读来就琅琅上口。“两情若是久长时”是宋人秦观的词句,为什么要用“久长”而不用“长久”,就是为了韵律和谐而做的“微调”。

2.出、对句句脚平仄与对联的张贴。

上边仄脚,即上联末尾用仄声字,下边平脚,即下联末尾用平声字,这也符合我们写诗大多用平水韵的特点,即全联以平声收尾。张贴时,上联贴在右边,下联贴在左边。汉字行文之传统,均为右起竖书。横批也是从右至左，它表面上排作横行，实为一字一行形横实竖的东西。现行的左起横式行文法，为与西洋文、拉丁字母、阿拉伯数字混排之方便而兴起，始于1902年严复《英文汉诂》。如果要将横批视为一般的横书，也不影响竖排的左右排列。

3.什么是平仄交替？

就是在每一个句子里，平声字和仄声字都是相互交替出现的，一般是双音节交替，即双平双仄互相交替。偶字句一目了然，双平之后双仄，双仄之后双平；奇字句中则有单平或单仄字，或三平相连、三仄相连，但不管怎样变化，处于二、四、六音步上的平仄一定是互相交替的，最基本的交替句式有四种：平平仄仄平平仄，仄仄平平仄仄平，仄仄平平平仄仄，平平仄仄仄平平，其他平仄交替形式都是从这里衍化出来的。

4.什么是平仄相对？

平仄相对，就是上下联平仄要相对，上边是平声字，下边相应的位置就是仄声字，反之亦然。

下面例举短联的几种常规结构形式。

四字联平仄格式：

平平仄仄

仄仄平平

相传李白撰岳阳楼联即是这种结构(一三不论)：

水天一色；

风月无边。

五字联有两种平仄格式，其一是：

仄仄平平仄

平平仄仄平

如郑燮题焦山别峰庵联即是这种结构：

室雅何须大；

花香不在多。

其二是：

平平平仄仄

仄仄仄平平

如魏源题湖南隆回金潭沙洲上故宅联：

沙洲迴碧水；

朗月照金潭。

六字联平仄格式：

仄仄平平仄仄

平平仄仄平平

如樊锥题新邵太子庙新院子联：

静座当思己过；

闲谈勿道人非。

七字联也有两种平仄格式，其一是：

仄仄平平平仄仄

平平仄仄仄平平

如孙星衍自题联：

莫放春秋佳日过；

最难风雨故人来。

其二是：

平平仄仄平平仄

仄仄平平仄仄平

如石韫玉赠人联：

精神到处文章老；

学问深时意气平。

多于七字的联语，一般每边由两个以上的分句组成。如八字句，或由两个四字句组成，或由一个三字句和一个五字句组成。再如九字句，或由一个四字句和一个五字句组成，或由一个三字句和一个六字句组成。每个分句的平仄安排与上面介绍的一样。当然，散句除外。

这里要告诉大家一个平仄安排的简便方法，主要把握两点：一是上边尾字是仄声字，下边尾字是平声字，所以我们的平仄可以从后面往前面推；二是平仄一般两个音节相交替；三是上下边平仄相对，那么，一个字的对联平仄安排是：

仄；

平。

两个字的对联平仄安排：

仄仄；

平平。

如果第一个字不论，也可以这样安排：

平仄；

仄平。

后面还专门要讲"一三五不论"的问题，这里就只讲一般规则，不含特殊情况。三个字的平仄：

平平仄；

仄仄平。

三个字的平仄安排，不是双音节交替，音部的重点不在第二个字上，而在第三个字上，只要第三个字（也是最后一个字）的平仄上仄下平即可，其他字的平仄可不论。

四个字的平仄：

平平仄仄；

仄仄平平。

四个字的句子，因为是两个双音节，上边后面两个仄声字，前面当然是两个平声字了。六个字的句子，是三个双音节排列，后面四个字和四字联平仄一致，然后在前面再交替两个音节就行了。即上边三四字是平声字，在第一二字用仄声字就行了，下边则相反：

仄仄平平仄仄；

平平仄仄平平。

五字联包含两个双音节，一个单音节，平仄安排有两种形式，第一种形式是最后一个字单音节：

仄仄平平仄；

平平仄仄平。

这就相当于六字联的平仄去掉最后一个字。第二种形式是后面安排双音节，前面三个字的平仄与后面两个字的平仄相反就是了：

平平平仄仄；

仄仄仄平平。

七字联包含三个双音节，一个单音节，平仄安排有两种形式，在五字联的平仄前面交替两个音节就是了，五字联第一个字是仄声的就在它前面交替两个平声字，五字联第一个字是平声的就在其前面交替两个仄声字：

平平仄仄平平仄；

仄仄平平仄仄平。

仄仄平平平仄仄；

平平仄仄仄平平。

这也就是七律的四种平仄句式。至于七个字以上的平仄格式，一般是多个七字以下的骈句和律句组成，如八字联，往往是两个四字句组成，四字句和六字句都属于骈句；如九字句，可能由四个字的骈句和五个字的律句组成。另外，还有逗字句、领字句，骈句加虚字句，散句等等。后边有所论述。

5.什么是失替？

失替就是平仄没有互相交替，如湖南武冈浪石古楹联村有副对联：

浪静水清行龙卧；

石奇风香藏虎踞。

上边第四、第六字都是平声字，犯了失替之忌；下边第二、四字都是平声字，也犯了失替之忌。有好几篇写浪石的文章说这是一副佳联，认为古人写的对联都是好对联。这说明文章作者不懂楹联，而且这副对联还不通，“行龙卧”和“藏虎踞”不好理解。

6.什么是孤平？

孤平就一句话中，除韵脚这个平声字外，句中只剩下孤孤单单一个平声字，就叫孤平。为了避免“犯孤平”，某些句子的“一、三、五”诸字也不能不论。如“仄仄平平仄仄平”这种句子，其第三字平声如换用仄声字，便只剩下第四字为平声了（韵脚的平声字不计），这就会犯孤平。因此，“一、三、五不论”也要具体问题具体分析。著名语言学家王力即持这种观点。如“金盾杯”全国征联一等奖“对句”：

金盾耀金辉，题词五载千军奋；

警威凭警德，造福一方百姓安。

“造福一方百姓安”中，除韵脚“安”字这个平声字外，只有“方”字一个平声字。显然，对句运用的是古四声，因为“德”“福”是入声字，在新四声中为平声。如作新四声，则“德”对“辉”、“福”对“词”失对。这样的对联获得了一等奖，评委是没把好关的。

另有一种观点认为，孤平即是两仄夹一平。它并不限于韵句（即以平声字结尾的句子），任何位置，只要是两仄夹一平，就是犯孤平，如仄平仄仄平平仄，平平仄仄仄平仄。这种观点在学术界的认同度不如前者。

7.什么是三连仄?

“三连仄”就是一句话的句脚是连续三个仄声字。如朱彝尊题施粥厂联:

同是肚皮,饱者不知饿者苦;

一般面目,得时休笑失时人。

上边尾句“饿者苦”即是三个仄声字,就叫三连仄,或三仄尾,没有韵律的美感,是联律中不允许的。当然,这是一副名联,不会出现这种情况,这个“饿”字原本是一个“饥”字。

8.什么是三平调?

“三平调”就是一句话的句脚是连续三个平声字。如湖南武冈宣风楼有联:

快雪时晴观霁色;

淳风宣化期清明。

下边“期清明”系三个平声字结尾,这就叫“三平脚”,不符合音韵美,也是联律不允许的。

(三)关于“一三五不论,二四六分明”

这一规则是说词字之平仄尚有通融之余地。即说字当第一、三、五者,其平仄尚能随便,可平可仄,字当第二、四、六者,其平仄不能含糊。因为二、四、六字是决定音步性质之重点声,必须严格,一三五字为非重点声,可以放宽。如徐渭自题联:

几间东倒西歪屋；
一个南腔北调人。

上联的平仄为“仄平平仄平平仄”，“几”字处应平而仄，“东”字处应仄而平，因为他们处于该句的第一字和第三个字处，故可通融。

但是，为了防止出现三平尾或三仄尾，应该遵循“一三不论五当论，二四分明六更明”的原则。也就是说第五个字也要讲究，“二七皆平五必仄”，“二七皆仄五必平”，否则就会出现“三仄尾”“三平尾”；当“仄仄平平仄仄平”的第三字为仄声时，第五字当改为平声，否则就会犯孤平。

（四）什么是拗救？

“拗”，是指句子中不符合平仄要求的字；凡是句中出现拗字的句子，因读起来拗口，故称“拗句”。“救”，就是对拗句的补偿或补救。具体说来，在一个句子中，如果在该用平声字的地方用了仄声字（不论是否犯“孤平”），那么就必须（或经常）在本句或对句适当的位置上（原来该用仄声的地方）改用一个平声字。反之亦然，这种情况就叫做“救”。如曾国藩赠毛寄云联：

天下苍生待霖雨；
此间风物属诗人。

“霖雨”一词无法改动，“霖”字位于第六字处，宜仄而平，与第四字皆平，造成失替，这就是“拗”；而第五字“待”字处本来应该用平声字的，就将它改为仄声字，这就是“救”。这样，平仄乖拗处就修正了一下。又如湖南隆回清末举人贺学海题故居“护梅山房”联：

莲幕治军书，润色鸿猷愧东里；
艾年谢官政，闲扶鸠杖对南山。

“润色鸿猷愧东里”一句的正常平仄应是仄仄平平平仄仄，而实际平仄是“仄仄平平仄平仄”，第五个字应平而仄，第六个字应仄而平，是五拗六救，准确地说是六拗五救，因为“东”字无法更改，这就是典型的拗救句。“艾年谢官政”一句的正常平仄应是“平平平仄仄”，“艾”处于第一个字，可以不论，“官”处于第四个字，是必须要论的，这里应该用仄声字而用了平声字，所以在第三个字“谢”字处该用平声字的地方用了仄声字。

拗救为我们创作对联时提供了一种变通的途径，如犯了孤平，也是可以采取“救”的办法的。拗救的形式多种多样，有当句拗当句救的，也有出句拗对句救、对句拗出句救的。在各个位置的情况也各不相同。因为拗救在对联创作中用得不多，此不详论。

第七章　对联的特殊规则

对联对仗的基本规律一般概括为以上字数相等、内容相关、词性相同、结构相当、平仄相对等要素。但是也有许多特殊的对仗形式，其中有些对仗形式鲜为人知，这一章就几种比较特殊但又普遍使用的对仗形式作一介绍。

一、借对

对联是倾向于工对的，联家千方百计谋求对仗精工。传统诗词格律中的借对法，即可把不能相对的词语变成能相对者，甚至变成极工的对仗，从而使对仗获得更多的自由，提供了一条宽工转化之途径。借对可分为借义对、借音对、借调对三种。

（一）借义对

作为对仗之字词，用句中原义虽非工对，但其另有他义，借之以对仗则属精工，此为借义对之原理。联家一般视借义对为工对。

> 酒债寻常行处有，
> 人生七十古来稀。（唐杜甫七律《曲江》）

“寻常”是普遍的意思，但古制以八尺为寻，倍寻为常，故可借为量词，与“七十”相对为工。

翰墨图书皆成凤采；
往来谈笑尽是鸿儒。（书店联）

鸿儒，硕学大儒，这里借动物类名词“鸿”与“凤”相对。

地有七星邻北斗；
人如二客伴东坡。（清百文敏、吴山尊对句于肇庆七星岩。）

“东坡”为苏轼之号，是专用名词，现借“东”为方位名词，而与“北”成工对，当然，这一类借对已经不怎么明显了，因为“东坡”这个名词，其“东”字的本意就带有方位词的意思。

好句不妨灯下草；
高龄可辨雾中花。
（佚名题眼镜店）

“草”本为动词，此处借为花草之草，以与“花”相对。

不合时宜，唯有朝云能识我；
独弹古调，每逢暮雨倍思卿。
（清严问樵挽姬人。）

“朝云”为人名，现借“朝”为时令类词对“暮”，借“云”为天文类词对“雨”成工对。

老去怕伤心，那堪万里长征，严装更哭同舟侣；
人生如寄耳，剩有卌年清德，令名付与史臣书。
（清左宗棠《盾鼻余沈》载有挽徐宗干联。）

在这一联中，“如寄耳”的“耳”本来是语气助词，将其借为人体类的名词“耳”与“怕伤心”的“心”相对而形成工对。句意却是人生如寄蜉蝣于天地的感叹，“耳”字为表达感叹的语气助词，与耳朵的“耳”没有关系。

席上不分南北；
眼前只见东西。（邹宗德讽酒官联）

“东西”为物品，现借之为方位名词与“南北”相对。

解脱拈花刚佛日；
证明因果在仙霞。（清孙叔平挽邢克均巡抚之妻于福建）

“佛日”即佛之生日，死者适于该日去世，此处借年月日之“日”为太阳之同义词“日”，以与“霞”作天文对。“仙霞”即仙霞岭，借“仙”对“佛”，借“因果”之“果”为花果之“果”，以同“花”相对。

天子预开麟阁待；
相公新破蔡州还。（清吴汝纶贺曾国藩寿联）

听说曾国藩看到此联后大加激赏，命传示诸幕僚。但有人认为“麟”字对“蔡”字不工整，曾国藩听后勃然大怒说：“你们只知拉我上皂壳树(湘乡土话，一种长尖刺之树)，以取功名，图富贵，而不读书求实用。麟对蔡，还要如何工整?”《论语·公冶长》有“臧文仲居(收藏)蔡”之说。朱熹《集注》解释：“蔡：大龟也。”龟与麟同属四灵，对仗何其工也！“麟阁”是指西汉麒麟阁，史称甘露三年(公元前51年)，汉宣帝因匈奴归降，回忆以往功臣，乃令人画霍光、苏武等十一名功臣于未央宫麒麟阁内，以志纪念。“破蔡州”典出唐宪宗时，淮西节度使吴元济盘踞蔡州(今河南汝南)叛乱，名将李晟之子李愬雪夜破蔡州，行军深入七十里，生擒吴元济，维护了国家的统一局面。

(二)借音对

两字本不能相对，但其中之一有同音字与对方为工对时，则可借音而对。借音对常多用于颜色对，此种不被联家作为工对，实不得已而为之，因而少用之。

马骄珠汗落；
胡舞白蹄轻。(杜甫《秦州杂诗》)

句内借“珠”为“朱”，和“白”成颜色对。

寄身且喜沧州近；
顾影无如白发何。(刘长卿七律《江州别薛六》)

出句借“沧”为“苍”，与“白”为颜色对。

残春红药在；
终日子规啼。

对句借“子”为“紫”，与“红”为颜色对。

住山今十载；
明日又迁居。

对句借“迁”为“千”，与“十”为数字对。

洪水龙蛇循轨道；
青春鹦鹉起楼台。（张之洞题晴川阁联）

“青”是颜色词，“洪”不是颜色词，借“洪”的谐音“红”与“青”相对，即借音对。

曾经沧海千重浪；
又上黄河一道桥。（兰州“河神庙”联）

其中“沧”借其同音“苍”对“黄”。

毋将成败论英雄，唯义唯忠，赢得九州隆享祀；
但令古今羞势利，乃神乃圣，相看巴蜀壮春秋。

（邹宗德题四川叙永春秋祠联）

"巴蜀"之"巴"与"八"同音，故将它与"九"为数字相对。

从上面的例子可以看出，借音对中，以借用为颜色类词比较多。

（三）借调对

"调"即声调，所谓借调对，即指某字有平仄两声，在联中按文意属平声，而借其仄声与上边的平声字相对，反之亦然。借调对很少有人用之。晚清湖广总督张之洞贺邵阳地理学家邹代钧母亲寿联曰：

> 儿似北朝郦善长；
>
> 寿齐南岳魏夫人。

郦善长即郦道元，其在名字中本念平声"cháng"。此联挂出后，张的政敌们起哄："官居总督，连平仄都不懂，长（zhǎng）长（cháng）不分，岂不是笑话？"张之洞解释道："对联可以借字借声嘛。"可见，联中"长"是借其仄声"zhǎng"来与平声字"人"相对的。借声即借调。借调对与借义对、借音对的根本区别在于，借义对、借音对是词性对仗技巧，而借调对是一种平仄对仗技巧。这种技巧联家鲜有用之，实不得已而为之。

二、无情对

无情对，顾名思义，即上下边意义不相关的对联，它只求字面上的对仗，特别强调字词工对。相传无情对的祖师爷为张之洞，《清稗类钞·诙谐类》有这样一段记载：

> 张文襄（之洞）早岁登第，名满都门，诗酒宴会无虚日。一日，在陶然亭会饮，张创为无情对，对语甚夥，工力悉敌。如"树

已半枯休纵斧”，张对以“果然一点不相干”，李莼客侍御慈铭对以“萧何三策定安刘”。又如：“欲解牢愁惟纵酒”，张对以“兴观群怨不如诗”。此联尤工，因“解”与“观”皆为卦名，“愁”与“怨”皆从心部，最妙者则“牢”字之下半为“牛”，而与“羣”之下半为“羊”，更觉想入非非。最后，张以“陶然亭”三字命作无情对，李芍农侍郎文田曰：“若要无情，非阁下之姓名莫属也。”众大笑，盖“张之洞”也。

无情对在联意方面采取逆向思维的方法，反其意而为之。无情对非但意义不相关，而且意义上相差越远越好，上下两边的命意是风马牛不相及的，但每比各自的意义要自然连贯。无情对上下边的结构也恰好与一般联语相反，它追求结构的不一致，甚至相差越远越好，以形成强烈的反差，构成意趣。如：

公门桃李争荣日；
法国荷兰比利时。

上比是赞颂某人的教育成就之语，其结构很复杂；下边只把三个国名（亦即三个名词）排列在一起而已，并没有说明什么意思。上下边是风马牛不相及的。又如：

珍妃苹果脸；
瑞士葡萄牙。

细羽家禽砖后死；
粗毛野兽石先生。

这些对联虽然上下边意义毫不相干，但每个字词的对仗是十分工整的，尤其讲究名词的小类相对。在手法上，无情对的撰写大多采用汉字一字多义的特点，转义对之，并尽量做到对句中的所有字都转义，转义后还必须使相应的字词依然存在对仗关系。如：

丑角；
美元。

“丑角”是演员行当，“美元”是货币。但“丑”、“美”是取形容词义相对，“角”、“元”是取货币单位名词相对。再如：

回头是岸；
汉口非洲。

“回”、“汉”是民族名词词义，“头”、“口”是人体部位，“非”、“是”取副词义。同时这一无情对又有另一层意思：因为回头是岸，所以汉口（是城市）不是“洲”。

福建省南平市延平区楹联学会还专门举办了一种无情对专刊《无情联圃》，这是全国第一个无情对专刊，其刊头联“看来易对实难对，道是无情却有情”正好道出了无情对的特点。该刊物发表了许多新创作的优秀的无情对。如：

治水；　毛利；　莽汉；　楚汉；　诸葛亮；
整风。　肾亏。　荒唐。　清明。　东方红。

明朝中叶；　犬吠惊生客；　我不同他作对；
美国里根。　马云吓死人。　谁来与你买单。

湖南湘潭的刘可亮先生著有《无情对论》一书，是我国第一部系统研究无情对的专著。尔后，刘可亮、吴小明、李永又主编了《无情对韵》一书，也是史上第一部无情对韵。《无情对韵》共两个版本，一个依平水韵，30个韵部；一个依中华新韵，14个韵部。每个韵部二至四段不等，共124个段落，总计入选无情对1240副，如《一东》：

巧克力，蛮用功，电子对雷公。分居对会所，离异对合同。心太软，北极熊，别墅对自宫。窗含明月白，几度夕阳红。身无彩凤双飞翼，单脚金鸡独立中。苦求降雨，甘拜下风。雪飘三日江山白，气派十分海陆空。

实际上，无情对的应对比常规对联的应对要难，难就难在追求对仗的工巧和句意的雅趣。从某种意义上说，应对无情对句，不失为提高撰联对仗技巧的一种方式。

三、借对与无情对的关系

通过对借对与无情对特点的分析，发现借对与无情对有着千丝万缕的联系，无情对中大量运用了借对法。借对中的借义对，是根据词语一词多义的特点，选其能与对边形成对仗的一层意义对之，而另一层意义则与当句的前后词语的语意连为一体，形成流畅的句意。无情对也是根据词语的一词多义来属对的，语意上的词义与对仗上的词义是完全不相同的，而单个字的对仗却十分工整。苏昆名丑杨三在演白蛇传时，讽刺了李鸿章的卖国行为，后被李迫害致死。观众十分气愤。有人写了这样一副对联：

杨三已死无苏丑；

李二先生是汉奸。

李鸿章排行第二，故称李二先生。“先生”从当句句义上理解，是对成年男性的称呼，由此与“已死”是不能对仗的，但单个字相对却是至为工整的了。这个就是借对。“杨三”与“李二”虽然是工对，但视为单个字相对则更加工整了，“杨”“李”同为植物类名词。

借对与无情对的区别在于：

其一，借对是一种对仗方式，而无情对是一种对联形式。

其二，借对只是一副对联中的个别词语的对仗特点，而无情对则整副对联的所有或部分词语都运用借对手法，如“细羽家禽砖后死，粗毛野兽石先生”中的“砖后死”和“石先生”就是借对法，“细羽家禽”与“粗毛野兽”则不是借对。而“庭前花始放；阁下李先生”一联却全部是借对。

其三，无情对注重上下边命意的强烈反差效果，而借对则不尽然，所以只有形成强烈反差效果、歧义效果的借对才可用于无情对，一般的借对形式不可用。如“日”的两种意义：“日子”的“日”和太阳的“日”可以成借对，但很难组成无情对。

其四，无情对更注重单个字的对仗效果，越是能做到单个字相对的效果越好。越是借对运用得多的效果越好。当然，有的单个字相对时，可以不具备借对的特点，如：

三径渐荒鸿印雪；

两江总督鹿传霖。

“三径”与“两江”就不是借对法。单字虽然能相对，但也可看作词组相对，故弱化了单字对仗的效果。幸而其他词语的单字对仗效果弥补了这个问题。

其五，借对中的借音对在无情对中很少运用，借调对在无情对中还没有运用的先例。

其六，无情对颠覆了对联要求结构一致的特点，而且要求结构越不相同越好，而借对则有上下边对仗既有结构不一致的借对法，也有结构一致的借对法。

其七，借对法可以令人会心一笑，但运用于无情对的借对法，其幽默性会因为上下边句义的分别连贯而骤然放大，产生脑筋急转弯的效果。没有幽默诙谐效果的对联不是无情对。

其八，上下联的意义必须无关，而且离得越远越好。意义相关的就不是无情对，只不过在其中运用了借对法而已。如：“欲吃新河鸭，须交陈海鹏”许多人认为是无情对，其实不然，因为它上下边有意上的联系，只是“新河鸭”对“陈海鹏”运用了借对手法罢了。

其九，无情对可以不运用借对，如：

太极两仪生四象；
春宵一刻值千金。

这是一个集句无情对，上下边结构相同，因为没运用借对法，故对仗显得欠工整，甚至有的单个字还不能相对，缺少一种对仗的情趣美。由此可见，借对属于工对的范畴。

四、自对

自对，即对联的出边或对边内部采用的对仗形式，无论在长联或短联中，均可有自对，由于短联字数少，故只能有句中词语自对，而长联则既可以有句中词语自对，也可以有句子自对。

（一）词语自对

1.单字自对

宠辱不惊，看庭前花开花落；
去留无意，望天上云卷云舒。
（明代洪应明述志联）

“辱”与“宠”相对，“留”与“去”相对。

花在春秋风里笑；
人于青白眼中行。

“秋”对“春”为天文类名词相对，“白”对“青”为颜色类名词相对。

江流天地外；
山色有无中。（王维《汉江临眺》中诗句）

“地”对“天”是名词相对，“无”对“有”是动词相对。

2.双字自对

清风明月本无价；
近水远山皆有情。（梁章钜题沧浪亭）

“明月”对“清风”,“远山”对“近水”。

一饭尚铭恩,况负抱提携,只少怀胎十月;
千金难保德,论人情物理,也应泣血三年。(曾国藩挽乳母联)

“负抱”对“提携”,“人情”对“物理”。

3.多字自对

三绝诗书画,
一官归去来。
(清李啸村赠郑板桥)

“诗书画”三字互对,“归去来”三字互对。

气备四时,与天地日月鬼神合其德;
教垂万世,继尧舜禹汤文武作之师。(某皇帝题大成殿)

“天地日月鬼神”多字互对,“尧舜禹汤文武”多字互对。

兄弟三人,酒癖烟癖赌癖;
田园万顷,今年明年后年。(半同字)
(陆蔚奇嘲三个富家子弟联)

“酒癖”“烟癖”“赌癖”三个词语自对,“今年”“明年”“后年”三个词语自对，其中有一半字相同。

4.多重自对

此湖此水不深浅；
放鹤招鹤成古今。
（伊秉绶题惠州元妙观）

此联虽短，却两处应用自对。一是前四个字构成自对，即“此水”对“此湖”，“招鹤”对“放鹤”。二是后两个字构成自对，即“浅”对“深”，“今”对“古”。第一处自对中，运用了复辞修辞，分别重“此”“鹤”，且上下联重字的位置不对称，自对部分的结构也不一样。第二处自对中，上下联自对部分的词性不一致，上联“深浅”是形容词自对，下联“古今”是名词自对。

上下同心，潭邵拓开高速路；
瑞祥盈宇，山川改变旧时颜。
（邹宗德题上瑞高速公路潭邵段开工典礼会场联）

“上”对“下”，“潭”对“邵”，“拓”对“开”，下边亦同。

5.隔字对

老吏何能，有讼不如无讼好；
小民易化，善人终比恶人多。
（清徐清惠题武城县大堂）

“有讼”“无讼”自对，“善人”“恶人”自对，中间有文字将其隔开。

干大事以小心，诸葛一生唯谨慎；
国多忧而少乐，希文两字独关怀。
（清卢春元题安化千国堂联）

“大事”与“小心”相对，“多忧”与“少乐”相对。

6.跨句自对

此种自对形式比隔字对的距离更远，自对之词语分散在各短句之中，合成一组。

无底乎，有底乎，进来看看；
上层也，下层也，往复空空。（亦为混交自对）
（邹宗德题邵阳市郊无底洞）

“有”“无”自对，“上”“下”自对，“进来”“往复”自对。

一道二开茶，闲话三江四海；
西拉东扯事，喜听北调南腔。
（三十年代佚名题成都少柏茶楼）

出句中“一道”“二开”“三江”“四海”构成一组自对之词语；对句中“西拉”“东扯”“北调”“南腔”亦构成一组自对之词语。

7.不等量自对

此种自对中，自对词语的数量不同。王力先生《汉语诗律学》中说这种对仗形式,“如系五言,往往是上两字与下三字相对,如系七言,往往是上四字与下三字相对,这样,虽然在字数上不相等,在意义上是颇工整的对仗”。

四面荷花 三面柳;
一城山色 半城湖。
(济南大明湖铁公祠联)

“四面荷花”与“三面柳”自对,下边亦然。

山异 石尤异,
洞奇 心更奇。
(佚名题广西贺县观音洞)

“山异”与“石尤异”自对,下边亦然。

二分诗景 八分画,
楼外江声 天外峰。
(吴恭亨自题居处)

前四字与后三字自对。

墙上芦苇,头重 脚轻 根底浅;
山间竹笋,嘴尖 皮厚 腹中空。
(解缙联)

“头重”与“脚轻”与“根底浅”三处形成不等量自对。

> 穿牖而来，夏日清风冬日日；
> 卷帘相见，前山明月后山山。
> （佚名题平湖秋月）

此联的第二分句也是复辞对，上边有三个“日”字，下边有三个“山”字；而且其中两个“日”字、两个“山”字分别在联尾连用，但并非叠字。第二分句使用的是字数不同的“不等量自对”：即“冬日日”与“夏日清风”自对，“后山山”与“前山明月”自对。如果试着在句中分别加个“之”字，那么语意和自对形式就会更明显了。

8. 假性自对

以双字连绵词（尤其是同一偏旁部首者）的每一个字冒充单字自对，以和真正的单字自对进行相对的对仗形式。

> 苍茫海水连江水；
> 罗列他山助我山。
> （郑燮撰海西庵祠联）

“苍茫”是连绵词，“罗列”是并列结构的词组，“罗”和“列”形成自对，“苍茫”则为假性自对，即相当于“苍”和“茫”相对。

> 忌我何常非赏识；
> 欺人毕竟不英雄。
> （杨芳自题）

“赏识”是并列结构词组，“赏”和“识”形成自对；“英雄”是连绵词名词词组，形成假性自对。

（二）句子自对

隔秋水一湖耳，看岸花送客，樯燕留人，此境原非异土；

共明月千里兮，记夜醉长沙，晓浮湘水，相逢好话家山。

（陶澍题汉口长沙会馆联）

凭栏看云影波光，最好是红蓼花疏，白苹秋老；

把酒对琼楼玉宇，莫辜负天心月到，水面风来。

（彭玉麟杭州西湖平湖秋月亭）

望不断七二峰衡岳，流不尽八百里洞庭，明月当头，如许江山容我醉；

是谁赋屈大夫离骚，问谁虚贾太傅前席，幽情无限，满城风雨自西来。

（朱兰坡长沙天心阁联）

附公者不皆君子，间公者必是小人，忧国如家，二百余年遗直在；

庙堂倚之为长城，草野望之若时雨，出师未捷，八千里路大星沉。

（左宗棠挽林则徐联）

无一日不办事，无一事不用心，疆寄三十年，仅乃如此；

行治术十之六，行学术十之四，存诗五百首，呜呼哀哉！

（某挽张之洞联）

一尺布，一卷书，五夜寒灯慈母泪；

蜀江清，蜀山峻，十年冰蘖远臣心。

（左宗棠挽黄云鹄母）

师统扶君统于微，东鲁衰，圣人生；南宋衰，贤人出；
临安视新安为近，望帝乡，沧海月；怀故乡，黄海云。

［清江峰青题朱文公（朱熹）祠联］

前三联的句子自对形式符合一般的对仗特点，“岸花送客”与“樯燕留人”相对，下边亦然；“红蓼花疏”与“白苹秋老”相对，下边亦然；“望不断七二峰衡岳”与“流不尽八百里洞庭”相对，下边亦然，“不”字为同位重字。第四副“附公者不皆君子”与“间公者必是小人”句子自对，“庙堂倚之为长城”与“草野望之若时雨”句子自对，上边重字“公者”，下边重字“之”，重字不在同位，重字的数量上下联不一样，且上下联的语法结构、节奏点位置都不一样，对仗要求明显放宽了。第五副和第六副十分相似，也存在非同位重字的问题；后两联又有所不同，它有部分句间重字，但与下边还是形成了对称美，这种形式实非对仗而为对偶，非排比却似排比，有人称之为排偶句。

还有一种排比句自对形式，对仗要求放得更宽。这种排比句自对又分为等长排比句自对和不等长排比句自对。

等长排比句自对如：

三分水，二分竹，一分屋；
前听钟，后听笛，里听书。

（某自题联）

半市半乡，半读半耕，半士半医，世界本无全才，故名为半；
闲吟闲咏，闲弹闲唱，闲斟闲酌，人间尽多忙客，而我独闲。

（清袁少枚自题“半闲园”联）

二十举乡，三十登第，四十还朝，五十出守，六十开府，七十归田，须知此后逍遥，一代福人多暇日；

简如格言，详如随笔，博如旁证，精如选学，巧如联话，富如诗集，略数平生著述，千秋大业擅名山。

（清王叔兰贺梁章钜七十寿联）

以上三例两边之自对句（标线处），长度相同（第一副每句均为三字，第二、三副每句均为四字），但第三副每组三句之各句间，均有重字，平仄安排亦无规律（出幅六句，句脚为“平仄平 仄仄平”，对幅三句则为“平仄仄 仄仄仄”，竟有平仄不相反者），这就是排比自对句之特征。

不等长排比句自对如：

一生二，二生三，三生万物；

地法天，天法道，道法自然。

（清陈蓝轩集《道德经》句题四川青城山建福宫联）

烧饭难，舀水难，盖戳尤难，得意莫如逢口号；

身材小，力气小，考篮不小，出场从不赶头牌。

（清佚名作考棚中游戏联）

是大诗人，是大学人，是更大哲人，四昭炯心光，岂谓微言绝今日；

为家孝子，为国纯臣，为世界先觉，一哀感知己，要为天下哭先生。

（王国维挽沈曾植）

以上三例两边各有一组(三句)不等长排比句,自行对仗。除了字数不一样外,其余特点与等长排比句自对差不多。

总之,排比句自对有以下几个特点:

1. 排比句须符合排比修辞手法的特点,并列成排,排比的相数至少是三相。

2. 各相之长度可同可异,即句长充分自由而无严格之限制。可分等长排比句和不等长排比句二类。

3. 不拘平仄,即允许句中失替,又允许在其句间失对,可音步同声相对。

4. 可以同字相对,大多有不同程度的同位重字。但这种同位重字仅限于同边自对句之间,绝不允许用于两边相对句之间。

句子自对,可以是一组,也可以是两组或多组,如:

志安社稷,忠炳日星,可以托孤,可以寄命;
位极人臣,功盖天下,其生也荣,其死也哀。

(清柳正笏挽曾文正公联)

此联上边"志安社稷"与"忠炳日星"相对,"可以托孤"与"可以寄命"相对,下边亦然。每边两组自对,颇为灵活。

再看下边一联:

寄以腹心,倚作股肱,使我北顾无忧,是良将,亦良朋,渺焉寡俦,古谊若龟鉴,忠肝若金石;

脑涂郊坰,血润原野,吊公西向而哭,痛同胞,与同泽,惨哉浩劫,君子化猿鹤,小人化虫沙。

(刘显世挽熊克丞)

此联有三处应用自对，三处自对的字数和结构均不相同。第一处是第一、第二分句构成自对，第二处是第四、第五分句构成自对，第三处是第七、第八分句构成自对。上下联各八个分句，除了第三分句和第六分句不是自对外，其它分句都应用了自对，自对内容占比很高。

五、粘对

粘对，即将律诗相粘的两句组成对联，这两句对联放在联末的子句时，仍然遵循上句收尾为仄声，下句收尾为平声的规则，这种对仗形式虽然失对，但每句都符合律句的平仄规范，故读来音韵和谐。如：

两表酬三顾，
| | — — |
一对足千秋。
| | | — —
（武侯祠联）

古冢城西留傲骨，
| | — — — | |
名士滇南一布衣。
| | — — | | —
（云南弥勒市孙髯翁墓联）

湖水春来绿，
— | — — |
山色雨余青。
— | | — —
（云南蒙自市南湖联）

莫学芙蓉空有面，
| | — — — | |
应效芬芳发自心。
| | — — | | —
（郭沫若赠侄媳魏蓉芳联）

上述联语中横线表示平声，竖线表示仄声，虽然上下联二、四、六位置上的字同平同仄，即所谓“失对”，但单句并未违反平仄相间的规则。这种合粘失对的特殊调声现象，它确实鲜为人知，许多人面对这种现象感到茫然。甚至许多人批评这种现象不合对联要求。联界名家刘振威先生即在《中国楹联报》总第50期撰文批评武侯祠联不合律，视之为不合格对联；钱剑夫主编的《中国古今对联大观》对孙髯翁墓联困惑不解地评曰：“联括翁生平，足以传世，惟对句平仄不谐，未知何故？”该书还对蒙自市南湖联提出批评：“联句颇美而亦平仄不谐，可惜可惜！”就是民国时期大楹联家吴恭亨也斥之为“乖律”，其《对联话》收入了汪兰皋挽陈英士联：

> 居前能轻，居后能轩，我自问不如卿，后此驰驱，更从何处呼
> 丨——丨—
> 将伯；
> —丨
> 鸿毛或轻，泰山或重，公之死则为国，自论成败，惟将无命惜
> ———丨丨
> 英雄。
> ——

吴恭亨评曰：“论调堂皇，笔亦流转，惟二落句平仄失谐，虽初唐人诗中时亦有此，然究之乖律，初学仍以不学为是。”

由此可见，对这种对联理论的探求具有非常重要的意义。

律诗中相粘的两句要求起式相同，收式却必须相异，所以，相粘并非用一种句式。如第二句用平起平收式，第三句必须是平起仄收式；如第四句用仄起平收式，第五句必须是仄起仄收式；第六句用平起平收式，第七句必须用平起仄收式。这种规则运用在对联中时，有两种情况：如为短联单句对或置于多个分句对的末尾时，须合乎对联以平声落脚的常态，即上边可用平起仄收式和仄起仄收式，下边可用

平起平收式或仄起平收式。如：

万恶淫为首，
| | — — |
百善孝当先。
| | | — —
（五言格言联）

五品天青褂，
| | — — |
六味地黄丸。
| | | — —
（嘲陈见三五言联）

万山不隔中秋月；
| — | | — — |
千年复见黄河清。
— — | | — — —
（左宗棠题兰州澄清阁七言联）

（此联中“黄”字应仄实平，因事实所限，称名之不叶平仄者，不必避。——郭绍虞语）

莫轻他北地燕支，看画艇初来，江南儿女生颜色；
— — — | — — |
尽消受六朝金粉，只青山无恙，春时桃李斗芳菲。
— — — | | — —
（王湘绮题莫愁湖联）

王者五百年，湖山具有英雄气；
— — | | — — |
春光二三月，莺花合是美人魂。
— — | | | — —
（彭刚直题金陵莫愁胜棋楼联）

黄流东注，湟水南来，任浊浪纵横，百折终须趋大海；
| | — — — | |
胡笳勿悲，羌笛休怨，认灵旗恍怫，千载犹闻诵大招。
— | — — | | —
（左宗棠题西宁昭忠祠联）

如用于长联的起句时，则视长联该起句句脚(腰眼)所需平仄而定，不一定强调下边的平声收尾。如：

名士天生五百年，为福黎民，特使早居黄阁上；
— | — — | | —
天老人称二十载，宣增华发，谁知正在黑头时。
— | — — | | |

（李渔题李坦庵联）

富贵春梦婆，同辈几人紫光阁；
| | — | —
乐府秋胡妇，诗名终古白香亭。
| | — — |

（王湘绮挽邓弥之联）

但是，这类对仗形式用于长联中间子句者还不多见实例。以置于最后子句者居多，如：

与乡人小集晴川，听玉笛梅花，隔岸飞声刚五月；
| | — — — | |
辞帝陛承宣葱岭，诵铁衣边草，绝域归心正一家。
| | — — | | —

（蒋德钧汉阳湘乡宾馆联）

南岳窔飞仙，剑化夫人一笑去；
| | — — | | |
孙媛重妻我，才愧刘郎两度来。
— | — — | | —

（民国时湖南隆回乡儒魏会发代刘某挽魏金凤母夫人联）

与吾侪派衍一本之亲，每当暮省清明，倾怀不罄终宵话；
— — | | — — |
是主席驾崩中央之会，好共神游上界，为君也下半旗看。
— — | | | — —

（民国时湖南隆回乡儒刘常德挽刘馨山联）

楼头棣萼正联辉，胡当风信频传，苦雨偏摧第一朵；
| | — — | | |
粉署桃花前共赏，今忽云游永别，每日难忘十二时。
| | — — | | —

（民国时湖南隆回乡儒刘常德挽魏屏南联）

除以上句首、句中、句尾三种粘对外，还有复合式粘对，即多子句联中运用了多重粘对法。如：

囊无万卷书，惟有虞廷十六字；
— — | | — — | — — | | |
目空天下士，只让尼山一个人。
| — — | | | | — — | | —
（明末清初的吕留良自题堂联）

此联上下边两个子句都是粘对。从上面这么多的实例可以看出，粘对的运用是相当普遍的，只是前人还没有人系统总结这种对仗形式的理论而已。当我们遇到难以变通的对仗情况时，为了不因为平仄而影响用词、害意，我们完全可以运用这种对仗形式。

六、蹉对

蹉对，“移句中位次以就平仄之谓也”。蹉对也称“交股对”或“错综对”。这种对法乃诗人偶尔用之，是不得已而为之，或是因为迁就平仄，或是因为句顺。

裙拖六幅湘江水；
鬓挽巫山一段云。
（李群玉《杜丞相宴中赠美人》）

“巫山一段”可改为“一段巫山”，如果上下同位，对仗是工整了，但平仄却不谐了。

曾是当年殇月地；
而今又作上台人。
（黄鹤楼涌月台联）

“而今”与“当年”相对，“又作”与“曾是”相对。

百里青山谁做主；
白云千载此为家。
（山西五台山菩萨顶联 ）

上句中，“百里”“千载”，“青山”“白云”，皆交错相对。交错对一般有名词小类形成交错对。

于今腐草无萤火；
终古垂杨有暮鸦。
（李商隐《隋宫》）

以“萤”对“鸦”，以“火”对“暮”。

昔看黄菊与君别；
今听玄蝉我却回。
（刘禹锡《始闻秋风》）

“君”“我”，“与”“却”，位置不同，交错相对。

秋风下山路；
明月上春期。
（刘希夷《览镜》）

本来也可以看成它同位是对仗的，但看成蹉对，使原来的对仗就变得更工整了，“春”与“秋”为错综对。又如：

春残叶密花枝少；
睡起茶多酒盏疏。

“少”应对“多”，“密”应对“疏”，现以“密”对“多”，以“少”对“疏”，故是参差成对。再举一例：

舳舻争利涉；
来往接风潮。

按理是“舳舻”对“风潮”，“利涉”对“来往”，倘不通变，调换过来，平仄不谐；参差一下，平仄既谐，意义不损。由于通变，故增此一格。由此也足见古人十分讲究对仗，但更要做到决不以辞害意。这是很值得重视的。

七、马蹄韵

长联的平仄规律，联坛有种观点即称作马蹄韵，又称马蹄格。甚至有的将对联音韵的规律也称作马蹄韵。

“马蹄韵”出于《鸣原堂论文》卷上关于唐代陆贽的论述：“骈体文

不大雅所羞称，以其不能发挥精义，并恐以芜果伤其气也。陆公则无一句不对，无一字不谐平仄，无一联不调马蹄，而义理之精，足以比隆濂洛，气势之盛，亦堪方驾韩、苏。”

什么是马蹄韵呢？清朝人林昌彝说：“凡平音煞句者，顶句亦以平音，仄音煞句者，顶句亦以仄音。照此类推，音节无不调叶。”简单地说，就是句脚要平顶平，仄顶仄。对联的这种规则，就叫马蹄韵。

其实，马蹄韵在古人的韵文中早已运用。如《滕王阁序》即为段合式马蹄韵：

> 时维九月，序属三秋。潦水尽而寒潭清，烟光凝而暮山紫。俨骖騑于上路，访风景于崇阿；临帝子之长洲，得仙人之旧馆。层峦耸翠，上出重霄；飞阁流丹，下临无地。鹤汀凫渚，穷岛屿之萦回；桂殿兰宫，列冈峦之体势。披绣闼，俯雕甍，山原旷其盈视，川泽纡其骇瞩。闾阎扑地，钟鸣鼎食之家；舸舰弥津，青雀黄龙之轴。云销雨霁，彩彻云衢。落霞与孤鹜齐飞，秋水共长天一色。渔舟唱晚，响穷彭蠡之滨；雁阵惊寒，声断衡阳之浦。

林提出马蹄韵以后，联家们认为马蹄韵是规范全联字句平仄的定格。余德泉教授对这一理论进行了进一步研究总结，写成《对联格律·对联谱》一书。但也有联家认为，马蹄韵不能成为统一对联平仄的规范。长联平仄，腰眼互相交错，只要韵律和谐即可。

之所以叫马蹄韵，在于其规律正像马之行步，后脚总是踏着前脚印走。每个脚印都是踏两次。若以一边的脚为平，另一边的脚为仄，左右轮流，那么，平平之后便是仄仄，仄仄之后便是平平了。而马在步行之前，前后脚都有其站立点，所以起句和末句的句脚，一般都是单平或者单仄。偶数句正格的句脚平仄安排如下：

每边两句：平仄

每边四句：仄平平仄

每边六句：平仄仄平平仄

每边八句：仄平平仄仄平平仄

每边十句：平仄仄平平仄仄平平仄

依次类推，下联句脚与上联平仄相反。如刘焞题胜棋楼联：

明月几时有，更上层楼，问棋子声中，谁操胜算；
美人犹未来，且摇小艇，向藕花香里，自遣闲情。

上边四个分句尾字的平仄是“仄平平仄”，下边是“平仄仄平”。依次类推，直至十句，甚至数十句，如邹宗德《题世界张氏大会会场联》：

濮阳根，挥祖后，弓弦冀姓，赤县扬威。遥忆圯上授书，紫光烛剑，平乱殉身安史，抗金并誉岳韩。有孙策谋臣，武当丹士，长坂威惊曹垒，合肥勇胜吴营，世杰反元，黄巾起义，洛州绝盗，苍水尽忠。壮乎哉！师君据巴蜀之险，廷玉倚军机之重，汉卿昭爱国之心。滚滚黄河，百代英雄垂典范。

千秋鉴，万选钱，广雅存经，华章熠凤。九成登榜，遐思三影谱词，若虚闺梦春江，仪舌能言善辩。更伤寒妙论，地动先知，伯高凤舞龙飞，居正鼎新革故，季鹰才气，文纪谏声，乾度墓辞，圣童惠政。盛欤矣！西铭为理学之宗，画坛传破壁之功，南轩负公辅之望，斌斌文彩，全球昆裔溯渊源。

这里将奇数句为正格的上联平仄列表如下：

每边三句：平平仄

每边五句：仄仄平平仄

每边七句：平平仄仄平平仄

每边九句：仄仄平平仄仄平平仄

每边十一句：平平仄仄平平仄仄平平仄

依次类推，下联句脚与上联平仄相反。如清人赵仲飏挽李辉武联：

故乡云黯邺侯居。想手握虎符，心贻燕寝，每当秋深塞远，恨不随征雁南飞。终养事如何，凭谁早上陈情表？

大将星沉诸葛垒。叹水咽牛峡，路辟蚕丛，此后雨湿天阴，尚可见鸣鸢西指。灵魂归也未，使我长歌蜀道难。

当然，也有段合式，如孙髯翁大观楼长联：

五百里滇池，奔来眼底，披襟岸帻，喜茫茫空阔无边。看：东骧神骏，西翥灵仪，北走蜿蜒，南翔缟素。高人韵士，何妨选胜登临。趁蟹屿螺洲，梳裹就风鬟雾鬓；更苹天苇地，点缀些翠羽丹霞，莫孤负：四围香稻，万顷晴沙，九夏芙蓉，三春杨柳。

数千年往事，注到心头，把酒凌虚，叹滚滚英雄谁在？想：汉习楼船，唐标铁柱，宋挥玉斧，元跨革囊。伟烈丰功，费尽移山心力。尽珠帘画栋，卷不及暮雨朝云；便断碣残碑，都付与苍烟落照。只赢得：几杵疏钟，半江渔火，两行秋雁，一枕清霜。

八、朱氏规则

朱氏规则见于民国时吴恭亨《对联话》卷七："忆予垂髫时请业于朱恂叔先生，研究作联法，问句法多少有定乎？曰：'无定。昌黎言之，高下长短皆宜，即为联界示色身也。'又问：'数句层累而下，亦如作诗之平仄相间否？'曰：'非也。一联即长至十句，出幅前九句落脚皆平声，后一句落脚仄声，对幅反是，此其别也。'今论汪著，爰追系之。世界之大，作者牛毛，非敢徇一先生之说，以辽豕自矜异，然而大端则无以逾是。"朱恂叔，名克敏，近代湖南慈利人。他所引韩愈的话见韩愈《答李翊书》："气，水也；言，浮物也。水大而物之浮者大小毕浮。气之与言犹是也。气盛，则言之长短与声之高下者皆宜。""汪著"是指汪兰皋挽龚炼百父子联：

一能死，一能报，合传党人青史例；
有是父，有是子，同时送者白衣冠。

吴恭亨评曰："'同时送者'七字气体飞跃，恍似空空儿夜入淄青帐中，来去均不可测，但亦有疵点。出幅一能死，一能报，虽用《左传》，然二皆仄声，又非是矣。兰皋大文豪，此等处所谓神明于规矩之外，若必毛举其与于高叟之固几何？"根据这一记载和流传下来的一些联语分析可知，朱氏规则是指长联各子句除末一句落脚为仄声外，其余各子句落脚皆为平声，对幅相反即可。如清代李渔题明远楼联：

矩令霜严，看多士俯仰低回，群嚣尽息；
襟期月朗，喜此邦江山人物，一览无遗。

这是三个分句的对联，上边分句尾字平仄为“平平仄”，下边分句尾字平仄为“仄仄平”，和马蹄韵中三字句的平仄安排相吻合。四个以上分句的尾字平仄安排和马蹄韵的区别就很明显了。吴恭亨还例举了自己挽宋钝初联：

排满革命奇，匹夫亡命争领土奇，唯奇，故报民国开幕奇男子以赫赫千古；

醇酒妇人死，三日寒疾因不汗死，等死，孰若钝初先生死刺客之轰轰四闻。

这就是一副典型的“朱氏规则”联，上边除末句落脚为仄声外，其余子句落脚皆为平声，下边恰好相反。当然，这个四分句是个特例，前三个分句尾字是同一个字，属于复辞修辞。我们来看另一个四分句例子，堆子山茶亭联：

古来除香草美人，谁个怜才，请看蜀客尘衫，病渴同嘲司马赋；

公余造莲花君子，借他消暑，擎出沩山露叶，思家欲学季鹰归。

上边除最后一个分句的尾字是仄声字外，其他分句的尾字都是平声字。又如每边五句者：

人人论功名，功有实功，名有实名，存一点掩耳盗铃之私心，终为无益；

官官称父母，父必真父，母必真母，做几件悬羊卖狗的假事，总不相干。

（清武承谟题无锡县衙照壁联）

又如每边六句者：

敬同莱杞征诗，万寿无疆，万寿无期，托半子恩情，鸾鸟清歌，翩跹伺宴娱西母；

难得椿萱并茂，一则以喜，一则以惧，汇八门姻眷，羔羊春酒，次第称觥到北堂。

（钟耘舫为岳某寿岳母寿联，其人多子，有八婿，父寿居先，母居后，两次寿筵又逢庆典也。）

九、李氏规则

此模式和律诗每句的尾字平仄安排有点相似，明代楹联大家李开先的长联中多有采用，故被湖南余德泉先生将其称为"李氏规则"。其定义是无论对联有多少句，句脚始终保持平仄不断交替，如上边平仄安排：

一句：仄

两句：平仄

三句：仄平仄

四句：平仄平仄

五句：仄平仄平仄

六句：平仄平仄平仄

两个分句的平仄安排和马蹄韵一致。三个以上分句就不一样了。如田汝成题浙江西湖南高峰联：

两脚不离大道，吃紧关头，须要认清岔路；
一楼俯看群山，占高地步，自然赶上前人。

这副对联上边分句尾字的平仄是“仄平仄”，下边是“平仄平”。又如李彦章题西邕书院正学堂：

儒馆辟边城，渐户多弦诵，士励廉隅，快养人材为世用；
郡斋邻讲院，喜公暇论经，夜深闻读，不忘书味似儿时。

此联四个分句，其句脚字的安排为平、仄、平、仄，平仄声单一交替，下联则对应相反。此类例子很多，余不一一例举。

十、其他规则

马蹄韵、朱氏规则、李氏规则并不能统括多分句的平仄安排，还有许多其他的规则，如梁上国题奉天府大堂对联：

勉力为之，正人心，厚风俗，实惟根本；
文治彰矣，拔真才，加训迪，勿懈功夫。

这副对联上边分句的尾字平仄是“平平仄仄”，下边有两字相反两字相同。又如满汉士绅赠彭浚联：

名魁天下，化振陪都，本寿考作人，真教玉树琪花，陆离珊网；
两度来游，一尘不染，藉文章造福，伫看兰芽桂蕊，次第瑶阶。

此联五个分句，上边分句的尾字平仄是“仄平平平仄”，下边相反。薛时雨题南京胜棋楼也一样：

山温水腻，风月常存，几人打桨清游，倩小妓新弦，翻一曲齐梁乐府；
局冷棋枯，英雄安在，有客登楼闲眺，仰宗臣遗像，压当年常沐勋名。

周家禄题莫愁湖中山王毅勇侯像联的平仄又不一样：

儿女不知愁，南朝金粉，北地胭脂，何事干卿，寂寞一池吹水皱；
将相本无种，旧庙鸡鸣，新祠虎踞，其人不死，淋漓大笔写图看。

上边五个分句尾字的平仄为“平仄平平仄”，读起来也没有不谐之感。自清代以来，对联句脚的平仄，除了杂乱无章的以外，确实出现了三种安排方式。一种是马蹄韵，一种是朱氏规则，另一种是李氏规则。这三种句脚安排方式，联家们大多兼而用之。朱氏规则句脚平仄只升不降或者只降不升，没有交替，因而缺乏抑扬顿挫的韵律感，越长越呆滞平板；李氏规则平仄互相交替，比朱氏规则又要灵活一些；而马蹄韵之平仄，一联中有交替，没有这种弊端，所以一直写到每边数十句乃至一百多句，读起来都是起伏有致，音调铿锵，富于韵律感，非常和谐。

如果认定对联是一种韵律文学的话，那么就应该承认马蹄韵是对联平仄规律的主基调、主旋律。

第八章 词性从宽范围

所谓对仗的"词性从宽",是与对联的"基本规则"相对而言的。"从宽"和"从严"都是相对的,并非不讲规矩。其实,"从宽"之难度更大、要求更高,当属于更为高级、复杂的层次。它是对联创作达到了一定层次之后的突破,诚如现代学者钱钟书在《谈艺录》中所说的"愈能使不类为类,愈见诗人心手之妙"。按"基本规则"撰联,循规蹈矩,"从法而入",四平八稳,在形式上固然工稳,但过于拘谨、呆板,往往束缚作者思想感情的充分表达。刻意求工,还容易形成"死对"。而善于"从法而出",纯熟地运用各种属对技巧,并拥有娴熟的语言调遣组合能力,在联律的范围内得心应手地运用语法修辞、词法句法、对仗方式,乃至节律的调控,便可以进入汇古通今的境界。这才是楹联创作的最高境界。

词性的从宽,并非天马行空,也是有一定的规律可循的。允许不同词性相对的范围大致包括以下几个方面:

一、形容词和动词(尤其不及物动词)

形容词和动词在古人字类划分中都属于虚字,故常常可以相对。生虚字,即动词,例如:走、来、打、骂等。死虚字,即形容词,例如:好、坏、美、丑等。不能带宾语的不及物动词常常用来与形容词相对,王力先生在《诗词格律》中说:"不及物动词常常跟形容词相对。"但是,特定的形容词(如颜色字)一般不与动词相对。

清代伍生辉自题联:

十年宦比梅花冷;
一夜春随爆竹来。

"冷"是形容词,"来"是动词。

余良栋题汉寿县仪门联:

有一刻闲,且勤我职;
无十分屈,莫入吾门。

"勤"是形容词,"入"是动词;"闲"是形容词,"屈"是动词,都属于形容词与动词宽对。

其实,动词和形容词,有一定的关联,动中含形,形中含动。动词所表示的动作、行为、心理活动和发展变化,与形容词所表示的形状、性质和动作行为的状态,在给主体的感觉方面有时颇为相似,都有动的感觉。"勤"给人以动得比较多、比较快的感觉,"闲"给人以动得比较少、比较慢的感觉;"高"给人以"升"的感觉,"低"给人以"降"的感觉。现代语法中也有一种说法,就是说是形容词作动词用。

如左宗棠题瑞谷亭联:

五月十雨岁其有;
一茎数穗国之祥。

上联“有”是动词，下联“祥”是形容词。属形容词和动词宽对类型。

又如无名氏题湖南邵阳亭外亭联：

好景欲仙，何必重寻三岛；

引人入胜，尤须更上一层。

“好”为形容词，“引”为动词，“好”与“引”对仗从宽，也属“形容词与动词”从宽类型。当然，这种从宽，是从用词的妥帖来变通的。因为没有更好的词语可以代替，就只能从宽了。如果一定要勉强求工，往往会出现“死对”，语言不自然。

二、在以名词为中心的偏正词组中充当修饰成分的词

以名词为中心的偏正词组，从整体上来看它就是名词，不管它的修饰成分如何变化，都改变不了它的名词属性，所以充当修饰成分的词无关紧要，可以从宽。如谢葆灵题陕西两湖会馆联：

三辅滞书邮，落木秋风衡岳雁；

两湖话土物，桃花春水武昌鱼。

“落木”的“落”是动词，而“桃花”的“桃”是名词，但是“落木”和“桃花”都是名词。

又如北固山祭江亭联：

此身不觉出飞鸟；
垂手还堪钓巨鳌。

“飞鸟”的“飞”是动词，“巨鳌”的“巨”是形容词，但“飞鸟”和“巨鳌”都是以名词为中心的偏正词组。

某氏题扬州史可法祠堂联：

数点梅花亡国泪；
二分明月老臣心。

“亡国”和“老臣”为从宽之处，都是以名词为中心的偏正词组。“亡”是动词，“老”是形容词。其实，“亡国”在这里也可以看作动宾结构，借为偏正结构与“老臣”相对。还可以将“亡国”当作偏正词组“亡国泪”的修饰成分，将“老臣”当作偏正词组“老臣心”的修饰成分，这样，不管“亡国”是偏正还是动宾结构，都无关紧要了。

又如黄鹤楼联：

何时黄鹤重来，且自把金樽，看洲渚千年芳草；
今日白云尚在，问谁吹玉笛，落江城五月梅花。

上边疑问代词“何”对下联名词“今”，上边形容词“芳”对下联名词“梅”，仍然能成立。

岳麓书院联：

吾道南来，原是濂溪一脉；

大江东去，无非湘水余波。

“吾道”和“大江”都属于以名词为中心的偏正词组，形容词“大”可以和代词“吾”相对。与此相类似的还有与数字、颜色、方位等工对相配的字，有时也可在词性上入宽，如麟庆题开封古吹台三贤祠联：

一览极苍茫，旧苑高台同万古；

两间容啸傲，青天明月此三人。

“旧苑”的“旧”是形容词，“青天”的“青”是名词中的颜色词。

如山西霍县韩信祠联：

生死一知己；

存亡两妇人。

“知己”和“妇人”同为名词相对，不必再细论到词的结构和每个字的词性。

三、按句法结构充当状语的词

按句法结构充当状语的词可以放宽，也就是说，在动词前面起修饰作用的词语可以放宽，因为这个词不影响动词的中心地位。

古格言联：

欲无后悔先修己；

各有前因莫羡人。

“无”“有”都是动词，它前面的“欲”和“各”的词性不一样，“欲”是想要的意思，是动词，“各”是都、皆的意思，是副词。“修”和“羡”是动词，它前面的修饰词“先”和“莫”词性不同，“先”是表时间的名词，“莫”是副词，但在古人看来都是同一类词。

兰州四川会馆联：

刻铭天山石；

喜作巴人谈。

“刻”对“喜”属动词对形容词，都在动词“铭”和“作”的前面。

某氏联：

未许田文轻策马；

愿逢老子再骑牛。

“未”对“愿”，副词对动词，分别作动词“许”和“逢”的状语；“轻”对“再”，形容词对副词，分别作动词“策”和“骑”的状语。

彭启丰题杭州贡院：

蓉镜重开，漫向湖山寻旧迹；

桂枝擢秀，相期月旦识真才。

“漫”是形容词，“相”是副词，分别作动词“向”和“期”的状语。

阮元赠汪远孙(小米)联：

异书远购吾妻镜；

好古常携己子彝。

上联充当“购”的状语的“远”字是形容词，下联充当“携”的状语的“常”字是副词。

四、同义连用字、反义连用字、同义与反义、同义与连绵、反义与连绵、副词与连词介词、连词介词与助词等常见对仗形式

【同义连用字】：两个字义相同或相近的词组成的并列词组。如：空阔，廉洁，清正，楼阁。

张之洞题湖北武昌纺织局：

经纶天下；

衣被苍生。

“经纶”和“衣被”都是并列结构的名词作动词用，“经”和“纶”是同义词连用，“衣”和“被”也是同义词连用。

王文治联：

人间岁月闲难得；

天下知交老更亲。

"岁月"是并列结构的名词,"知交"是并列结构的动词,都是同义连用。因而可以动词与名词相对,这实际上就是我在前面讲的词语自对。

又如李渔题宅中飨堂联:

富贵无常,尔小子勿忘贫贱;
圣贤可学,我清门但读时书。

"富贵"与"圣贤"都是同义连用字,即同义词并列词组。"富贵"是并列形容词词组,"圣贤"是并列名词词组,名词与形容词形成宽对。

薛时雨题秣陵清凉联:

四百八十寺,过眼成墟,幸岚影江光,犹有天然好图画;
三万六千场,回头是梦,问善男信女,可知此处最清凉。

"图画"是一对并列结构的名词,"清凉"是一对并列结构的形容词,两个词语都属于同义词连用。

同义词连用也可以多重使用,如张之洞题武备学堂联:

执干戈以卫社稷;
说礼乐而敦诗书。

这副七字联就有"干戈""社稷""礼乐""诗书"四组同义词连用。

其实,同义词上下边相对的情况也是有的,而且还不算合掌,如李渔贺张之鼐夫妇双寿:

月圆人共圆，看双影今宵，清光并照；

客满樽俱满，羡齐眉此日，秋色平分。

张之鼐夫妇都是八月十五出生，故联语如斯构境。联中有四对同义词："圆"与"满"（而且是复词修辞），"共"与"俱"，"今"与"此"，这么多同义词相对而不合掌，因为两句的句意不同。上边是景，下边是情；上边贺同日生，下边赞夫妇和。是从不同角度表达对张仲谋夫妇的赞誉之情。所以，合掌也要具体问题具体分析，不可生搬硬套。

【反义连用字】：两个字义相反的词组成的并列词组。如：黑白，香臭，高低，上下，阴晴，春秋。

柳如是题拂水山庄：

浅深流水琴中听；

远近青山画里看。

"浅深"和"远近"都是反义词，不过，它们的词性相同，都是形容词。没有从宽，它们当是工对。

金圣叹自题联就不一样了：

雨入花心，自成甘苦；

水归器内，各显方圆。

"甘苦"是一对反义词形容词词组，"方圆"是一对反义词名词词组，两个都属于反义连用字相对。"方圆"与"甘苦"相对从宽。

大通安澜阁联：

古人忧乐关天下；
何处江山非故园。

“忧乐”是一对形容词词组，“江山”是一对名词词组，两个词都是由一对反义词组成的，属于反义词连用相对从宽。

【同义词连用与反义连用】

同义词组也可以与反义词组相对。其实，自对一章已经讲得很清楚了，比这种说法简单得多。但《联律通则》中有“放宽”一条，所以这里也顺便介绍一下。

杨度挽黄兴：

公谊不妨私，平日政见分驰，肝胆至今推挚友；
一身能敌万，可惜霸才无命，死生从古困英雄。

名词“肝胆”为同义连用字，动词“死生”为反义连用字，相对不拘词性。

徐树铭题南京锁江亭：

飞气吐长虹，天与大江成锁钥；
骞身摘星斗，人从绝顶看光芒。

锁钥：含义是出入要道，字面意思是锁头和钥匙(反义连用词)。光芒：指光亮(同义连用词)。“锁钥”对“光芒”属于反义连用词与同义连用词互对的对仗形式。

王世贞题大明湖历下亭联：

> 胜景画图开，忆老杜当年，豪气纵横倾北海；
> 酒痕襟袖满，自杭州至此，风光明媚似西湖。

“纵横”是一对反义词词组，“明媚”是一对同义词词组，“纵横”是动词，“明媚”是形容词，动词与形容词宽对。

袁克文题安阳养寿园：

> 鸟声和悦钧天乐；
> 棋子纵横百练兵。

“和悦”与“纵横”属于形容词和动词相对。联中“和悦”是和乐喜悦的意思，是一对同义词；“纵横”是肆意横行、无所顾忌的意思，是一对反义词。

潞安府神农庙联：

> 粒我蒸民，使有菽粟如水火；
> 播时百谷，先知稼穑之艰难。

此联有四组同义词、反义词词组，上联中“水火”是反义词连用词，下联“稼穑”“艰难”和上边的“菽粟”都是同义词连用词。这属于多重同义反义词连用词性从宽。“稼穑”与“菽粟”是动词对名词，“艰难”与“水火”是形容词对名词。

【连绵词可与同义并列词组、反义并列词组相对】

连绵词可与同义并列词组、反义并列词组相对,就是在前面自对一节中所讲的假性自对,也是我在后面"对格六十一种"中讲的偏对中的一种类型,在此再举几例:

麟庆题开封古吹台三贤祠:

一览极苍茫,旧苑高台同万古;
两间容啸傲,青天明月此三人。

形容词"苍茫"与动词"啸傲"相对,属于连绵词与同义并列词组相对。

长沙天心阁联:

天地苍茫,前不见古人,后不见来者;
心胸开拓,块以视衡岳,杯以视洞庭。

此联和前一副是一种类型,以"开拓"对"苍茫","开拓"和"啸傲"一样,也是同义并列词组。

陶潭题安庆大观亭联:

倚槛苍茫千古事;
过江多少六朝山。

"苍茫"是连绵词,"多少"是并列结构的反义词(两个并列的形容词构成数量词),形成自对。

【虚词可以放宽】

按照现代汉语的语法要求，工整的对联，一般要求副词对副词、介词对介词、连词对连词、助词对助词、叹词对叹词、拟声词对拟声词。但是，因为虚词都是没有词汇意义的词，所以在实际对句中可以放宽要求，即虚词允许不同词性互对。而如果按照古人的“实对实、虚对虚”的属对规则，这几类现代汉语虚词都属于古虚字，虚字对虚字，当然是允许的。

如杭州西湖葛岭联：

> 桃花流水之曲；
> 绿荫芳草之间。

“之”字可以在同一位置上重字相对。

赵藩题武侯祠联：

> 能攻心则反侧自消，从古知兵非好战；
> 不审势即宽严皆误，后来治蜀要深思。

“即”“则”都是连词，“要”“非”都是副词，符合现代汉语的词类相对；“能”是能愿动词，“不”是副词；“从”是介词，“后”是副词，不符合现代汉语的词类相对，但符合古代的虚字相对原则。

五、某些成序列(或系列)的事物名目,两种序列(或系列)之间相对,如自然数列、天干地支系列、五行、十二属相,以及即事为文合符逻辑的临时结构系列等

1.相关概念:

(1)成序列的词语:

【成序列的词语】:按次序排列的词语。如:

自然数序列:一二三四;

名次序列:甲乙丙丁、冠亚季殿;

年龄序列:伯仲叔季;

天干序列:甲乙丙丁戊己庚辛壬癸;

地支序列:子丑寅卯辰巳午未申酉戌亥;

行政序列:国省市县区镇乡村。

成序列词语在并列使用时,一般不能打乱顺序,比如,不能说丁丙甲乙。

(2)成系列的词语:

【成系列的词语】:相互关联的成组成套的事物或现象。如:

五行:金木水火土;

季节:春夏秋冬;

方位:东南西北中;

颜色:红黄蓝绿紫;

朝代:秦汉唐宋元明清;

属相:鼠牛虎兔龙蛇马羊猴鸡狗猪;

儒家五常:仁义礼智信。

成系列的词语并列使用时,顺序可以打乱。如:春秋冬夏。

成序列(系列)词语相对,词性可以放宽的原因:

因为序列或系列词语之间已是相当于工整的自对，所以，两个不同词性的序列或系列之间相对时，可以不考虑它们之间的词性。

2. 成序列（系列）词语相对，词性放宽例举：

武侯祠联：

收二川，排八阵，七擒六出，五丈原前点四十九盏明灯，一心只为酬三顾；

取西蜀，定南蛮，东和北拒，中军帐里变金木土革爻卦，水面偏能用火攻。

下边以五方“东南西北中”和五行“金木水火土”这两个系列十个字与上边一至十的自然数序列相对，不拘词性。

清鲍桂星自挽联：

功名事业文章，他生未卜；

嬉笑悲歌怒骂，到此方休。

上边“功名”“事业”“文章”是古代读书人所追求的成就系列词语，三个名词性并列词组，古代为“实字”；下边“嬉笑”“悲歌”“怒骂”是人的情绪行为系列，三个动词性偏正词组，古代为“虚字”。

隐字联：

一二三四五六七；

孝悌忠信礼义廉。

这副隐字联的上边是数词系列，按顺序隐去了一个“八”字，下边是儒家道德规范系列词语人生八德，隐去了一个“耻”字，意为“王(忘)八”“无耻”。数词对名词，因为是成序列、系列词语相对，词性可以放宽，平仄也放宽了。实际上就是前面“自对”一节所讲的多字自对。

六、巧对、趣对、摘句对、集句对等允许不受典型对式的严格限制

巧对，是指根据汉字字形、字音、字义等特点，单纯突出文字技巧的对仗形式。巧对往往注重于文字技巧，属于文字游戏的范畴。趣对，也是根据汉字字形、字音、字义等特点，以突出内容的趣味性为主的一种对仗形式。可见，巧对以突出文字技巧性为主，趣对以突出文字趣味性为主，巧对不一定有趣，趣对一定会巧。所以，趣对就是巧对，但巧对不一定是趣对。二者重叠的情况比较多。这类巧趣类对联是对联文体的初级形式，为了达到巧趣为效果，允许它们不受一般的对联形式要求的限制。如：

开关迟，关关早，阻过客过关；
出对易，对对难，请先生先对。

上边句子中的几个“关”字，下边句子中的几个“对”字，都具有双重词性，一为动词，一为名词，上边句尾的“关”为名词，下边句尾的“对”为动词。为了字面上的对仗，在最后一个字的对仗上，词性只能放宽了。读者也往往会忽略它的从宽，因为被它的字面上和趣味性掩盖了。

再如下面这一副谐音回文联：

画上荷花和尚画；

书临汉帖翰林书。

“上”为方位词，“临”为动词，但“上”和“尚”谐音，“临”和“林”谐音，谐音和回文的这一种巧趣是这副对联的最大特点，“上”和“林”这个字的对仗几乎可以忽略不计了。

【摘句对】是指直接摘取他人诗联文中的对仗句而作为对联独立用于特定场合。摘句联因为是从别人的诗、词、曲甚至散文作品中原封不动地搬来，不一定能完全符合对联词性的严格要求，特别是非律诗中的对偶句，很可能存在对仗不工的情况，但又基本上称得上对联，故允许从宽。如陈毅摘杜甫诗《将赴成都草堂途中有作，先寄严郑公五首》之四中的颔联题成都武侯祠：

新松恨不高千尺；

恶竹应须斩万竿。

这副对联选自杜甫的律诗，当然是比较工整的。但用我们现在的词汇划分理论来分析，“恨”与“应”、“高”与“斩”对仗欠工。“恨”是动词，“应”是副词；“高”是形容词，“斩”是动词。下面一联是从王勃的《滕王阁序》中摘录出来的，被后人广泛单独使用。毛泽东同志还将它赠予毛岸青和邵华同志：

落霞与孤鹜齐飞；

秋水共长天一色。

这是骈文中的句子，不像律诗中颔联、颈联对仗那么工整。“落”是动词，“秋”是名词；“齐”是形容词，“一”是数词，当然，“一”在这里是“相同”的意思，也可以看作与“齐”是一类词。但“飞”和“色”就宽得多了，“飞”是动词，“色”是名词。更为从宽的是，句末平仄也是平起仄收。但这是千古名句，不可更改，人们太喜欢它了，只好作为一副宽对来看待了。

【集句对】是指从古今人的诗词、赋文、碑帖、经典等作品中分别选取两句按照对联的形式要求组成的联句。集句对因为是集前人的成句，不可以修改，所以个别字词的对仗可以从宽，整体相对即可。

无名氏集句题听涛屋联：

潮平两岸阔；
江上数峰青。

“平”对“上”，“平”是形容词，“上”是方位名词；“阔”对“青”，“阔”是一般性的形容词，“青”是表示颜色类的形容词。此二处从宽。

金安清集句题黄鹤楼：

大江沉日夜；
西北有高楼。

“大江”对“西北”，偏正对并列；“日夜”对“高楼”，并列对偏正，均属于偏对。短短五个字，竟有四字从宽。

华秋槎集句题杭州西湖白苏二公祠：

泥上偶然留指爪；
故乡无此好湖山。

“偶然”，副词短语；“无此”，动宾短语。两个都做状语，对仗从宽。“上”是方位词，“乡”是名词，对仗也从宽了。

梁章钜集句自题：

闲看秋水心无事；
静听天和兴自浓。

这副集句联放得更宽，“秋水”是偏正结构的词语，“天和”是主谓结构的词语；“事”是名词，“浓”是形容词。

左宗棠集句题新疆昭忠祠联：

日暮乡关何处是？
古来征战几人回？

这是一副情深意切的对联，饱含着一位统帅对战死沙场的将士的怀念之情。因为这两句诗太有名了，放在这里太贴切不过了。这些将士大多是湖南人，为国战死新疆，乡关是再也回不去了。但话又说回来，古来征战几人回啊？将士们，你们就在这里好好安息吧！如此妙联，何须字字相对啊？尽管“日暮乡关”与“古来征战”根本对不上，我们也不觉得它欠工了。

梁启超集句：

临流可奈清癯(吴文英),第四桥边(姜夔),呼棹过环碧(陈允平);

此意平生飞动(辛弃疾),海棠影下(洪咨夔),吹笛到天明(陈与义)。

该联集自六个人的成句,三个分句都放宽了。“可奈”对“平生”,“第四”对“海棠”,“环碧”对“天明”,词性都放得比较宽。

集诗词句联:

不到长城非好汉;(毛泽东词《清平乐·六盘山》)

难酬蹈海亦英雄。(周恩来诗《书赠饯行同窗好友》)

上边集自词,下边集自诗,来源于不同作者。平仄都是正格,大部分词语词性、结构相同,对得贴切、自然,且感情贯通,浑成一体。但仔细分析词性,多处不工,“长”(形容词)对“蹈”(动词),“长城”是偏正结构,“蹈海”是动宾结构。而且“英雄”和“好汉”还有合掌之嫌,因为是集句,不能修改,所以这些问题都带过去了。

七、其他放宽形式

1.出句是状语,对句是句子的其他成分:

把整句话的状语前置作为出句,句子的其他成分作为对句,形成对举。出句多为时间状语、处所状语。如网络对联:

闲山闲水闲吟处;

疯语疯言疯到家。

出句是表处所的状语，对句省略了主语“我”，整个句子应该是：（我）在闲山闲水闲吟处，疯语疯言疯到家。从句子的成分结构来分析，上下边是不一致的，但从字面上来看又是基本对仗的。

2. 出句是主谓语和宾语的主体，对句是宾语的情状部分。

把宾语拆开，宾语的主体跟主谓语一起归入出句，而把宾语的状况、行为另作为对句，形成对举。如网络对联：

> 流年细数已成悔；
> 壮志未酬徒剩悲。

出句采用了倒装手法，因为“细数”的主语是“我”，而不是“流年”。“流年”是我“细数”的对象，即“流年”是“细数”的宾语。还原出句，应该是：

（我）　【细数流年　已成　悔】
主语　　状语　　谓语　宾语

乍一看，会以为这副对联是正对，上下边两句是并列关系。但是，出句的宾语没有表达完全，只是说出宾语的主体，没有表达宾语主体“悔”的是什么。对句则补充说明了“悔”的是“（我）壮志未酬徒剩悲”。

（我）　细数　流年　已成　【壮志未酬徒剩悲 之悔】
主语　谓语　宾语　谓语　【宾语】

或者看作：

（我）　细数流年　已成　【壮志未酬徒剩悲 之悔】
主语　　状语　　谓语　【宾语】

3.叠词相对,可以不问词性。

清周文炳题安庆大观亭:

片土寄忠魂,听槛前万马江声,滚滚惊疑征鼓动;

孤城销战气,指窗外二龙山影,苍苍飞入酒杯来。

动词“滚滚”可以与形容词“苍苍”相对。这种情况,有人视之为同字自对,前边也有介绍。

4.嵌字联有时可以从宽:

有时为了在特定的地方嵌入某一个字,而这个字与相对应的嵌字词性不对,情不得已只能从宽处理了。如莫兆鄂题九龙山寺:

取数于九;

此山犹龙。

联语凤尾格嵌入“九龙”二字,“九”与“龙”分别是数词和名词,按理是不能相对的,但为了工整嵌字,只好从宽了。

清王闿运题杭州曲园联:

曲径通幽处;

园林无俗情。

此联用鹤顶格嵌入了“曲园”二字,“曲”为形容词,“园”为名词,二者词性不同。

安徽九华山华严祠联:

清华真佛地；

庄严古洞天。

联语燕颔格分嵌“华严”二字，词性虽然能够相对，但在第二字位置，都是平声字，失对了。作者顺势而为，干脆采取了粘对的格式变通。

5.长联的对仗可以从宽：

长联因为数字比较多，而且很多长联都喜欢运用各种句式，甚至散句，以使句式不至于呆板，语意不至于滞涩，使意脉流畅，不可能字字求工，只要绝大多数的对仗工整即可。如窦垿题岳阳楼联：

一楼何奇？杜少陵五言绝唱，范希文两字关情，滕子京百废俱兴，吕纯阳三过必醉。诗耶？儒耶？吏耶？仙耶？前不见古人，使我怆然涕下。

诸君试看，洞庭湖南极潇湘，扬子江北通巫峡，巴陵山西来爽气，岳州城东道岩疆。渚者，流者，峙者，镇者，此中有真意，问谁领会得来？

此联是一副难得的名联，但“楼”“奇”失替，三字名词的平仄山下不相对，“绝唱”“关情”“俱兴”“必醉”等词语自对均从宽了，最后一个分句的最后四字对仗都比较宽泛。

第九章　对联的炼字

一、什么是炼字

什么是“炼字”?《汉语大词典》解释曰:“写作时推敲用字,以求工稳。”炼,是锤炼的意思,用火烧制或用加热等方法使物质纯净、坚韧、浓缩。字,就是字词。炼字,又称“炼词”,即锤炼字词。这是一种比喻说法,指诗人联家在用字遣词时根据内容和意境的需要,经过反复琢磨,对字词进行艺术化加工,从词汇宝库中精心挑选出最贴切、最精练、最形象生动、最富有表现力的词语来描摹事物或表情达意。用字遣词时,态度是精细严谨;手段是千锤百炼、反复推敲、咬文嚼字、潜心涵泳、细心品味;目的是创造性地搭配,炼出用语行文的精妙,使字的声、形最大限度地适合意境;表达效果是使所用的字词简练精美、形象生动、含蓄深刻,以实现语言的准确美、和谐美、情味美、韵味美和独特的语境美,使之语意两工,精光四射。

二、为什么要炼字

楹联的语言不仅要求精练,而且还要求形象生动、讲究韵味,因为楹联是一种韵律文学。联语用最凝练的语言诠释着最深刻的内涵,用最单纯的色彩演绎着最绚丽的画卷。古人吟诗作对非常讲究炼字,字炼得好,不仅能准确地传达事物的特征及诗人联家的思想感情,还具有言欲尽而意无穷的效果,从而引发读者的联想并体会其弦外之音，韵外之致，味外之旨。炼字是提高观察事物、认识事物能力的有效手段之一。创作是一种表达思想的活动，它来源于生活，只有对人和事物细致入微的观察，才能见微知著，才能发现其中最具特征的东西，才能筛选出最妥帖的词语，给以集中突出的表现。炼字者需要有对语言的高度敏感，炼字时多几种预设，多加以淘炼，就像淘金一样，仔细地在沙子和金子之间加以辨析挑拣。首先是要对这些字各自所代表的意义进行发散性的思考，再通过举例，放置于具体的语言环境里去验证，最后选择令人惊喜、令人如获至宝的字词安顿下来。文字给思想留下了纵横驰骋的广袤领域，每一个词都闪耀着智慧的光芒，每一个词都布满历史的脚印和充盈生命的呼吸（林茶居语）。著名学者肖川说过："锤炼语言，就是锤炼思想。""炼字"与其说是一种语言技能的训练，还不如说是一种思维品质的训练——在思度揣摩中训练思维的深刻度，在雕琢斧凿中训练思维的精致度，在直觉释放中训练思维的创造度。

三、古人关于炼字的妙论

"炼字""炼句"是诗联创作的历史长河中逐步被人们认识的。诗联者，本为最精炼之文学体裁，故下字之稳当与否，至关作品好坏、水平高低，甚至可窥一字而见全篇也。刘勰《文心雕龙·练字篇》云："故善为文者，富于万篇，贫于一字，一字非少，相避为难也。"宋代苏东坡尝云："诗赋以一字见工拙。"明代皇甫汸亦云："语欲妥贴，故字必推敲。盖一字之瑕，足以为玷；片语之累，并弃其余。此刘勰所谓'改章难于造篇，易字艰于代句'也。"历代文学家和文论家无不阐言炼字之重要。一气呵成的佳作是有的，但大多诗文常常通过不断修饰润色，反复求工，方臻佳构。清袁子才之《遣兴诗》云："爱好由来下笔难，一诗千改始心安。阿婆犹是初笄女，头未梳成不许看。”此诗把炼字过程形象地表达了出来。由此可见纵是文坛老手，亦无写作的捷径可走，不能废弃锤炼之程序。务待精心改定，方肯公开发表。就像许多影视明星一样，不化妆是不出镜的。元·刘秉忠作《读遗山诗》云：“青云高兴入冥收，一字非工未肯休。直待雪销冰泮后，百川春水自东流。”即是描述元遗山吟诗炼字之情景，道出其锲而不舍之炼字精神，及觅得满意的字词后的愉悦之态。其中甘苦煎熬，乃一切创作者必经之历程。吟诗作文，于此一关，殊无终南捷径可寻，务必勤加修习也。“为人性僻耽佳句，语不惊人死不休”是诗圣杜甫著名的两句诗，一千多年来的中国诗坛尽管新旧代嬗，但“语不惊人死不休”却是不同时代诗人炼字的铮铮誓言，只是到了唐代才引起诗人们空前的重视罢了。我国古代诗论中所说的“诗眼”“联眼”“句眼”“一字眼”等等，就是对诗歌创作中炼字的理论概括，而“吟安一个字，捻断数茎须”（卢延让），“两句三年得，一吟双泪流”（贾岛），“求得一字稳，耐褥五更寒”（欧阳修）等等，则是诗人们自道创作辛苦之叹。古人这些关于炼字的佳句生动展示了诗联语言中一字生辉的妙处。诗人联家们之所以愿意为之辛苦，是因为诗人所求之字，是十分美好的东西，字中似有黄金屋，字中似有颜如玉。吟诵之余，诗人可以得到一种美的享受，这种美感与辛苦相比，是值得的。辛苦的只是几天、几个月或者几年，但这种美可以传之久远，甚至流芳千古。

四、炼字的广义与狭义之分

笔者认为，炼字有广义和狭义之分。狭义的炼字就是炼“诗眼”“联眼”，即妙字，重点是炼动词。南宋葛立方《韵语阳秋》云：“诗要练字，字者，眼也。”广义的炼字就是包含“诗眼”“联眼”在内的一切炼字行为，即选择恰当的字，合适的字，使之语句通顺，合乎语法、逻辑、修辞等，求取字与词、词与句、句与联之间的谐和。谐则脉理贯联，文从字顺；乖则隔碍支离，生硬晦涩。生硬晦涩乃是诗文之病，汉·王充《论衡》书解篇云："文贵乎顺合众心，不违人意，使百人读之莫谴，千人闻之莫怪"。其义就是主张自然流畅。

字词运用得巧妙是对联炼字的重点。许多联中常有一些特别值得重视的妙字，往往使全联增色不少甚至成为联眼。所谓"联眼"，是指联中最精练传神的一个字或体现全联主旨的精彩联句。我国古代诗论中所谓的"诗眼""句眼""一字眼"等，就是对诗歌创作中的炼字做的理论概括，一字妥帖则全篇生色。这种对字词进行艺术化加工的炼字，往往会成为诗眼、联眼。联眼能给全联画龙点睛，使之出彩。首先，它能突出联语的主旨，奠定全联基调。如清纪昀贺阿桂寿联："丹心直向军前死；白发新从战后生。"（此联有不同版本）一个"新"字，抒发战后余生之慨，又切祝寿之意。上联一个"死"字，说阿桂出生入死，下联一个"新"字，含义丰富，既说他获得新生，又说他白发新生，紧扣祝寿的主题。其次，能强化联语的形象性。如清代醴陵人吴德襄题湖南邵阳市双清公园亭外亭联："云带钟声穿树出，月移塔影过江来。"一个"移"字，把月光将河对岸北塔的塔影慢慢移过江来的形象生动地表现了出来，精练传神地显示出了月下亭外亭的空灵之景。这种炼字，属于艺术创造型的炼字。

纯语言学方面的炼字则有所不同，其境界要低一个层次，有的甚至只要求合乎情理、合乎基本的语言学规律或联律即可。关于炼字艺术最为后人传颂的是唐代贾岛的"推敲"故事。推敲，指反复琢磨研究，也是炼字的诀窍所在。炼字之意即由该故事得来。"推敲"虽然与语境有关，但我认为为了合乎情理的成分要多一些。又如唐高适

《宿巾子山禅寺》:“绝岭秋风已自凉,鹤翻松露湿衣裳。前村月落一江水,僧在翠微角竹房。”这是高适路经杭州清风岭时题于禅寺的一首诗。写完后他就继续赶路,途经钱塘江时正值月落,高适细看江潮,发现月落时,江潮已退,只有半江之水。他想到自己诗中的“一江”显然不切实际,便在归途中,专门去僧房改诗。可是,一踏进房门,便看见“一江”早被人改了。高适感到很纳闷,忙问是谁改的。僧人告诉他,一位路过的官员,在这里看见了这首诗,连声赞叹,但惋惜诗中的“一”字用得不准确,便不待作者回来相商,径直改成了“半”。高适暗暗称奇,心想:“这人真是我的一字之师啊!”后来他多方打听,才得知那位改诗的官员是赫赫有名的大才子骆宾王。

这一类炼字我觉得还属于非“联眼”类炼字,离语言学的范畴要近些。著名学者王国维《人间词话》中说:“‘红杏枝头春意闹’,著一‘闹’字而境界全出。‘云破月来花弄影’,著一‘弄’字而境界全出矣。”这种著一字而境界全出的炼字才是“诗眼”“联眼”类炼字。当然,它的前提是要作品出彩。炼字才能“炼”出精致、“炼”出深刻、“炼”出独到的思维。“着一字,而境界全出”是炼字的最高境界,清人贺贻孙在《诗筏》中谈到:“炼字炼句,诗家小乘,然出于名手,皆臻化境,盖名手炼句炼字如执杖化龙,蜿蜒腾跃,一句之灵,能使全篇皆活,一字之警,能使全句皆奇。”元代诗人萨都剌(约1272—1355)送濬天渊入朝,有“地湿厌闻天竺雨,月明来听景阳钟”之句,很多人都夸好,只有山东一个老叟认为应将“闻”改为“看”,萨都剌问为什么要这样改,老叟说:“唐人有‘林下老僧来看雨’句,不妨把其中的‘看’字借来一用。”萨都剌试着把“闻”改为“看”,仔细玩味,觉得果然更好。“看”字隐“眼”意,下半联的“听”字隐“耳”意,不仅更符合诗的“工对”,而且愈发显得情景交融,有声有色。萨都剌俯首拜他为“一字师”。

后代评论者极为推崇北宋宋祁“红杏枝头春意闹”中的“闹”字，刘体仁《七颂堂词绎》认为：“‘红杏枝头春意闹’，一‘闹’字卓绝千古。”因为这个“闹”字生动贴切地表现了蜜蜂翅膀振动发出来的声音，新鲜活泼地描绘了争奇斗艳的花下蜜蜂儿竞相采蜜的情景，杏花与蜜蜂一静一动，静中有动，动中有静，突出了一片喧嚣沸腾的境界。而这只是花间的景象，只是春天的一角，它以小见大地展示了整个生机盎然的春天。由此可见，锤炼过的词语，其动人处不仅在于它生动贴切、新鲜活泼地表现了人和事，还在于它能够带给人巨大的想象的空间，使人展开联想的翅膀，唤起了读者无限的遐思，从而突出了整首词的境界。

五、炼字的原则

1.务必准确、妥帖。

准确、妥帖是炼字的第一要求，它要求用词不能含糊，必须符合题旨意境的需要。用词准确、妥帖，就会产生一种质朴自然的美感和笔触的力量。下面谈谈我的一次改联经历：

1999年，湖南城步县农业综合开发办副主任杨波先生为城南公路牌楼拟题了这样一副对联：“君自南来，两手东西心向北；雁于北往，双翼西东尾朝南。”联语上、下边均嵌“东西南北”四个方位词，除上联“心向北”含有心朝北斗、心向北京之意外，其他词语只是对方位的表述，缺乏更深的内涵，且“两手东西”与“双翼西东”平仄失对，语意有些合掌。当时，我恰好陪同湖南省楹联家协会的正副主席余德泉、易哲知先生考察城步古隐字联，杨嘱我们给他修改修改。

我认为，联语的上联可保留“东西南北”，但下联不宜重复嵌字，且其中有三个平声字，平仄难以协调，立意也不佳，所以拟换之为“前后左右”四字。在此基础上，我初步提出了“我于后上，双腿左右志朝前”的创意思路。然后再逐词推敲、修改。

“后上”有意沿用“后来居上”之意，可觉简化得比较别扭，便又改成“我自后边赶”，上联相应处改为“君从南域来”。另外，“腿”是仄声字，恰好在第二字的位置上，只能改为平声字，然“脚”“足”之类的同义词皆为仄声字。于是转换思路，将“双腿”改为“群山”，“山”为平声字，“群”可与数词相对，平仄协调，且“群山”又点明了此处地形，给旅行者以进入风景区的愉快之感。

接下来，将思路转到对上联后一个分句的推敲上。“两手东西”欠雅，仅说明了一个方位。我以为不如改成“爽气东西”，以说明此地爽气宜人，环境幽雅。易哲知先生提出“群山”之“群”应换一个字，以增加文采或内涵。因为“群山”仅说明很多山，意犹未尽。杨波先生立即提出用“青山”。

下联“我于后上”一句似乎还不妥。坐在车上望去，蜿蜒曲折的公路在青山间盘旋，真正让人感受到了“青山左右”、“爽气东西”的佳境。我无意中向后边一看，脑海里跃出了“不要后顾”的意境，马上有了“君休后顾”一语。人在前进的道路上，不应畏首畏尾，瞻前顾后，而应一往直前，立意更深了一层。为了避免重字，把上联的“君”字改成“客”字，对进入城步县者以客称之，令旅行者倍感温馨，带有浓郁的感情色彩。易先生说不如改成“朋”字，取“有朋自远方来，不亦乐乎”之意，我拍手称妙。

最后，我们请余德泉教授对尚有异议的“志”字和“步”字予以定夺。余教授说：“步”字形象、委婉一些，还是用“步”字为妥。于是，这副对联最终修改为：“朋自南来，爽气东西心向北；君休后顾，青山左右步朝前。”

作联讲究“切”，炼字同样要“切”。切时、切地、切情、切景、切题、切意，方为炼字之佳者也。一副挽联表达的是哀恸之情，如果用一个俏皮字，则有损哀伤之情境，犹如一片哭声之中夹杂了爽朗的笑声，这笑声是不和谐的，不正常的，会令人怪异，不舒服，难以接受。如果要用与情境基调不一致的字，这字也应该是起反衬的作用，或以动衬静，化静为动，或化虚为实，以乐衬哀，如“感时花溅泪，恨别鸟惊心”即是。

在杭州灵隐寺前、飞来峰下，有亭翼然，依涧而立，是为冷泉亭。明代著名书画家董其昌曾为冷泉亭撰书一联：“泉自几时冷起？峰从何处飞来？”全以疑问句组成，别有意趣。清同治年间，著名文学家俞樾偕夫人往游灵隐，看到了这副名联。俞夫人认为问语甚俊，请俞樾作答语。俞答曰：“泉自有时冷起，峰从无处飞来。”俞夫人评点说：“不如竟道‘泉自冷时冷起；峰从飞处飞来’。”隔日，俞樾次女绣孙回娘家探望父母，俞樾即以此事相告，并命其也作一答联。绣孙笑道：“泉自禹时冷起；峰从项处飞来。”这“禹时”很好理解，是说大禹治水，但“峰从项处飞来”，俞樾却不知作何解释。面对俞樾的疑惑，绣孙不慌不忙地说：“如果不是项羽将山拔起，又哪会飞来这里呢？”原来她暗用了项羽“力拔山兮气盖世”的典故。这一回答令俞樾忍俊不禁：“余大笑，方啜茗，不禁襟袖之淋漓也。”另据俞樾记载，左宗棠任浙江巡抚时，也曾就董其昌的楹联撰一答联：“在山本清，泉自源头冷起；入世皆幻，峰从天外飞来。”俞樾称他“为山灵作答语亦妙”。尽管这些作答的联语也可以作为冷泉亭的楹联，而且是佳构，但它给人们的想象空间就缩小了很多，意趣也大为逊色。优秀的文学作品应该给读者留下思考的空间，太实了就勾不起读者的好奇心。由此可见董其昌之联比这些答联要更妥帖，更雅切，更蕴藉。这些答联也可以说是对董联准确、贴切的一种检验。

2. 力求生动传神。

生动传神是炼字的第二种境界。如果说“准确、妥帖”有相当成分还属于语法的范畴的话，那“生动传神”就属于修辞的范畴了。例如大观楼长联中的“五百里滇池，奔来眼底”，一个“奔”字就十分生动传神，它把人们面对浩淼的滇池的感觉准确地表达了出来，形象突出，动感十足。又如“尽朱帘画栋，卷不及暮雨朝云；便断碣残碑，都付与苍烟落照。只赢得几杵疏钟、半江渔火、两行秋雁、一枕清霜”，一个“卷”字，从王勃笔下借来，把暮雨朝云在朱帘卷起时逐步呈现在眼帘的情态和美感表现了出来；一个“枕”字又把一觉醒来之后满地清霜的景象展露无遗，言简而意丰。一个字承担了整整一段话的任务，实际上也推出了一个清冷的画面，给人以沧桑之感。有一位联友有这样一副描写梯田的对联：“万级青梯连日月；千条仄径涌烟云。”联语写出了梯田高耸入云的气势，将春夏之季的梯田比喻为“青梯”很贴切，但下边的“仄径”还欠妥当，“涌”字也不形象。于是，我给他改了一下：“万级青梯连日月；千条金带捆烟云。”上边写春夏两季的梯田，下边我就联想到了秋季的梯田，稻穗金黄，层层梯田，就像金带一样。金带在这里用来干什么呢？“捆烟云”。当高山云雾缠绕的时候，金带时隐时现，好像要把烟云捆住似的。这样一改，“青梯”对“金带”，对仗工整了，写景也形象了，意境也更美了。烟云自然是不能捆住的，但这正是诗意的表达方式。“诗有别趣，无关理也”，正是这个意思。

3. 以炼意为前提。

清代著名诗歌评论家沈德潜《说诗晬语》云：“古人不废炼字之法，然以意胜，而不以字胜。故能平字见奇，常字见险，陈字见新，朴字见色。近人挟以斗胜者,唯难字而已。”这是对炼字的精辟论述。炼字的目的是炼意,不管何种方式的炼字,它总是围绕炼意进行的。正如渔网的纲与目的关系,纲举目张,协调一致,才能使艺术之网张得圆满,张得好看,才能更好地捕鱼。因此,炼字必须以炼意为前提才有意义,才具有美的价值。有字无句或无篇,是不足取的。只有篇中炼句,句中炼字才有意义。炼字不单是炼声、炼形,同时也是炼意。只有切合题旨,适合情境,做到语意两工,这样炼出来的字才能真正精光四射。成功的炼字都是和炼意紧密结合在一起的,炼字,就是使“意”——作者主观的情思和作品所表现的生活具体化、生动化、纵深化与美学化融为一体。只有炼出具体生动的富于美学内容和启示性的字,才能使“意”具有感染人的力量。如清代诗人、学者朱彝尊题嘉兴山晓阁联:“不设樊篱,恐风月被他拘束;大开户牖,放江山入我襟怀。”“不设樊篱”,是为了使风月不受拘束。实际上,即便有藩篱,清风明月也是拘束不住的。这种近乎荒诞的措辞,它是有深意的。意在影射清统治者,不要对大汉民族予以拘束,因为你是拘束不了的,正如这风月一般。所以,“拘束”一词就是此联的联眼。一位联友为某医药公司的亭子写了这样一副对联:“亭台撑日月;栀菊佑康宁。”他说亭子周围栽培有菊花、黄栀子,这是消炎保健药。要我给他修改一下。我和他说,“亭台撑日月”颇有气势,但没能体现出医药公司的特点;“栀菊佑康宁”也不恰当,医药公司是经营各种药材的,“栀菊”岂能代表所有的药材啊?我只将联语中的“亭台”和“栀菊”调换了一下位置,联语的立意就截然不同了:“康宁撑日月;栀菊绕亭台”,一个人的健康大于天,我们常常说,一个人身体垮了,就好像天塌下来一样。所以康宁可以撑起日月,医药公司的重要性一下子就凸显出来了。下边“栀菊绕亭台”又描绘了亭子周边的美景,置身其中,自然能给人以美的享受。

4. 自然无迹，避免凿痕。

诗联作品有一种意境叫空灵。羚羊夜宿，挂角于树，脚不着地，以避祸患。古人常用"羚羊挂角"来形容诗的意境超脱、无迹可寻的空灵之境。这是说意境的塑造，其实炼字也一样。不着形迹也是炼字的一种境界。宋代词人姜夔在《白石诗说》中说："人所易言，我寡言之；人所难言，我易言之。自不俗。"别人容易说出来的，我就少说；别人难以说出来的，我就用易于理解的语言去表达，这才不流于俗套。这种易于理解的语言实际上就是自然的语言，没有雕饰的痕迹，符合常人的理解和阅读习惯，但它同时又是出新的，不落俗的。好像让读者闻到一股清新的花香，舒服爽心。总之，就是用最浅显的文字表达最深刻的思想感情。清代戏剧家、文学家李笠翁《窥词管见》云："文字莫不贵新，不新可以不作。"将习常之陈言，剽窃仿真，久之令人生厌。必须自出机杼，涉笔成趣，方饶情味。然创新往往易流于险怪，故又云："琢句炼字，虽贵新奇，然亦须新而妥、奇而确，妥与确总要不越一理字。"如民国时湖南隆回人魏定南先生挽萧一峰甥太夫人联："以弱女侍进羹汤，旷职越十年，也知地下欢迎，仍为孝妇谙姑性；是总理建筹典礼，奉安当四月，忽听天边讣报，应随举国动哀思。"死者去日正是奉葬孙中山总理大典的日子。挽者和被挽者的关系看似很复杂，其实很简单。死者是萧一峰的母亲，萧一峰是魏定南的外甥，其实死者就是魏定南的妹妹。这是典型的近亲婚姻。"弱女"是指作者魏定南的女儿、萧一峰的妻子、死者的媳妇。弱女已经死了十年了，在为婆婆奉侍羹汤的岗位上已经旷职十年了。她也应该知道在地下欢迎你这个做姑姑的呢，她仍然可以在你身边做你的孝媳，因为她深谙你这个姑姑的习性，一定会好好侍奉你的。读到这里，我不仅仅为死者感到哀伤，更为作者的凄苦感到一阵阵心酸。十年前是女儿去世，现在妹妹又走了，多么不幸的事啊！其中“旷职”一词，最是让人难受，简直悲凉得令人窒息。作者把自己心底滴血的伤口重新撕开，以平静的心态展现出来，最是扣人心扉。作者“平静”的表层下覆盖着激荡疯狂的刺痛。它把挽联的以情感人演绎到了极致。上联无一个“哀”字，却仿佛哀声震天动地。特别是“旷职”一词，用得十分奇特，真“人所难言”也，而魏先生“易言之”。词语虽然用得颇为奇特却十分自然，而且越琢磨越觉得它天然无痕，毫无炼字之感。可它却能引起心灵的震撼，甚至刺激人心。湖南隆回县虎形山有一个大托石瀑，实际上是一座大石山，就像一个大瀑布。有联友作了这样一副对联：“西姥划簪，银河倾泻无声瀑；织娘纺布，玉指挑开有色花。”对联构思很不错，上边把石瀑比喻为银河倾泻，只是没有流水的声音而已，这样描述十分贴切；下边又把它比喻为织女纺的一块布从天上吊了下来，恰好又和当地少数民族花瑶的独特刺绣——挑花联系了起来，也是别具匠心，不能说不巧。但是“有色花”比较别扭，显然是为了强对“无声瀑”而为之。花本来就是有色的，难道还有无色花吗？所以，这个“有色花”必须要修改。我于是把它修改为：“西姥划簪，银河倾泻千寻瀑；南天纺布，虹女挑开七色花。”我的修改思路是这样的：将“有色花”修改为“七色花”，然后再将“无声瀑”相应修改为“千寻瀑”。同时，“七色花”又可以和彩虹联系起来，彩虹映在石壁上也合乎情理，于是找到“虹女”一词替代彩虹，虹有七彩，也算一个颜色词，与“银”形成工对，且变成了拟人化的修辞手法，句子的生动性顿时提质。用了“虹女”，前面的“织娘”也要相应修改，上边有方位词“西”，下边也应该用一个方位词来对，“南”字可谓珠联璧合，于是“织娘”改为“南天”，且“南天纺布”比“织娘纺布”更加自然贴切一些了。

这一连串的修改，就是为了改造“有色花”这个欠自然的词语，真是牵一发而动全身也。

六、炼字的方法

炼字有法乎？无也。炼字无法乎？亦有也。下面谈谈几种常见的炼字方法。

1. 炼数量词。数量词常常被视为自然科学的专利，用于社会科学，似乎是枯燥乏味的。但是，用于诗联中的数量词其实不然。那些经过诗联家精心选择提炼的数量词，在他们的调配之下却可以产生悠长隽永的韵味。据元代盛如梓《庶斋老学丛谈》记载，张桔轩有诗云“半篙流水夜来雨，一树早梅何处春”，元遗山认为既指明了“一树”，就不能又说表疑问的“何处”，同时，一树梅花也绝非早梅，于是他就把“一树”改为“几点”，“几点”本身并没有什么奇特之处，但用在这里描绘逐水而流的梅花，却符合生活的真实，也使全诗气韵平添。据《唐诗纪事》载：齐己《早梅》诗有“前村深雪里，昨夜数枝开”之句。郑谷云：“数枝非早也，未若一枝”。齐己拜服。人以郑为一字师。盖一字之用，而早梅之境界全出矣。

又如民国时湖南邵东人谢惠山题湖南洪江宝庆会馆联：“问客何来，六岭梅花开几点？劝君小叙，一轮明月话双清。”上联是写迎接客人的时候：请问从邵阳来的客人，你看到六岭的梅花已经开了几点了啊？这一句问得很痴，本来你问一句“六岭的梅花开了没有”就可以了，可作者偏要问开了几点了，绽出了几个苞蕾了？问得十分的仔细。正是这一痴问，体现了游子们对家乡体贴入微式的关心，反映了这里的邵阳老乡对家乡的思念之切、之深、之重。全联有四个数量词，味道就在数量词上，尤其“几点”一词，应为联眼。

刘凤诰题济南大明湖小沧浪亭联“四面荷花三面柳，一城山色半城湖”，仅仅用了四面荷花、三面杨柳、一城山色、半城湖光几个最具特色的镜头，就极生动逼真地描绘了在小沧浪亭所见到的秀丽景色。正如《文心雕龙·物色》篇中所言“以少总多，情貌无遗”者也。

2. 炼形容词。形容词少不了绘景摹状，化抽象为具体，变无形为有形，使人如闻其声，如见其人，如触其物，如历其境。这种任务，相当一部分是由形容词来承担的。判断形容词的适度修饰，好似打磨钻石，需要透过放大镜，从精确程度、审美趣味、情感色彩上细致琢磨，进行比较。

纪昀《阅微草堂笔记》中有这样一副对联：“花幽防引蝶，云懒怯随风。”这副对联中的两个动词“防”“怯”和两个形容词“幽”“懒”都用得很好，特别是“懒”字可谓神来之笔，把云儿人格化了，云儿悠闲之态跃然纸上，更重要的是突出了主题。疏懒的云儿当然害怕随风而飘。风儿起，云儿散，能不怯乎？懒云是一种修炼的境界，佛门中有个用语叫“止观”。“止”是息灭妄念，专心于一个境界，也就是我们通常说的“入定”了。入定是入于禅定之意，即摄驰散之心，入安定不动之精神状态。风者，搅动心境之因素也。平静的心灵最怕的就是妄性波动，故曰“云懒怯随风”也。

清代秀才黎晓垣题湖南隆回滕头岭联也是炼形容词的典范：“客从何来？者番劳碌征尘，极岭峻山崇，世路几经奇险处；我行且止，对此放空眼界，看云奔雾逐，众峰都在急忙中。”有人评价说，这副对联的联眼在“众峰都在急忙中”七个字。笔者有相同之感。应该说，云雾随风飘荡是动的，众峰巍然耸立是静的。但是，根据物理学中物体相对运动的原理，把追逐不定的云雾作为参照物，群山对于云雾来说则又是动的。文学和科学本不可同日而语，可是作者却运用科学原理，故意化静为动，且兼用了拟人的手法，巧妙地把匆匆过客、营营众生为名为利而上下奔逐的形象描绘得惟妙惟肖，实在是难能之笔，耐人寻味。笔者题长沙岳麓山穿石坡临水阁茶楼联："名茶雪煮香穿石，大麓云飘醉入壶"，此联的联眼应该是一个"醉"字，岳麓山上的云闻到了这里的茶香，被陶醉得掉入了茶壶之中。作为作者，当你想到这样的词语的时候，如获至宝，心情自然十分愉悦，这就是创作的快乐所在。

3.炼动词。一副联，是由有关的意象按照一定的艺术构思组合而成的，而真正能构成鲜明的塑造美的意象的词，主要是表动态的具象动词。因为名词在联句中往往只是一个被陈述的对象，它本身没有表述性，而能给作主语的名词以生动的形态的，主要就是常常充当谓语的动词。这样，具象动词的提炼，就成了中国古典诗歌炼字的主要内容，离开了炼动词，炼字艺术就会黯然失色。是的，欣赏古典诗词，就要善于欣赏诗句中那些精妙的动词。我们只要翻开古典诗词集，欣赏那些精妙的动词就有如仰望夏夜晴空，星光灿烂，目不暇给。相传，苏东坡一次与他妹妹苏小妹及诗友黄山谷一起论诗，互相题试。小妹说出"轻风细柳"和"淡月梅花"后，要哥哥从中各加一字，说出诗眼。苏东坡当即道："轻风摇细柳，淡月映梅花。"不料小妹却评之为"下品"。苏东坡又作了一番思索后，得意地说："轻风舞细柳，淡月隐梅花。"小妹微笑道："好是好些，但仍不属上品。"一旁的黄山谷忍不住了，问道："依小妹的高见呢？"苏小妹便念了起来："轻风扶细柳，淡月失梅花。"苏东坡、黄山谷吟诵把玩后，不禁拍手称妙。那"扶"和"失"究竟妙在何处呢？"轻风"徐来，"细柳"动态不显，唯有"扶"字才恰到好处，与"轻""细"相宜，显得和谐，并且又把风人格化了，形象地描绘出轻风徐来，柳枝轻轻拂动的柔态，给人以一种柔美之感。下句中，朦胧的月色轻笼着恬静的梅花，梅花明丽色彩自然就黯然失色了。这样，一个“失”字，就更准确地勾画出了月色和梅花相互交融的情景，增强了诗的感染力，创造了一种和谐朦胧的美妙意境。由此可见，动词是根据诗的最美情境千锤百炼出来的。当然，这种美不是单纯的美好的感觉，它是一种艺术的美感。如毕沅题陕西兴平杨贵妃墓联：“谷风如诉旧愁来，蜀道秦川，过客重谈杨李事；暮粉还将秋色补，雨尘云梦，伤心何似汉唐陵。”暮粉，古墓表面出现的一种白霜样物质，这里代指杨墓。秋色，本来就令人有萧杀落寞之感，而一个“补”字，更增添了这种感觉，进而深化了联语“伤心”的主题。

当代有一位诗人叫刘庆霖，他的诗十分擅于炼动词，颇值得我们作联时学习。如“山光打进毛衣里，暮色缠回彩线中”（《冬日游西双版纳》之三），“薄云似被遮深谷，小路如绳捆大山”（《杂感》之二），“一方花色头巾里，三五牦牛啃夕阳”（《西藏杂感》之一），“早起匆匆揉睡眼，推窗抓把鸟鸣声”（《松花江畔行》之四），“荻花一样浣纱女，捶打斜阳在水湄”（《农家杂咏》之四）等等，一读他的诗就觉得十分鲜活，特别是动词用得很别致，把一些异常的词语巧妙地连接在一起，产生了妙趣横生的效果。黑格尔说：“为着避免平凡，尽量在貌似不伦不类的事物中，找出相关的特征，从而把相隔最远的东西出人意外地组合在一起。”刘庆霖说，黑格尔为我们回答了两个问题：一是“貌似不伦不类”的事物，有其微妙的内在联系；二是这种“不伦不类”的组合，是“避免平凡”、脱俗出新的有效方法。黑格尔所说的这一种方法，在我们的汉语修辞学中就叫作移就修辞。辞海是这样解释的：甲乙两项关联，就把原来属于形容甲事物的修饰语移属乙事物，叫移就。唐钺《修辞格》说：“两个观念联系在一起时，一个的形容词常常移用于他一个上头。”笔者题湖南邵阳召伯窑址联：“窑火从北宋点燃，釉上花开，宝庆行云昭五彩；召公自南巡归去，民间心祭，甘棠遗爱衍千秋。”召伯窑址，顾名思义，是以西周时期的政治家召伯命名的一处文物保护单位，因为召伯南巡于此，这里遂命名为召伯村，村袭人名，窑袭村名。这个对联构思后，我对出边还是比较满意的，但对边似乎脱离了窑的元素，总觉欠妥。于是修改为：“窑火从北宋点燃，五彩瓷风，宝庆行云昭玉锦；召公自南巡归去，千秋器韵，甘棠遗爱绽青花。”“器韵”一语双关，既指召伯这个人，又指召伯窑烧制的瓷器，将二者无缝对接。还有一个“绽”字就是移就修辞，“青花”是瓷器，不好“绽”，但花是可以绽的。召伯的甘棠遗爱像花一样地展开，将意与象天然对接，意象美突兀而出，境界陡然升高。有一位联友在写湖南邵阳湘窖酒文化园时写了这样一副对联，要我给他修改：“借圣井之源，湘韵天成，一盏闻香开口笑；储琼浆之窖，名声鹊起，双清拥碧满园春。”“开口笑”是湘窖酒业的一种产品，“双清”是邵阳市区的一处风景名胜。我觉得“双清拥碧满园春”虽然切地，但与酒似乎没有多大的关系，我建议他把“拥”字改为“酿”字，就将邵阳美景与美酒挂上钩了。

当然，“仙道”与“魔道”只有一步之遥。过分地追求句子新奇，也易流于荒诞，这是要注意避免的。

4.炼词类活用。对联中词类活用也较常见，有名词作动词、形容词，形容词作动词、名词，动词作名词，名词、动词活用为量词等等，情况不一。词类恰当的活用不仅增加了对联的用词范围，还有着巧著一字意境全出的功效。当然活用不是乱用。如康熙帝题苏州行宫联：“松声竹韵清琴榻；云气岚光润笔床。”四围传来松声竹韵，使人感到琴榻分外清凉、清雅；云气岚光萦绕在周围，令人感到笔床也是湿润的。"清"和"润"都是意动用法。其实,"清"的不仅仅是琴榻,更是琴声;"润"的也不仅仅是笔床,更是笔和笔下写出来的文字。又如上海豫园卷雨楼联:"邻碧上层楼,疏帘卷雨,曲槛临风,乐与良朋数晨夕;送青仰灵岫,幽涧闻莺,闲亭放鹤,莫教佳日负春秋。""邻碧",是邻近的碧水。"送青",是送来青翠的山色。"碧""青"都是形容词作名词用。名词活用作动词也是累见不鲜的,如"杨花莫雪行人路;杜宇休冰愁客心"。联语的意思是说,杨花不要像雪一样覆盖住行人的道路,杜鹃鸟不要叫得那么凄惨,休要冰冷了愁客的心。"雪"和"冰"本来是名词,这里作使动用法,成了联眼。

王安石《泊船瓜州》有句云:"春风又绿江南岸",一"绿"字而境界全出,它把春到江南的生气勃勃的景象非常巧妙而又形象地描绘出来。"春风又绿江南岸"中的"绿"字,作者曾经用过许多字,最初是"到",改作"过",又改作"入",再改作"满",一共改了十几次,最后才选定了这个"绿"字,从而使全句生动、活泼、新鲜,使感情融化于其中,使景物拟人化,从而创造出意境浑一、情景交融的审美境界。"绿"之所以比"到""过""入""满"好,就在于它将"绿"活用为使动用法,生动形象的拟人化手法,写出了春风拂煦,由南向北逐步推进的情态,所到之处,一片新绿。从而把无形的春风有形化,凸现了清丽流美的意境,情态的变化中体现诗歌的婉转美。可见诗人在艺术手法上,善于翻新出奇,富有独创性,足见诗人炼字功夫之深。达到了"一字之警,能使全句皆奇"、"着一字,而境界全出"的炼字最高境界。

5.虚词的运用。一句诗中之字,有实有虚,实字多则语句凝练,笔力遒健,然其病在于板滞沉闷,易使人费解;虚字多则气脉流畅,风神飘逸,让人一目了然,而其病则易流于轻浮与浅薄。如何在实字中加入虚字,以为斡旋之枢纽,即是炼字之要务。详加体会,自能得心应手。

明代布衣诗人谢榛《四溟诗话》引李西涯语曰："诗用实字易，用虚字难。盛唐人善用虚字，开合呼应，悠扬委曲，皆尽于此。用之不善，则柔弱缓散，不可复振。夏正夫谓涯翁善用虚字，若'万古乾坤此江水，百年风日几重阳'是也。"以上可见虚字之重要，故历代诗词名家，均于动词与状词等虚字上用功夫，如果虚字运用得妙，足使全篇生色。虚词锤炼得恰到好处时，可以获得疏通文气，开合呼应，悠扬委曲，活跃情韵，化板滞为流动等美学效果。南宋学者罗大经《鹤林玉露》指出，"作诗要健字撑拄，活字斡旋。撑拄如屋之有柱，斡旋如车之有轴"，就是从这个角度看到炼虚字的作用。前呼后应，仰承俯注，妙在虚字旋转其间，使气势顿宕，情韵欲流。如果王勃《滕王阁序》中的名句"落霞与孤鹜齐飞，秋水共长天一色"，去掉"与""共"二字就会大为减色。欧阳修《昼锦堂记》首句本为"仕宦至将相，富贵归故乡"，文章寄递出去后飞骑追加二"而"字成"仕宦而至将相，富贵而归故乡"，使文义大为增光。清末民国初著名学者赵藩题武侯祠联曰："能攻心则反侧自消，从古知兵非好战；不审势即宽严皆误，后来治蜀要深思。"其中的虚词"则"和"即"也是不可小瞧的。它不仅使句子节奏的韵律更加和谐，第一个分句变成了8个字，比第二个分句多了一个字，使全联有了跌宕起伏感。更重要的是加重了对论点的强调，使人毋庸分辨。有时，一个虚词即完全改变了联语的意思，收到意想不到的艺术效果。洪承畴（1593—1665年），字彦演，号亨九。本为明朝大臣，后叛明降清。洪为明朝大臣时，深受崇祯皇帝宠幸，他自己也得意洋洋，曾在厅堂挂出一副对联："君恩深似海，臣节重如山。"洪变节后，有人将他这副对联各加一字，成了"君恩深似海矣！臣节重如山乎？"这两个虚词犹如两把匕首，使联意立即掉转头来，对洪承畴反戈一击，境界陡然升高。

有些虚字还可以同位重字，如“之”“者”等。如“漏网之鱼，世间时有；脱天之鸟，宇内尚无”。其中的“之”字就是虚词同位重字，读来无不谐之感，另有一番味道。这种虚词同位重字的例子很多，北京潭柘寺弥勒菩萨联曰：“大肚能容，容天下难容之事；慈颜常笑，笑世间可笑之人。”这副对联也是同位重一“之”字。实词同位重字的情况也有，如用明魏允贞诗制作的岳阳楼公园门联：“洞庭天下水！岳阳天下楼！”两个“天下”为实词同位重字。对此，联界争论不休。我是持赞同态度的。因为任何事物都有特殊性，对联也不例外，大家约定即可俗成；重字有重字的优势和作用，后面我将论述重出的道理；它的平仄也是有据可依的，属于粘对之例。此不多言。不过，实词同位重字毕竟是特例，一般的联人特别是初学者绝不可仿之。

6.炼联眼。古人于炼字之法另有点眼一说，盖取画龙点睛之意，谓用之得当可使全句生色。“诗眼”原为江西派诗人之共同主张，主张句中必得有眼。其中一派主张五言诗以第三字为眼，七言诗以第五字为眼。而另一派主张不限一字，也不限于第几字，更不限虚实。如长春中国公园凌风亭古联曰：“半池水荇能藏月；满地榆钱为买春。”第六字“藏”和“买”应为联眼。中国公园是长春最早的公园，园中多古榆，水荇半遮池塘。故联语中说月亮最爱“藏”在水荇中“休息”，怕被人偷去；长春的春天很短，人们希望留住春天，只好希望满地的榆钱能买通春天留下来。好有情调的一副联语啊！简直妙不可言。“买春”还有一种歧义，有意无意，是为幽默诙谐之语。当然，第三字、第五字为联眼的情况要多一些，如清末文人萧少白题湖南新邵顺水桥联：“英雄下马拜秋色；古木归鸦乱夕阳。”此联意境幽深，文采熠熠，字字珠玑。每易一字，都会损其意境，暗其文采，可称得上联圃中的珍品。由于地处偏僻,故鲜为人知。萧少白的对联艺术达到了很高的水平,但他一生都不得志,在辛亥革命后,他还对清政府念念不忘,此联可能体现了作者那种郁闷烦乱的遗老心态。也可能是在为异乡游子、告老英雄、失意情人写意,究竟作何理解,只能仁者见仁,智者见智了。总之,全联以景托情,情寓于景,情景妙合无痕,文字凝练,清新俊逸,自然浑成。“秋色”“古木”“归鸦”“夕阳”都援引自马致远散曲名篇《天净沙·秋思》,似无新意,然一“拜”一“乱”,文势陡升,如千年古树顿时绽出鲜嫩的新芽,一字用活,全联生辉。“拜”和“乱”分别为上下边的句眼,而“乱”字又为全联的联眼。可见,炼得极好的字,在对客观事物的深刻认识的基础上,不仅在于它的生动贴切和新鲜活泼,更深层次上说还在于它给人带来的巨大的想象的空间,让人展翅联想。鉴赏时须根据联意仔细琢磨,体会联家的苦心和灵慧。笔者题四川江门古寨联:“寨挹风情,古看盐马今看竹;帘开画稿,窗挂梯田门挂川。”古寨以竹为特点,当地有画稿溪和盐马古道。我最为得意的就是“窗挂梯田门挂川”一句,开窗就能见到梯田,开门就能见到川流,似乎像图画一样地挂在门上和窗上。一个“挂”字就将风光变成了一幅美妙的画稿,这一个字的表现力真是太神奇了。

7.炼叠字。叠字又称重言,刘勰《文心雕龙》物色篇云:“诗人感物,联类不穷,流连万象之际,沉吟视听之区,写气图貌,既随物以宛转;属采付声,亦与心而徘徊。故‘灼灼’状桃花之鲜,‘依依’尽杨柳之貌,‘杲杲’为日出之容,‘瀌瀌’拟雨雪之状,‘喈喈’逐黄鸟之声,‘喓喓’学草虫之韵。‘皎日、嘒星’,一言穷理;‘参差、沃若’,两字穷形。并以少总多,情貌无遗矣。”诗中叠字大都以状词居多,有状形者、有状声者。当单字不足以尽其态,则重言以发之,盖写物抒情,两字相叠,能使兴会与神情一起涌现。

清代诗评家赵克宜云："诗中运用叠字，使其余五字精神毕现，最佳。"叠字如运用得当，足使全篇生色。然叠字之运用贵在新颖、变化。如说杨柳必以"依依"形容，说雨雪必以"霏霏"描绘，即落前人坑堑而殊少神味。要能创新出奇，方为杰构。如西湖天下景亭联："水水山山，处处明明秀秀；晴晴雨雨，时时好好奇奇。"全联二十个字，由十个字相叠组成，其中既有名词叠用，又有形容词叠用，将西湖山光水色、晴雨美景很自然地展现了出来。联语还可以回文倒读："秀秀明明，处处山山水水；奇奇好好，时时雨雨晴晴。"这样也颇有意趣。又如杭州西湖花神庙联："翠翠红红，处处莺莺燕燕；风风雨雨，年年暮暮朝朝。"这副对联和前一副一样，也是由十个字相叠为二十字联。绿绿红红，红花绿树，红绿相衬，到处都是莺歌燕舞的美丽景色；与如此美景相对比的是，离人却永远是无尽的寂寞晨昏和恼人的风雨。这一副叠字联还是一副回文联，意思也可以倒过来理解：人在旅途，岁岁年年、日日夜夜都这样风雨兼程，在暮暮朝朝的风风雨雨之后，遇见的是处处翠翠红红，莺莺燕燕。在这样的地方，接下来会出现什么样的际遇，给读者留下许多想象的空间。更重要是这些字，如果不是重叠起来读，根本读不通，只有叠了之后，读起来才音调铿锵，平仄和谐，语义顺畅。再如苏州网师园的一副叠字联："风风雨雨，暖暖寒寒，处处寻寻觅觅；燕燕莺莺，花花叶叶，卿卿暮暮朝朝。"上边化用李清照词《声声慢》，将李清照词的意境入联，使联语独具特色。全联用十四对叠字组成，节奏鲜明，如珠落玉盘，声声悦耳，极富音乐感。联文集形、色、声、情于一体，以状春光旖旎之景，风流艳冶之情：风吹落叶，雨打芭蕉，乍暖还寒时节，到处寻幽探芳；莺莺娇软，燕子轻盈，红花绿叶，男欢女爱，一派明媚秀丽的风光。这也是一副回文联，顺读、倒读都合韵律自然流丽。有人把此类联语归之于文字游戏，但如果你细心品读，就会发现它富含人生哲理，天地万物生生息息、无穷无尽的普遍规律蕴涵其中。也从中可见叠字的魅力所在。

8.炼异位重出。重出者，谓一句或一首诗中，一字或数字再现之谓。刘勰《文心雕龙》炼字篇云："重出者，同字相犯者也。诗骚适会，而近世忌同，若两者俱要，则宁在相犯。故善为文者，富于万篇，贫于一字。"行文遣词，诗文家皆避重出，然有时却以重出为能。如苏颋《奉和春日幸望春宫》诗起句云："东望望春春可怜。"金圣叹评云："七字中凡下二'望'字，二'春'字，想来唐人每欲以此为能也。"

重出与叠字不同，盖叠字大都为状词。或状其形、或状其声、或状其动作等。而重出则不限于此，如前句之"望春"为宫名，非有"望望"与"春春"之意。其法有于一句中，或一联中各句，皆重出一字者。如清代楹联家彭元瑞题蒋士铨书房联，历来为人称道，联云："何物动人，二月杏花八月桂；有谁催我，三更灯火五更鸡。"此联在"月"和"更"字的重出上饶有韵味。如果我们改一下，消除重字试试："何物动人，二月杏花秋季桂；有谁催我，三更灯火卯时鸡。"韵味大失了。再看明解缙的一副谐音双关联："蒲叶、桃叶、葡萄叶、草本、木本；梅花、桂花、玫瑰花、春香、秋香。"上边重出"叶""本"，下边重出"花""香"，加上谐音的四个字，读起来也似重出。所以联语读来趣味盎然，平仄的排列与通常的非重出句还有所不同，但读来错落有致，铿锵入耳。

9.炼工巧。对联是倾向于工对的，联家千方百计谋求对仗精工。如联语对仗，不仅要求名词对名词，而且要求名词小类相对。所以我们在炼字时要尽量选取恰当的名词小类来相对，使之更加工整。如南宋沈义甫与先生对句："绿水本无忧，因风皱面；青山原不老，为雪白头。""绿"对"青"是颜色类，"山"对"水"是地理类，"风"对"雪"为天文类,“面”对“头”为人体类。其余各字也对得十分工整。名词小类的工整程度足见联家之匠心。又如我1995年的一副获奖联:“紫气西来,看十亿神州,同歌马列;黄河东去,历千年苦难,喜到蓬瀛。”为什么要选用“黄河”而不用“长江”,其中也有求工的因素,因为“黄”和“紫”是颜色类相对。有一位联友把他题湖南隆回县九龙山联要我看看:“山腰瀑布如帘挂;洞内黄金似水流”,九龙山下有一个山洞,曾在洞里出现过淘金热。我一看,有一个字是可以立马见工的。“黄金”的“黄”是颜色词,“瀑布”很容易换成颜色词的,瀑布是银色的,改成“银瀑”来与“黄金”相对,既是颜色词相对,也是金属类词相对。另一位联友也有一副题九龙山联嘱我看看:“苍龙东去,几番回望,兴叹蓬莱灵秀,衍育隆中万物;游客前来,九曲探寻,惊疑梦境奇观,品评有字天书。”我觉得联语在对仗工整程度上可以好好提升一下,于是这么改道:“苍龙东去,回首几番,留恋这无声仙迹;朱履前来,壮怀百伋,品评那有字天书。”修改后,词语的对仗工整了许多,“苍”与“朱”属颜色词相对,“首”和“怀”属人体类词相对,“几”和“百”属数词相对,还有“无”和“有”等词语,都是求工之处,而且语句精炼了,更有诗意了。还有一位联友有一副题湖南新宁三渡水贞节牌坊联:“甲天下坊,雕刻凌云隐痛后;旌李何氏,凄凉枕月独眠时。”我看了后,觉得“隐痛”对“独眠”还可以更工,立意更好,于是我建议她将“隐痛”改为“重劫”。重劫,佛教语,累劫,多重劫难。贞节牌坊能够保存到现在已经是很不容易的,因为很多贞节牌坊都被当作封建糟粕毁灭了。所以“重劫”一词比“隐痛”更妥帖,而且“重”与“独”都是不是数词的数词,与“比目鱼”对“独角兽”中的“比”对“独”一样见工。

有时,如果找不到合适的小类名词,联家也还有许多求工的办法。传统诗词格律中的借对法,即可把不能相对的词语变成能相对者，甚至变成极工的对仗，从而使对仗获得更多的自由，提供了一条宽工转化之途径。借对法又分为借意对、借音对和借调对三种，在前文中已作论述。

10.避免犯本位也是一种求工的办法。清袁枚《随园诗话》有一段这样的记载："于耐圃相公，构蔬香阁，种菜数畦，题一联云：'今日正宜知此味；当年曾自咬其根。'鄂西林相公，亦有菜圃对联云：'此味易知，但须绿野秋来种；对他有愧，只恐苍生面色多。'两人都用真西山语；而胸襟气象，却迥不侔。"鄂西林相公即鄂尔泰。鄂尔泰的这副联有两个版本，另一个版本易"面色"为"菜色"。殊不知，题菜园的对联中出现"菜色"就是犯了本位。显然"菜色"版本是错误的。"面色"即暗喻了苍生的面色就像这菜圃的颜色一样，这就是"菜色"的意思。但它比菜色委婉含蓄一些，韵味就要足一些。清代安徽巡抚冯钤于衙署后种梅花及菜蔬，并题园圃联："为恤民艰看菜色；欲知宦况问梅花。"此联中的"菜色"就没有犯题，因为它的标题是"题园圃"，园圃中既有蔬菜，又有梅花等花卉，不仅仅是一个菜圃，如果不用"菜色"，意思就表达不出来。

对联的音韵还有格式定例可循，辞藻却茫无头绪，初学者尤为束手。近现代学者平襟亚在《对联作法》中告诉初学者两招，我觉得很有借鉴意义。一招是知代替。即以文雅的词来代替平常的词。他说，从前沈伯符先生在《乐府指迷》里说过，桃不必直写桃字，可用"红雨""刘郎"等字来代它。说柳，也不必直说柳字，可用"灞桥""阳关"等字来代替。此话虽指填词而言，但于对联也一样。譬如贺人家新婚，可以说"好谐凤卜""瑞兆麟祥"；贺人家生子，可以说"德征麟趾""声毓凤毛"；贺人家寿诞，可以说"大椿献寿""南山进颂"。因为据事直说，有时不雅，并且不能圆满，用了代替字句，便非但能够典雅，而且措辞也觉得便利了。平襟亚在书中还举了严冬友赠虞扑斋的一联为例："红杏花深君独立；绿杨春好我平分。"上句用虞家的典故，以红杏两字来代替他的姓，下联用白居易《赠元微之》诗的典故，以绿杨两字来代替同居的意思，何等雅切，何等风神。假使不知替代法，据事直说，便决没有这样的韵味。至于代替的材料从什么地方采集，他还推荐了《角山楼类腋》等书。第二招是加色泽。色泽一加，犹如人的装饰，装饰得好，容易惹起他人的注意。作联选字，也像装饰一样，要免去他人的厌恶，增进他人的美感。色泽是顶紧要的一件事，譬如帘子这一件东西，如果单说是帘子，便没有意思。我们加上一个"绣"字，就觉得妩媚可爱了。此外，在风里可说风帘，在月下可说月帘，还有词章家所惯用的海江帘、虾须帘、枣花帘、水晶帘等等的名称。这样一说，便觉耳目一新。以此例而讲，那么灯的名称，有银荷灯、长离灯、雁足灯；酒的名称，有白坠酒、新丰酒、郁金酒、红儿酒。这些名称，都是加上去的色泽，我们要把干枯的思想，化为润泽的句子，唯有加色泽的一法。如何子贞题薛楼一联："花笺茗碗香千古；云影波光活一楼。"这薛楼的风景，本来是很平常的，联中说笺字、碗字，也都是极平常的东西，但是经他用了一个花字和一个茗字，又加上一个活泼泼的香字，和极好的下联一对，其他凡手便再也不能及他了。黄凤岐有自题《春联》云："多种兰荪娱爱日；更调雕鹗待高秋。""兰荪"，即菖蒲、香草，古代喻为佳子弟；"雕鹗"，猛禽，古代喻为才望超群之士。以"兰荪""雕鹗"代称子弟、人才，更显文雅典重。又如"鸿案""鹿车"喻夫妇相偕，"椿萱"为父母颂寿，"鲤庭"指代父训等，都是一些常用的典故。要了解典故，就需要多读书，拓宽自己的知识领域。

炼字的方法多种多样，不一而足，有些细微之处甚至只可意会，不可言传。正如刘勰《文心雕龙》"神思"篇所云："至于思表纤旨，文外曲致，言所不追，笔固知止。至精而后阐其妙，至变而后通其数……其微矣乎！”其意思是说：至于一些想不到的细微意旨，文思外的曲折情趣，难以言喻，只好搁笔不谈了，要达到精微的境界才能够阐发它的妙处，懂得它最微妙的变化才能理解它的技巧……真是太微妙了。炼字也一样，其目的是为了炼意，是选择最恰当的字眼来表情达意，即使可以言传的方法，在具体运用当中还是有许多微妙的东西要靠自己去领会。这种领悟力包含着一种艺术的天分。天分不足，单靠勤奋也难以达到一种空灵的境界。炼字与炼钢还是有区别的，炼钢只要反复炼就行，但炼字是要耍巧的，要敢于张开想象的翅膀，充分发散思维，才能找到那美丽的词语。我的一位朋友黄乐荣先生写了一副题广州的对联：“城居珠水端，吐纳万般气象；花绽白云顶，飘扬百越芬芳。”嘱咐我给他修改。我觉得对联的前一个分句“城居珠水端”和“花绽白云顶”太实，且用词也不十分准确，于是改为“城拥珠水入怀”和“花绽白云出岫”。我就是运用发散思维来思考这个问题的，尽量使句子灵动鲜活一些。我另一位朋友欧阳立群先生为湖南隆回大托石瀑写了一副对联：“空谷荡瑶歌，石壁一屏犹泻注；满天垂彩练，霞光万道竞飞流。”他要我“指点指点”，我提示他要把自然景物和风俗民情联系起来，他于是改了一稿：“空谷荡瑶歌，石瀑闻声频溅玉；满天垂彩练，霞光入水竞飞花。”这一稿比第一稿灵动多了，把当地花瑶的山歌与石瀑联系了起来，石瀑听到山歌就真正开始飞珠溅玉了，这种想象非常高妙。但由于出边太好，下边就弱了，所以下边还要提升。我提醒他，下边也可以与当地风情联系起来，于是又改了第三稿：“空谷荡瑶歌，石瀑闻声频溅玉；满天垂彩练，霞光映壁竞挑花。”挑花是花瑶的一种刺绣。霞光映照在石壁上，就像花瑶姑娘正在飞针走线挑花。比喻十分巧妙。不过，我觉得有一个字还可以更加出彩，运用拟人化的手法，将“映”字改为“吻”字：“空谷荡谣歌，石瀑闻声频溅玉；满天垂彩练，霞光吻壁竞挑花。”这样不断地修改，联语就变得越来越灵动了。当然，这种灵动是无迹可寻的，只有靠我们平素多积累、多思考、多联想，充分调动自己的各种感官，举一反三，触类旁通，才能在浩瀚的大海中找到自己闪光的那一滴水。

第十章　对联创作如何提高文学性

一、对联的意象和意境

1.什么是意象？

所谓意象，顾名思义，意象就是寓“意”之“象”，在大脑里的意思的图像，即主观情意和外在物象相融合的心象。简单地说，就是用来寄托主观情思的客观物象。说白了，就是我们文学理论中所说的艺术形象。所谓营造意象，即是塑造具有艺术感染力的艺术形象。营造意象的思维过程即是通过具体的艺术形象，以充分表达作者意念与情怀的思维过程，所以也称为形象思维过程。形象思维过程是文学艺术体现文学性的一个重要标志。在古今文学作品中，这种表达方式比比皆是，如下面这一副摘句联：

读书众壑归沧海；
下笔微云起泰山。

这副对联出自宋代诗词家刘克庄《秋夜有怀傅至叔太博父子》一诗，多被后世人作对联书写。其意思是赞颂所怀之人书读得多，才思敏捷，下笔成文，写出来的文章如泰山上的微云一样高雅。这副对联如果脱离原诗来理解，就是一副论读书与写作的格言联。你的书读得越多，你的知识就会像万壑归沧海一样装进自己脑子里，下笔写作就像一片轻云，从泰山自然升起。本来比较平常的写作原理，在“众壑归沧海”和“微云起泰山”这样阔大、优美的意象中形象化了。如苏轼戏张先纳妾诗：

十八新娘八十郎，苍苍白发对红妆。
鸳鸯被里成双夜，一树梨花压海棠。

传说张先八十岁时娶了一位十八岁的小妾，苏轼特戏题此诗。梨花是白色的，而海棠鲜红娇嫩，分别象征白发老者和红颜少女，其中“压”字用得巧妙暧昧。有人认为非苏轼之作，乃古代歌谣。但不管怎样，“一树梨花压海棠”因为这种意象表达法形象生动，流传很广，后来就成了老夫少妻的典故。

再如唐代诗人朱庆馀《闺意献张水部》：

洞房昨夜停红烛，待晓堂前拜舅姑。
妆罢低声问夫婿，画眉深浅入时无。

乍一看，这是一首写洞房花烛夜的情趣诗，实际上是作者参加科举会试前所作的呈现给张籍的行卷诗。此诗以新妇自比，以新郎比张籍，以公婆比主考官，借以征求张籍的意见。全诗选材新颖，以洞房花烛夜为意象，视角独特，以“入时无”三字为灵魂，将自己考前的心理与新妇紧张不安的心态作比，寓意自明，令人拍案叫绝。也惊艳到了张籍，张籍在《酬朱庆馀》中明确回答道：

越女新妆出镜心，自知明艳更沉吟。
齐纨未足时人贵，一曲菱歌敌万金。

张籍的答诗也采用意象表达法。他将朱庆馀参试比作西施采菱，暗示他不必为这次考试担心。意象表达往往能起到意想不到的效果，如清代周系英题岳麓书院文庙联：

吾道南来，原系濂溪一脉；
大江东去，无非湘水余波。

“湘水”这一意象，实际上就是代指湖湘人文，这意象虽然有点不合常理，却将作者狂放不羁的个性显露无遗。

但是，初学者，撰联时往往议论大于形象，实录大于想象，直说大于比兴，显露大于含蓄，作品虽符合联律，但读来索然无味。这就是不懂得运用意象表达法的原因。下面是清代刘宝堂题常德宝庆会馆联：

君自故乡来，问双清秋月，六岭春风，是否江山无恙？
客从何处去，看洞口花红，湖心草碧，良堪觞咏兴怀。

宝庆就是现在的湖南邵阳市，联语的上边用了邵阳的“双清秋月”和“六岭春风”两大景点为意象，下边用了常德的“桃花源”和“柳叶湖”两个景点为意象，写出了宝庆会馆的特点，饱含浓浓的故乡情意。“江山”一词还显露出对时局的忧虑，蕴含家国情怀。如果不用意象表达法，会是一个什么样子呢？我试着这么改了一下：

君自故乡来，音信问询，是否江山无恙？

客从何处去，路途遥远，良堪觞咏兴怀。

修改之后的对联，不仅看不出是位于常德的宝庆会馆，而且联味也大为逊色了。

2.什么是意境？

所谓意境，从字面上理解，“意”为意象，“境”为境界。所以，意境就是到了一定境界的意象表达。清王国维说：“文学之工与不工，亦视其意境之有无，与其深浅而已。”如清代阮元题浙江府贡院联：

下笔千言，正桂子香时，槐花黄后；

出门一笑，看西湖月满，东浙潮来。

全联从时间线和空间线进行布局，用植物“桂子”和“槐花”两种意象来串时间线，说明考试的季节很美；用“西湖月”和“东浙潮”这两处名胜来串空间线，说明考试的地点很美。营造出了一种考试最佳氛围，这是一种胸有成竹、志得意满的意境。由是观之，意象是实有的存在，意境是虚化了的韵致和意味；意象只是营造意境的手段和材料，意境则是作家所追求的艺术创造的终极目标；意象是以象寓意的艺术形象；意境是由那寓意之象生发出来的艺术氛围。所以近代文学家林纾将“意境”比喻为“文之母”。又如清代徐士林题衙署联：

看阶前草绿苔青，无非生意；

听墙外鹊啼雀噪，恐有冤情。

一般的衙署联通常用哲言警句来属句。这副对联运用意象表达法，十分生动形象。上边通过“草绿苔青”两个植物意象，流露出生命可贵、顽强、至上的意识。下边从“鹃啼雀噪”两个动物意象，流露出对老百姓冤情得不到申诉的担忧之情。上下边一起构成一种珍视生命，关心百姓疾苦，履行神圣职责和崇高使命的崇高意境。

二、意象与意境的关系

1.由一个或几个意象构成一个意境。

一个意象可以构成一个意境，两个或者多个意象也可以构成一个意境。如徐宗干《咏炭》联：

一味黑时犹有骨；
十分红处便成灰。

这副对联只有一个意象，就是“炭”，由炭的两种形态的描写而构成一个耐人寻味的意境。这个意境就是一种人生哲理。当一个人红得发紫的时候，往往就是毁灭之时。人生必须懂得放弃，懂得收敛，懂得急流勇退。又如郑板桥的《论文》一联：

删繁就简三秋树；
领异标新二月花。

此联上边有“与韩生镐论文”字样，显然它讲的是艺术创作规律，表面上是阐述了郑板桥的作文观，实际上是阐述了他的艺术观，体现了郑板桥的艺术美学思想，也是郑板桥艺术实践经验的总结。上边用繁叶飘落的秋树比喻文学创作要不蔓不枝，瘦劲秀挺，以最简练的笔墨表现最丰富的内容，以少胜多。删繁就简，见严羽《历代诗话》"绝句之法，要婉曲回环，删芜就简"。下边用初春二月盛开的鲜花比喻作品要清新脱俗，有自己独到的思维，"自出手眼，自树脊骨"，不可趋大流，人云亦云，必须自创新路。《世说新语·文学》："（支道林）卓然标新理于二家之表，立异义于众贤之外。"作者把属于逻辑思维的艺术理论问题，用诗的语言表达了出来，这种语言就是意象表达法，将作文的诀窍说得明白如"画"，不但给人以思想的启迪，还给人以美的享受，"三秋树"和"二月花"这两个意象构成了一个文学创作的美学意境，够我们这些后学们好好地品味和体会了。

一个意境中的意象，不管有几个，都不是孤立的，而是群落性的，整体性的。这些意象之间，有一条情感线索相连，这就是意脉。意脉是隐性的，意境是潜在的，风格常常是婉约的，直接抒发豪情壮志不属于意境。

2.空有意象堆砌，无法盘活意境。

意境中所说的境界是指人的思想觉悟和精神修养，一个人的思想境界如何，实际上指的是一个人的思想觉悟和精神修养的水平如何。其实也就是一种相对高度。意象用词是固有的，也可以新创，是我们可以使用的材料，可以增加我们思维的广度；而境界，是灵光一闪，是我们思维和灵魂能达到的高度。如果意象不能和思想境界有机结合，是很难创造出一种高深的意境的。在网上看到过这样一首四季诗：

春花香百里，夏雨涨山池。
秋果寒霜落，冬风冻老枝。

四句诗就是四个季节的意象堆砌，没有形成一种意境。作者将文字作了一些变动，意境就出来了：

春风赠我词，夏雨报君知。
秋去家山近，冬来共赏诗。

这样一改，一种思乡之情就构成了一个优美的意境。西周时期的大臣召伯曾南巡到湖南邵阳，邵阳的"邵"就与"召"有关。在邵阳留下了召伯村、召伯祠、甘棠渡等诸多遗迹。到了宋代，这里出现了召伯窑，现在只剩下窑址。我曾为召伯窑址写了一副对联：

窑火从北宋点燃，釉上花开，宝庆行云昭五彩；
召公自南巡归去，民间心祭，甘棠遗爱衍千秋。

初稿出来后，我觉得不满意，仔细琢磨，下边只写了召伯，没有涉及窑址，于是我这样修改了一下：

窑火从北宋点燃，五彩瓷风，宝庆行云昭玉锦；
召公自南巡归去，千秋器韵，甘棠遗爱绽青花。

"器韵"是一个双关词，既可以是指物，又可以是指人；将"甘棠遗爱"与"青花"之间用一"绽"字相连，这就是运用了移就修辞，使意和象天然对接，境界陡然高大起来。

运用意象来塑造意境，在各种对联中都可以运用。2015年我赠袁隆平院士的对联“隆誉千秋仓廪足，平畴万里稻花香”就运用了这一方法。2021年，我悼念袁隆平院士的挽联也运用了意象表达法：

马年拜见先生，忆魏源故里、雷峰基地，饱腹谢深恩，肺腑衷言，倾吐于这两行联句；

牛岁悲伤初夏，陨赤脚大星、当代神农，锥心问田野，灵魂遗爱，盛开在哪一片稻花？

挽联中的意象表达往往容易落俗，如“大地含悲”“江河淌泪”之类，很难“领异标新”。“灵魂遗爱，盛开在哪一片稻花”，我觉得既雅切，又深沉地表达了对袁隆平先生的怀念之情。

三、创造联语中的别趣

宋代严羽在《沧浪诗话·诗辨》中有这样一段论述：“夫诗有别材，非关书也；诗有别趣，非关理也。然非多读书，多穷理，则不能极其至。所谓不涉理路，不落言筌者，上也。诗者，吟咏情性也。盛唐诸人惟在兴趣，羚羊挂角，无迹可寻。故其妙处透彻玲珑，不可凑泊，如空中之音，相中之色，水中之月，镜中之象，言有尽而意无穷。”

“别材”，是指诗人对诗歌创作要有独特的才能。不是只靠书本学问就能写好诗的，这种特别的才能如审美直觉能力、艺术想象能力等等；别趣，意思趋向各异，特殊的意趣。指诗歌有特别的趣味，不是发发议论、讲讲道理就可以成为诗歌的。杨诚斋曰：“从来天分低拙之人，好谈格调，而不解风趣。何也？格调是空架子，有腔口易描；风趣专写性灵，非天才不办。”杨诚斋所讲的“风趣”与“别趣”语意基本相同。

文之妙者为诗，诗之精者为联。所谓“妙者”，自然包含妙趣也。对联和诗歌所追求的意趣是相通的。如湘潭周系英题长沙岳麓书院文庙联：

吾道南来，原是濂溪一脉；
大江东去，无非湘水余波。

湘水即湘江，是流经湖南境内的最大河流，注入洞庭湖后再汇入长江。这里的“大江”即长江。长江的非凡气象，自古就被人歌颂。无论是从长度还是流域面积，湘江都是长江水系的小字辈。而在小小湘江眼里，万里长江竟然是湘江的“余波”、晚辈！一省之河，竟然轻视一国之河？于是有很多人说：这副对联的作者不知天高地厚、夜郎自大、狂妄轻薄！其实，这种不合逻辑的写法，就是为了强调上边要表达的主题。“吾道南来，原是濂溪一脉”是什么意思呢？濂溪是道州（今湖南省永州市道县）的一条河名，宋朝的周敦颐世居此地。晚年时，他隐居江西庐山莲花峰下。峰前有条溪流，于是他就以老家的濂溪命名，自以为号，并将所居之地命名为濂溪书堂。因而世人就称他为“濂溪先生”。周敦颐何许人也？他是宋朝理学思想的开山鼻祖，被称为“上承孔孟，下启程朱”的先贤，受到历代尊崇。南宋学者胡宏等人开创的湖湘学派实际上继承和发展了周敦颐开创、由程颐和程颢发展完善了的宋儒理学。理学集大成者朱熹对他评价很高，为他作事状，又为《太极图·易说》《易通》作了注解。张栻称他为“道学宗主”。了解了周濂溪的地位，你就能理解下边的意思了：即使滚滚东去的长江,也不过是湘江的余波而已。它颠覆了人们认识的一般规律,与人们的正常逻辑不谐调,于是制造包袱的悬念之趣便应运而生。这种意趣叫无理而妙,也是古典诗歌中一种常见的艺术手法。所谓无理而妙,就是指在看似违背常理、常情的描写中,反而更深刻地表现了各种复杂的感情。我在对联创作中,也崇尚这种意趣的追求。如题长沙白沙古井公园茶艺馆联:

一园月色和茶煮;
万古泉声带韵流。

白沙古井公园内有著名的白沙古井。写茶艺馆的对联既要与茶相切,又要与井相切。怎样写出品茶之美?在洒满月光的白沙古井公园,幽雅静谧,仿佛能听到泉水汩汩的声音。此时烹茶,心身获得愉悦,灵魂得到净化。不过,这种环境,一般的联家都能造境。如果能营造出一种无理而妙的情趣,作品就能出新出彩。"月色"本身是有美感的,有美感就有诗意。煮茶也是一种很雅致的意象。把月色与煮茶联系在一起,美感度成倍提升。把月色和茶一起烹煮,更是奇思妙想,所谓"趋向各异"者也。联语的意境就更加空灵了。

不过,这种意趣的营造也是需要创新的,别人用过的,你就不能再用;甚至自己用过的,也不能再用。我在白沙古井公园茶艺馆联中是"煮月色",在岳麓山穿石坡临水阁就不能再煮月色了,而是换成了煮云:

名茶雪煮香穿石;
大麓云飘醉入壶。

临水阁也是茶楼，茶楼位于岳麓山穿石坡，“香穿石”一语双关，既指茶的香气香了整个穿石坡，又指茶香能够穿透石头。后一种理解“无理而妙”，有一种独特的意趣，将茶香的浓郁形容到了超乎常人的想象，更富有诗意。但是，这并不是描写茶香的极致，因为这还只能算一种小意趣，大意趣还在下边。能够穿透石头的茶香弥漫了整个岳麓山，山上的白云闻到这里的茶香也被陶醉了，醉得掉落到了这煮茶的茶壶之中。当我脑海中出现这种构思的时候，心情舒畅极了。白云掉入茶壶，这几乎是不可能发生的事，但是我们的审美希望它发生，如梦如幻，太美了，这是真正的审美梦。前一联煮月，这一联煮云，艺术审美就是一个不断创新的过程。如果两副联都是煮月或者煮云，那就没意思了。

人之无趣，形同槁木；诗之无趣，其味如蜡。有趣的东西更容易打动人的灵魂。如一位联友题梯田联：

万级青梯连日月；
千条仄径涌烟云。

这副联语属于四平八稳之作，我把它下边改为“千条金带捆烟云”之后，不仅对仗更加工整了，而且一个“捆”字就使联语的情趣突兀而出，让读者眼前一亮，心头一震，立马打动了读者的灵魂深处。所以说，诗要另有一种特殊的才能，这和多读书、有学问没有什么关系。这个“捆”字的运用，应该可以说明这一点。

严羽提出的“别趣”说，引起很多争议。刘仕义《新知录》云：“杜子美之诗所以为唐诗冠冕者以理胜也，彼以风容色泽放荡情怀为高，而吟写性灵为流连光景之词者，岂足以语三百篇之旨哉？”对《沧浪》

“别趣”之说颇为不以为然。其实，“趣”可以指志趣、情趣、风趣，又可以指理趣、玄趣、禅趣。它是一切著作思想内容的通称，兼包所有著作的共性。别趣则不然，顾名思义，是指别样的情趣，是一种狭义的“趣”，它并不是反对一切的诗意之趣，而是强调不同于其他著作之说理和言情，这样就指出了诗和哲学的分别，也划分了诗与文的界限。如笔者题四川叙永水潦乡岔河村鸡鸣三省大峡谷联：

二水如刀，土地开怀削峻峭；
三山似鼎，江河煮酒论英雄。

鸡鸣三省大峡谷位于云贵川三省交界处。赤水和渭河在此劈崖交汇，形成三足鼎立的绝壁奇观。我突发奇想，在这个三足鼎立的地方置巨鼎以煮酒，当是无上之妙。因为赤水河被誉为美酒河，红军长征的时候，曾在此召开鸡鸣三省会议，正好煮酒论英雄也。这正是我们写诗写联需要的“别趣”。这种“别趣”，是诗人的“兴趣”所致，是一种自我的审美情趣和艺术境界。所以盛唐诗歌多是理蕴其中，而更有丰富隽永的审美趣味，与宋诗里充斥着的道理、理性、议论有天壤之别。煮酒论英雄，论一些什么？表达什么主题，都交给读者去体会。这就是诗联要有“意无穷”的特征，即是诗联的语言可以完结，可以平淡，而诗联的意境却是无尽的，妙趣是深远的。再如我的题湖南新宁舜皇山联：

山因舜帝成名，耸千丈而高衡岳，拔地湘南，为岭树瞻云就日；
我倩仙家施法，挂五弦以接苍梧，横琴天下，替吾民解愠阜财。

联语下边“我倩仙家施法”，如何施法？“挂五弦以接苍梧，横琴天下”，“五弦”乃五弦琴，舜帝所弹之琴也。“苍梧”，即苍梧山，舜帝陵所在地。可见，请仙家施法用的五弦琴和与其连接的苍梧山，与舜帝渊源极深，这两个意象不是随意挑选的。我也不知道怎么冒出这种十分奇特的构思，竟然希望在舜皇山和苍梧山之间拉上五条弦，架上五弦琴，气势之大，凡人是做不到的，只能倩仙家施法了。接着，“横琴天下”作进一步补充，既坐实到了舜帝的五弦琴形象，又突出了主题。歌颂了舜帝经天纬地之才，也提醒后来的统治者向舜帝学习，“横琴天下”“阜财解愠”。这是诗联表达义理的境界。是一种“妙悟”的体现，而非是对文章、义理的搬弄和说教。严羽以“别材”“别趣”之说反对宋诗的“以文字为诗”“以议论为诗”“以才学为诗”的不良倾向。提出要有意境和诗人自己的审美情趣。要“妙悟”而非“穷章尽理”，要有“别材”而不是搬弄文字。为后代楹联创作提供了借鉴。这一种技法应该是楹联创作中最高级的一种。笔者亦每每有践行之作，如题湖南邵东荫家堂联：

数十尾粮船，承载神奇故事，财源滚滚，岁月沧桑，但看蒸水前流，杰构犹余商贾梦；

百八间房屋，排成富丽迷宫，院落深深，廊檐苔藓，相问主人安在，轻舟已下洞庭湖。

全国文物保护单位荫家堂乃清代富商申承述兄弟修建，申承述兄弟以贩粮发家，粮船常常从邵东蒸水入湘江经洞庭湖而运往湖北等地，故在联末我营造了一种别趣：“相问主人安在，轻舟已下洞庭湖”，使联语的意象表达达到最高潮。这种别趣有点时空穿越的混搭。又如题湖南怀化洪江古商城联：

溯千载时光而上，若遇古人，问财富如何聚起，再如何散去；
携四方山色而来，似翻新史，看繁华怎样衰微，又怎样重生。

洪江古商城是明清至民国时期的财富集散地。如今人们游览古商城，大多关心商贾们实现财富梦的故事，很少有人关注这些商贾们后来衰落的原因。我在联中以“若遇古人”四字，穿越时空，引发人们对这个问题的思考。这也是一种诗意的别趣，它是抽象说理所达不到的艺术效果。所谓不运用逻辑推理，不把话说尽而有言外之意，才是上等的表达方法。这种表达方法或者是虚构的、荒诞的、不合常理的，有时甚至是故意违背常规，装痴装傻，制造包袱，激起读者的审美欲。如题君山联：

几度过君山，每欲满倾洞庭水，岁岁年年，洗去千秋斑竹泪；
三声敲橘树，相道曾传柳毅书，寻寻觅觅，流来一脉爱情泉。

我明明知道斑竹上的斑点是洗不掉的，却偏偏要去洗；明明知道从柳毅井是不可能进入龙宫的，可我偏偏要寻寻觅觅。真是如痴如狂。不过，这种痴狂要把握好分寸，一定要合乎读者的审美要求，否则就会让人觉得别扭、不自然，甚至还会被人误为作者精神上出了毛病。没有一定的艺术造诣是很难把握这种艺术技巧的，因为这种“别趣”不是一种实在的“象”，而是一种含蓄、缥缈的状态，一种空灵、淡泊的艺术境界，是无法得出明确概念的。如题湖南新宁西村坊联：

数百年宅院，任雨洗风磨，相看月挂檐头，为村守望；
三渡水牌坊，赏精雕细刻，恍见梁巢幼子，待母归来。

西村坊是一个古村落，这里保存有贞节牌坊。写贞节牌坊，存在一个古今理念相隔的问题。如何解决这个问题？我把它转换成了一个古今永恒的主题——母爱，又用“梁巢幼子，待母归来”来表达这一主题。这种“别趣”能够让读者产生共鸣，使读者的心灵得到震撼。优秀的诗联作品不是外在形象的任意堆砌，不是现实世界的复制和模仿，更不是从贞节牌坊上抄袭下来的封建青苔，而是诗联家真性情与净化过滤后的外在物象水乳交融的产物。诗联之情，当从“象”中“妙悟”而来。妙悟出别趣。这种“趣”须是情与景、意与境之间的浑然天成，无人工斧凿之痕，无丝毫雕琢之感。情融于景，意蕴于外。完美的意蕴是性情的自然流露，正如《庄子·山木篇》所说的：“既雕既琢，复归于朴。”也像李白诗中所描绘的：“清水出芙蓉，天然去雕饰。”

四、变换角度出新奇

我们创作对联时，总是觉得难以出彩。为什么呢？因为对联创作实际上是一种创新，与科技发明是一个道理。没有创新的对联是很难出彩的。那么，怎样才算创新呢？善于创新的人必须具有求异思维。如何培养自己的求异思维呢？从不同的角度去思考问题，是一个好方法。所谓角度，就是看事情、看问题的出发点。“横看成岭侧成峰，远近高低各不同”，面对同一事物——庐山，横侧远近去看，各不相同，这就是角度。灵活切换视角需要具备多元思维，比如思考一个问题，如果自己所拥有的知识仅仅局限于某个领域，甚至是这个领域内的一个局部，又或者不懂得融会贯通所学习过的知识，那么这个问题的思考过程只能是由点及线,而不能由点到面。正如查理·芒格所说的:“在拿铁锤的人看来,世界就像一颗钉子。”对联创作高手往往能选择一般人无法切入的角度,这就是创新能力所在。正如南宋诗人姜夔所说:“人所易言,我寡言之;人所难言,我易言之:自不俗。”我曾写过四副题茶馆的对联,四副对联的角度都是不同的:

一园月色和茶煮;
万古泉声带韵流。
(题长沙白沙古井公园茶艺馆)

名茶雪煮香穿石;
大麓云飘醉入壶。
(题岳麓山穿石坡临水阁)

舀来半江月;
烹出一壶春。
(题湖南隆回资江河畔一壶春茶馆)

一斟壶里烹春液;
都带隆中绕岫云。
(题湖南隆回一都茶业)

第一副联,我用月色来煮茶,第二副我就换成了云。第三副联中虽然也有“月”,但它也变换成了另一种月的情态;第四副联中虽然也有“云”,但云出现的情态又更加虚幻了。

自明代以来,对于诸葛亮隐居的隆中究竟在湖北襄阳还是在河南南阳,历史上一直争论不休,特别是鄂豫两省的文人,均引经据典,以纳入本省为荣。清咸丰年间,湖北宜昌人顾嘉蘅担任河南南阳知府,当地人要他为武侯祠题联,他不好拒绝,也不好开罪自己的家乡,于是变换角度，挥笔题下这一千古名联：

心在朝廷，原无论先主后主；
名高天下，何必辨襄阳南阳。

角度的变换，不仅化解了自己的尴尬处境，也提升了自己的格局，使联语有了高度和深度。其实，这是运用了闪避的修辞手法，这种修辞手法我在后面《对格六十一种》中有专门论述。我的家乡湖南隆回有一座望云山，山上的天门寺供奉卢公真仙。关于这个卢公，当地百姓和地方志都有争议，一说是为秦始皇求长生不老药的卢生；一说是宋代的卢慧，他在山下石田的一个岩洞中修炼成仙，洞旁有卢公殿。住持请我题联。他们坚持说卢公是秦代的卢生，大概因为卢生的名气大些吧。但我不敢妄加取舍，只好向顾嘉蘅学习，写了这样一副对联：

座上奉真仙，不论是宋代秦代；
洞中萦紫气，无非为化民佑民。

只要是真仙，能够为百姓服务，保佑一方平安，我们的香火就供奉他。这样落笔，地方官员看了，恐怕也会受到触动。我题望云山顶的天门寺联也是运用闪避修辞，不过是从何为尊神的角度去构思的：

顶星寻魏子行踪，有云山在望，有天山在望，极目穷思，于万壑千峰之外，方瞻海国；

史牒读卢公故事，或秦代成仙，或宋代成仙，探幽索隐，具恤民救苦之心，便是尊神。

联语下边从秦代写到宋代，可以说思接千载；联语上边从云山写到天山，可以说视通万里。传说秦始皇派侯生卢生寻长生不老之药，侯生隐居武冈云山，卢生隐居隆回望云山。望云山因西望武冈云山而得名。上边还写了山下的两位历史名人：魏源和魏光焘。魏源著有《海国图志》；魏光焘曾当过新疆布政使，协助左宗棠收复新疆。“天山在望”即指魏光焘。

这种时空的变换法是角度变换的一种主要方法。我有一副题云山联也是运用这种方法：

云外钟声，仍发出求仙信号；
山间秦月，正挂于横汉桥头。

写景联一般是描写眼前的景色。我这里变换角度，由今及古，联想到当年侯生求仙问道之事。所以，现在的钟声，还发出秦时的求仙信号；秦时明月，还挂在横汉仙桥的桥头。时空穿越，造境立刻空灵起来。又如我题魏光焘故居联：

山如宝剑，水似钢刀，相携甲午牛庄，纵横血战东洋鬼；
狮子骁雄，象形威武，曾是将军坐骑，驱驾手撕北极熊。

魏光焘在中日甲午战争爆发后，募兵北上，在辽宁鞍山海城的牛庄与日军血战，之前他曾协助左宗棠将沙俄赶出了新疆。是一位真正的爱国将领。我在构思这副对联时，就采用了变换时空的手法。魏光焘故居前有狮、象二山，我将他们比作将军坐骑，曾伴将军血战沙场。这样就把故居风物与魏光焘的事迹紧密联系了起来，联语切地、切人，故居形象和人物形象都很丰满，气势恢宏。我题邵阳市佘湖山道观联也用了变换时空法：

玉相庄严，佘湖紫气来函谷；
清音缭绕，衡岳丹霞泊邵阳。

联语上边穿越时空，佘湖山的紫气是从几千年前的函谷关而来；下边是空间变换，南岳衡山的丹霞也停泊在了邵阳的佘湖山，因为佘湖道观乃南岳道宗。

我们在创作同题对联时，务必独辟蹊径，否则就容易与别人“撞车”。就是同一个人的同题联创作，也要注意从不同的角度进行构思，避免出现审美疲劳。我曾经为湖南武冈司马冲镇的武穆宫和邵阳市的岳飞纪念堂写过对联：

秦氏风波三字黑；
岳门忠义满江红。

奇冤厄一代英雄，许臣忠义；
怒吼震千秋历史，还我河山。

第一副是题武穆宫的，我是从秦桧陷害岳飞的风波亭、莫须有的罪名和岳飞的《满江红》等意象的角度去构思的；第二副是岳飞纪念堂联，是从岳飞被陷冤狱和抗击金兵、收复河山的英雄气概的角度去构思的。同是写岳飞，在抓住岳飞主要特点的基础上，从立意、选材、语体等不同角度切入，自然会打造出面貌一新的作品。

所谓立意角度，就是确立论点的角度。有从实立意与从虚立意之分，有顺向立意与逆向立意之分。从实从虚立意，一般采取虚实相生法，化实为虚，化虚为实。实题虚写，就是抽象地写，从实际存在的事物引导读者去思考，给读者留下想象的空间，例如由登楼想到“欲穷千里目，更上一层楼”的哲理。虚题实写，就是把虚的东西用实物表现出来，如写愁，“恰似一江春水向东流”。“山之精神写不出，以烟霞写之；春之精神写不出，以草树写之”，正谓此也。

所谓选材角度，就是选取创作材料的角度。选取的材料的角度要注意小、新、奇、深。要学会“链接”生活积累，选取最典型的材料，藏匿在心底的独有的材料，最动情、感受最深的材料。下面从湖南新宁西村坊联的创作过程谈一谈这个问题，我拿出的初稿是这样的：

数百年宅院，任雨洗风磨，相看月挂檐头，云流翘角；
三渡水牌坊，赏精雕细刻，恍见柏舟孤影，彤管母仪。

写贞节牌坊，赞扬妇女“贞操”显然已不合时宜，歌颂母爱才是一个永恒的主题。我的选材，选取了“月挂檐头”和“云流翘角”两个富有美感的材料，但“柏舟孤影”和“彤管母仪”比较虚，自己觉得不满意。于是我想将“柏舟孤影，彤管母仪”换成实写，于是想到了贞节牌坊上的青苔，以展示牌坊的沧桑感，可是“母爱”的主题表现不出来。怎样才能表现母爱呢？我突然想到了动物，由动物想到了鸟儿，由鸟儿想到了鸟巢，由鸟巢想到了巢中幼鸟和出巢觅食的母亲。这个选材令我的心情舒畅不已，作品就这样定稿了：

数百年宅院，任雨洗风磨，相看月挂檐头，为村守望；
三渡水牌坊，赏精雕细刻，恍见梁巢幼子，待母归来。

由于鸟巢这个材料小、新、奇、深，母爱的主题出来了，且最能植入人的心窝。

逆向立意一般比顺向立意容易出新出彩，特别是容易生发辩证的哲理。如后梁契此和尚的《插秧诗》：

手把青秧插满田，低头便见水中天。
六根清净方为道，退步原来是向前。

“退步原来是向前”是插秧农活中的一种现象，农夫插秧是边插边后退的，退步就是前进，与一般的行路是逆向的。人生在世，有种后退就像这插田，看似在退步，实则是为了更好地前进，退一步海阔天空！这种现象因逆向立意而虚化成了一种哲理。

伯雍种玉是一个关于爱情的故事。古有杨伯雍者，父母双亡，埋葬在蓝田的无终山，他就在那里结庐守墓，并为往来的行人义务供应茶水。过了三年，有一个行人来喝水，给了他一斗石子，让他把石子种到高山上平整有石头的好地方，说石子就会变成玉，还会娶到一位好妻子。过了几年，石头上真的长出了白玉，并得白璧五双，以之为聘，娶得徐家贤女为妻。蓝田种玉的典故常用于形容缔结姻缘。笔者在题隆回荷田中学大门联时，另辟蹊径，将它用于教育：

荷花高洁凌波，励志宜修君子德；
田地耕耘种玉，育才可借伯雍锄。

能够将石子变成玉，将差生教育转化为优秀生，这样的老师才是真正的好老师。这个典故用在这里不是非常贴切吗？“育才可借伯雍锄”不是可以作为教育格言么？

笔者的题山西永济鹳雀楼联也是采用逆向立意的角度来写的：

鹳雀放飞，衔回落日；
黄河守望，待到清波。

白日依山尽，是不可逆转的，但我偏偏想要放飞鹳雀把它衔回来；黄河是黄色的，所以民间有句俗语叫“跳到黄河洗不清”，但我偏偏希望鹳雀楼能够在这里守望到黄河变清。这一种荒诞的、违背常理的痴人呓语，实际上是一种对美好事物的追求和向往。

语体角度的选择也是非常重要的。不同的人有不同的语体风格，就是同一个人，语言风格也会因内容、文体的不同而不同，或豪放、或婉约、或诙谐、或俏皮、或轻松、或沉重……这也是角度的区别。哀挽联和喜庆联的语言风格就是截然不同的。哀挽联的风格一般是哀痛、肃穆、深沉、庄严的，而喜庆联的风格一般是轻松、活泼、愉快、欢乐的。如果用反了，或者二者互相掺杂，是会闹出笑话甚至会挨揍的。

谈到角度，我们自然会想到摄影。我们知道，一幅摄影作品的好坏，拍摄角度的选取十分关键。艺术是相通的，我们在对联创作中，可以学习和借鉴摄影的拍摄技巧。拍摄角度包括拍摄高度、拍摄方向和拍摄距离。拍摄高度分为平拍、俯拍和仰拍三种。拍摄方向分为正面、侧面、斜侧、背面等，以上统称几何角度。还有心理角度、主观角度、客观角度和主客角度。选择和确定拍摄角度是摄影师的重点工作，不同的角度可以得到不同的造型效果，具有不同的表现功能。对联创作也十分相似，如笔者题绥宁上堡古国联：

穿石瀑流敲侗鼓；

过山云朵遏苗歌。

联语上边是写地上，下边是写天上。上边是平拍，下边是仰拍。这样变换角度，加上拟人化手法的运用，文字就活了，联句就美了，表达就有了新奇之感。

从俯仰角度构思的对联，如笔者题湖南隆回白马山联：

故事如烟，烟树几重藏白马；

峰巅有我，我心万丈仰青天。

此联刻在湘中第一高峰白马山山顶巨石上。上边只能是俯视的角度，俯视重重烟树勾起对乱世和乱世神仙的思绪；下边是仰视的角度，山顶之上更有青天，抒发对太平社会的渴望。

从前后、里外角度构思的对联，如题湖南隆回万和学校贺春晖校长黄金井老宅联：

田野春风，看犁头轻快；

云溪活水，蕴仁里中和。

居室联，一般都是一些修身立德的语言，而且通常是虚写。我想突破这一种写法，居室联也要运用意象表达。上边写居室门前的景色，下边写居室中的人文精神。上边实写，一派生机活泼的气象，象征居室之兴旺；下边虚实结合，云溪绕宅，也是承接上边写景，上善如水，水蕴中和，亦属家庭和谐之象。

摄影的镜头是可以拉近拉远的，也就是可以像拍电影一样，从近景推向远景，将远景拉近。对联创作中也有这种方法，如笔者题湖南邵东昭阳公园揽胜亭联：

倾耳听牛山龙岭之间，送爽清风，传牧童短笛；
放眸看邵水蒸江以外，扬帆骄子，弄商海大潮。

联语写的是邵东大牛山和九龙岭这个范围，即邵东大地，著名的钢琴曲《牧童短笛》就是邵东人贺绿汀所谱；下边写邵东之外的广袤大地，因为邵东的生意人遍布全世界。

电影拍摄中可以运用蒙太奇手法，对联创作也是可以借鉴的。如笔者题湖南新邵龙山药王殿联：

药王安在哉？四十八面山中，隐看紫气荼锄，白云入篓；
我辈今来也！一千三百年后，犹见峰峦壮丽，草木精神。

联语上边表面上是写今，实际上是写古。将古代的画面与现在的画面置于同一平面上。孙思邈采药的时候在唐代，不可能出现在今天的画面中，我以幻觉的形式引古入今。这就是镜头中的蒙太奇手法，而且“紫气荼锄，白云入篓”还运用了特写镜头。其实，文字比镜头的运用还要灵活些，文字不受时间和空间的限制。例如笔者题湖南隆回小沙江旺溪瀑布联：

谷应鸣哇河吊嗓；

虹飞水幕日挑花。

联语上边从声音的角度构思，把瀑布的响声与当地花瑶的鸣哇山歌有机融合；下边从色彩的角度构思，将水幕上出现的彩虹与花瑶的非物质文化遗产——挑花联系起来。从而使瀑布的美与当地人文的美叠加在一起，形成对联的意境美。

文似看山不喜平。文之妙者为诗，诗之精者为联。诗联尤需如此。“不喜平”就需要创新，创新就需要多角度构思。选对了角度，作品就成功了一半。变换角度出新奇，但新奇不是怪异，只有在自然、妥帖基础上的创新才是有价值的创新。

五、深度和广度决定成色

当前联坛上低浅层次的对联作品太多，有的对联仅仅是两句吉祥祝愿语，有的对联初读有点味道，但经不起反复推敲和揣摩，读了后让人记不住写了什么。这样的对联实际上就是一次性消费品。优秀的对联作品的本质是用美好的情感和深邃的思索吸引人的。如果忘记了对人世间美的挖掘，忘记了对生活本质性的探索，忽视了生命的主题，楹联存在的文学价值就自然消失了。

关于文学对人性的解析，是对生命终极目的一个无限探索的过程。在探索生命美好的同时，离不开对苦难人生的拷问。常常需要回答一个问题：生命的意义在哪里？人为什么而活着？所以，几乎在中外所有的文学作品中，对人生的深度和广度都有着不同角度的诠释，但无论如何诠释，都不外乎对生命中美好的歌颂，以对生命的感悟去影响读者，告诉读者活出生命的深度和广度。

对联创作的深度和广度，是指对联作品所表达的主题思想的程度。思想的深度和高度应该是两个不同质的东西，说形象点，就是朝两个不同方向伸展的概念。思想的深度是指：人的意识从感性到理性，从表面到本质的过程和程度。说简单点，就是指看待事物的深入程度，触及事物本质的程度。对联创作中的哲理联一般属于“深度”问题，如清代徐宗干咏木炭联：

一味黑时犹有骨；
十分红处便成灰。

梁恭辰《楹联四话》卷一云：徐树人中丞（宗干）尝制“咏炭”一联铭诸座右，可见其居官之概。又朱应镐《楹联新话》卷一云：清代“官场口语，以得宪眷者为红，否则为黑。同治初元，徐清惠公宗干抚闽时，前抚满洲仲文中丞瑞瑸总督正轩制府庆端以事被劾去位，一时私人废黜殆尽。公‘咏炭’有句谓此。程桐轩太守（荣春）为书其语，加跋，锓本，印成楹帖，分贻寅好。今多有悬挂者，附要津者可鉴矣。”《楹联新话》所载此联“一味”作“一半”。木炭没有燃烧的时候是黑色的，质地是硬的，像骨头一样。一旦进入炉中燃烧起来，虽“红极一时”，但很快便化为灰烬。这不正好是对某一种人生的写照吗？作者本意即为讽刺官场中人。宪眷，旧指上司对下属的关怀照顾。没有照顾到的是“黑人”，照顾到了的自然是“红人”。当你是“黑人”之时，也许会慷慨激昂，似乎有点骨气；当你千方百计挤入上层，成为红人的时候，混迹官场，可能就要媚上司，出卖灵魂，才能青云直上。等到红得发紫之日，就是灭亡之时。身处其中的人，往往不由自主，难以独善其身。笔者也曾作了一副咏圆规联：

有脚不扶难站立；
无心空转怎圆通？

圆规虽然像人一样有两只脚，但是如果没有人扶，是难以站立起来的。讽刺那些依仗靠山和后台生存的攀龙附凤、趋炎附势之人，也可以看作是讽刺没有思想，只是沦为别人的工具、为别人所利用的人。下边写圆的特点。圆是从中心点到周边任何一点的距离都相等的图形。如果没有固定的中心点，圆形就不能完成（圆满）。圆通，本意指圆圈的通达、闭合，引申指性情圆活、不固执己见，佛教中用以指佛、菩萨达到没有无明、烦恼的障碍，恢复清净本性的境界。不管从哪个方面理解，都与“心”有关，只有用心修炼，才能达到圆通的境界。湖南邵阳市郊区有个“无底洞”，洞门口刻了笔者的一副对联：

无底乎？有底乎？进来看看；
上层也，下层也，往复空空。

此洞洞中有洞，当地人不能探知其深，故曰“无底洞”。到底是有底还是无底，还是进来看看吧！既有揽客之嫌，又是箴言哲语。世界上的事，要想探明究竟，还是亲自来调查研究吧。同一个洞口，洞分两层，两层回环沟通，且洞中有岩石酷似观音。由此构思出下边的哲理句：上层也，下层也，往复空空。既是佛家语，又是哲学语。不管是上层社会还是下层社会，都是赤条条地来，赤条条地去，来也空空，去也空空。

湖南城步古隐字联是20世纪末在海内外引起轰动的一副清代石刻古对联，位于城步县儒林镇莱园冲一户肖姓人家的槽门上：

门垂碧柳□□；
宅近青山□□。

对联上下边各空了两个字。笔者是这副隐字联引起轰动的推手，曾深处这副隐字联争议的漩涡之中。现在这副隐字联古宅已成为文物保护单位。笔者为这副古隐字联写了这样一副对联：

深刻两行，四字缄封凭拷问；
空虚百载，几多隐晦莫追寻。

当时的《邵阳广播电视报》为这副隐字联面向海内外开展了两次破译活动，没有一个大家公认的答案。这四个字到底是什么，任凭大家去拷问追寻，镌刻对联的大青石始终缄默不语。下边的“空虚”和上边的“深刻”一样，都是双关语，引导哲理句“几多隐晦莫追寻”的产生：历史上本来有很多东西是虚空隐晦的，没有必要事事刨根究底，孜孜以求。

有的对联虽然不是典型的哲理联，但是另有深意。如“清词三大家”之一的朱彝尊为其嘉兴故居山晓阁题联：

不设樊篱，恐风月被他拘束；
大开户牖，放江山入我襟怀。

联语上边说，山晓阁不设篱笆，是怕造物者所赐的风月美景被它拘束，损害了自然之美。下边说，大开门窗，才能尽情地欣赏如此多娇的江山。此联以“不设樊篱”“大开户牖”的开放心态，抒发了对“风月”“江山”和无拘无束的自由的由衷喜爱。不仅表现了联作者淡泊名利的雅兴和豁达的胸怀，也表现了朱氏晚年辞官归里、息影林泉后对“天人合一”思想的深刻领会，凝聚了作者纯朴的美学思想和养生智慧。其实，篱笆是遮挡不住风月的；大开窗户，江山也难于尽收眼底。我们理解作品时，不能拘泥于文字的表面。清初，统治者为了巩固其政权，对汉民族特别是汉族知识分子的管制十分苛刻。在这种禁锢严酷的政治环境里，汉民族的知识分子感到极大的窒息，虽有不满，也只能深深地埋在心底，或者以十分含蓄隐蔽的方式予以表达。朱彝尊此联就是在这种压抑环境下流露出来的自由意识。不设藩篱者，此中有真意，不能言传，只可妙悟也。时过境迁，我们可以点破了，用“樊篱”而不用“藩篱”，因“藩篱”是一个中性词，“樊篱”是一个贬义词，别有所指，实指政治之樊篱也。寄意言外，内涵深邃。

有些事物，如果不写出言外之意，就没有多少意思。如笔者题邵怀高速雪峰山隧道竖井联：

三百米深井山腰开洞口，为谁出气？

万千台汽车地下奔前程，靠我通天。

雪峰山隧道位于上海至昆明高速公路湖南邵阳至怀化路段之间，为双洞双车道隧道，全长7039米。隧道竖井即隧道里边的排气孔，直接通往山腰，深300多米。笔者应邀到邵怀高速雪峰山隧道采风时，惊叹于工程竖井之巧夺天工，写下了这一副联。上下边各两个分句。上边第一分句是实写，第二分句一语双关，读者可以根据自己的经历和体会见仁见智；下边两个分句都带有双关意，读者一看便知。

有一次，笔者到徐州云龙公园游览，看到王陵之母墓，有感于她

知兴知废的大智大勇,写了这样一副对联:

知废知兴,千秋巾帼唯陵母;
非时非势,多少男儿不丈夫。

楚汉相争时,王陵母被项羽劫持,企图招降王陵。王陵派使者来看望母亲,王母嘱咐使者说,汉王是一位仁厚的长者,要王陵尽心辅佐汉王,并拔剑自刎,断了王陵的念想。此举惹怒了项羽,将其烹煮。这是一位多么伟大的母亲啊!后以“陵母知兴”为识大局、知兴亡的典故。她不仅有大智慧,能预知世事,而且十分刚烈勇敢,所以笔者发出了“千秋巾帼唯陵母”的慨叹。下边以对比的手法,讽刺古往今来,有多少男人,不顺应时势,而是逆潮流而动,做出一些非大丈夫所为的事啊!袁世凯复辟不就是一个典型的例子吗?

思想的广度是指看待事物的角度大小、涉及的范围。思想的广度其实也是高度,牵涉到个人意识同集体、国家、人类社会的统一性,只有把个人的意识同集体、国家、人类社会的共同价值统一起来才能达到较高的思想高度。

冯钤(?—1770),字柯堂,清浙江桐乡人。乾隆进士。官至安徽巡抚。在安徽巡抚任上,他于衙署后种梅花及菜蔬。撰有题园圃联,并书横额曰“菜根香”。联曰:

为恤民艰看菜色;
欲知官况问梅花。

联语上边说自己为念民生之多艰而看菜色,以此来时时警醒自己，想想自己辖区内百姓有无饥馁之色。此是仁人之言，有广度和高度之见。与此相类似的句子，白居易有“心中为念农桑苦，耳里如闻冻饥声”，郑板桥有“衙斋卧听萧萧竹，疑是民间疾苦声”，徐士林作臬司时题庭柱联有“看阶前草绿苔青，无非生意；听墙外鸦啼鹊噪，恐有冤魂”。这些句子皆从眼前景、耳畔声出发，站在关心百姓的高度，一川一石，一草一木都可以联想到国计民生，视野是广大的人民，这就是广度。下边说要想知道自己做官的情况只要问问梅花就可以了。梅花是高洁的象征。冯钤当取其清寒、清苦和清高之意，抒发自己清正无私、廉洁自律的情怀。又如鄂尔泰题菜圃联：

> 此味易知，但须绿野秋来种；
> 对他有愧，只恐苍生面色多。

此联的题目是“题菜圃”，为了避免犯本位，联中就不能出现“菜色”了。《随园诗话》卷一载：

> 于耐圃相公，构蔬香阁，种菜数畦，题一联云：“今日正宜知此味；当年曾自咬其根。”鄂西林相公，亦有菜圃对联云：“此味易知，但须绿野秋来种；对他有愧，只恐苍生面色多。”两人都用真西山语，而胸襟气象，却迥不侔。

于耐圃相公，即清朝乾隆帝重臣于敏中。乾隆二年(1737年)，于敏中年仅二十三岁，高中状元，名震天下。与其族兄于振并称“兄弟状元”，官至文华殿大学士兼军机大臣。鄂西林相公，则是康乾两朝的重臣鄂尔泰。鄂尔泰(1677—1745年)，康熙朝举人，历任军机大臣、领侍卫内大臣、议政大臣、经筵讲官，管翰林院掌院事。著有《西林遗稿》。真西山，指的是南宋理学大师真德秀。始字实夫，后更字景元，又更为希元，号西山。学者称其为“西山先生”。真德秀为继朱熹之后的理学正宗传人，创“西山真氏学派”。有《真文忠公集》。

袁枚《随园诗话》里这段话的意思是说：于敏中和鄂尔泰这两副对联，都是援引南宋真德秀词句而成，但是，这两副对联的胸襟气象却迥然不同啊！

清人梁章钜的《楹联丛话》中也有评价：

于文襄公敏中尝治蔬圃，自题圃门联云：“今日正宜知此味；当年曾自咬其根。”鄂文端公鄂尔泰亦有菜圃长联云：“此味易知，但须绿野亲身种；对他有愧，只恐苍生面色多。”用意各别，皆格言也。

袁枚认为二人之联“胸襟气象，却迥不侔”，而梁章钜却说“用意各别，皆格言也”，一个有高下之分，一个说他们平分秋色。到底是谁写得更好一些呢？袁枚是说谁的胸襟气象更胜一筹呢？

要深入理解这两副对联，首先要了解“真西山语”是怎样的。南宋罗大经《鹤林玉露》中有这么一段话：

真西山论菜云：“百姓不可一日有此色，士大夫不可一日不知此味。”余谓百姓之有此色，正缘士大夫不知此味。若自一命以上至于公卿，皆是咬得菜根之人，则当必知其职分之所在矣，百姓何愁无饭吃。

由此可知，这就是袁枚说他们二人引用的“真西山语”。鄂尔泰联的意思是：菜的滋味是容易知晓的，但需在秋天栽种就是；对着这满园蔬菜，我内心总有些愧疚与担忧，生怕天下百姓脸色如菜色的很多。表达了作者体恤苍生，关心庶民的思想。再来分析一下于敏中的联。“今日正宜知此味”，也正是“士大夫不可一日不知此味”的意思，和鄂尔泰下联的寓意相同。“当年曾自咬其根”，原本出自北宋汪革的名言：“人能咬得菜根断，则百事可做。”可见于敏中这副对联的下边寓意也很深：我当年曾经吃过苦中苦，所以今天更能体会到百姓的甘苦。这实际上是一副逆挽对，上下边是倒装的。

两位大家，对这两副对联，有两个评价。笔者觉得梁章钜的“用意各别，皆格言也”是比较贴切的。于敏中的联语表面上似乎境界、气象窄小，但是含而不露、意境深远，比起鄂尔泰的浅白直露似乎更符合诗骚之旨，是诗人的高明之处。但用王国维的理论来品味，于敏中有点“隔”，深意不太好理解；鄂尔泰的对联“不隔”，视觉冲击力强。这也很可能是汉臣与满族大臣在政坛气质上的区别，汉人要收敛得多。于敏中姿态放得比较低，没有鄂尔泰的气魄。也有人批评鄂尔泰此联有点高高在上，有俯视百姓的优越感，未免苛求了。这也牵涉到评论家们的不同观点。清朝王士禛主张“神韵说”，他认为杜牧“至竟息亡缘底事？可怜金谷坠楼人”，不如王维的“看花满眼泪，不共楚王言”。杜牧抒发了自己的观点，王维不直接表达出来，而是让读者去感悟。所以王士禛说：“更不著判断一语，此盛唐所以为高。”但袁枚却很看不上王士禛，他主张“性灵说”，认为有真感情就要表达出来。所以袁枚认为鄂尔泰的好。还是梁章钜中庸，对二人给予同等的评价。于敏中的联含蓄蕴藉而意味深远，更得诗家真味；鄂尔泰的联明白直观，更容易引起读者共鸣，更容易流传。笔者更倾向于鄂尔泰，毕竟从流传效果看，鄂尔泰的更成功。

不管怎样，如果于敏中的联语中没有悲天悯人、同情苍生的蕴涵，就缺乏了广度和高度，二人联语的高下立判。就不会引起争议了。

作品的广度和高度实际上也源于作者的视野和胸襟。视野和胸襟不开阔的作者，是写不出有思想广度和高度的作品的。在平常诗人的眼中，平湖秋月，烟水晴岚，无非就是联想到别绪幽怀之类，但在气度宏大的政治家诗人笔下却别有一番韵味。历史上一些有卓越建树的政治家必有豁达的胸怀。1662年7月，郑成功病逝于台湾。郑家后代将其遗体迁葬福建故土，康熙派官员一路护送灵柩，并撰写挽联一副，联云：

四镇多二心，两岛屯师，敢向东南争半壁；
诸王无寸土，一隅抗志，方知海外有孤忠。

全联仅32字，内涵却极其丰富。清兵入关后，明马士英等专权误国，四镇总兵心怀二志，明王朝土崩瓦解。只有郑成功拒不降清，以厦门、金门二岛为根据地，对抗清兵。1659年，郑成功率兵北伐，从上海崇明溯江而上，克镇江，围南京，后兵败而还。联中“两岛屯师，敢向东南争半壁”，正是写的这一史实。1661年4月，郑成功率领将士二万五千人登舰船出发，收复被荷兰人占领38年的台湾，施行新政，志在反清复明。这就是联中所赞扬的“一隅抗志，方知海外有孤忠”。郑成功与康熙是敌人，可康熙皇帝在联中却赞扬坚持抗清的郑成功，足见其豁达的胸襟。这种胸襟为康乾盛世的诞生奠定了基础，也奠定了这一副名联的成色。

当前楹联创作的主要弊病在于重形式轻内容、重技术轻情感、重表达少高度。笔者以为，要解决这个问题，一定要注意写作时情感的浓度、思想的广度和高度。对于我们普通人来说，视野的广度、看问题的高度很难和帝王相提并论，但我们的作品一定要善于表达自己的思想，蕴涵社会人生之思，才能做到品位高尚、哲思深刻。

湖南绥宁有一个"上堡古国"，实际上是一个小山村。明代李天保起义，曾在此建立农民政权长达七年之久，村里还有"金銮殿"遗址。很多游客参观之后，觉得好笑。笔者多次到此参观，每次都感慨良多，当年战乱的场景仿佛浮现在眼前。国家出现内乱，政府的治理肯定是有问题的。于是笔者写了这样一副对联：

世事如棋，历史无常开口笑；
小鲜其国，江山有数用心看。

联语上边是说，世事沧桑，历史变化无常。在历史的长河中，有些人和事，已成为过眼烟云，只不过让人一笑罢了。但是笑过之后，给我们留下无尽的思考。如何治理好国家，让老百姓过上安居乐业的日子，是统治者们需要认真对待的问题。老子早就说过，治大国若烹小鲜。统治者当无为而治，少折腾老百姓，老百姓自然会谋求发展，国家也就会自然发展。否则，老百姓不得安宁，国家也就不得安宁。所以，历史虽然无常，但江山还是有"数"的。这个"数"就是"天数"，人类社会变化的规律。后来的当政者不可不察也。

当然，国家治理是一个最复杂的问题。复杂的问题往往涉及多个领域，从一个领域找不到答案的时候，可以换一个领域思考，这就是广度的问题了。思维越广，思考问题的时候更接近事物的本质，解决问题的方法就更直接、更便捷。

深度和广度是相辅相成的，两者都体现在事物的复杂性上。一个问题不复杂，就不需要我们作深度的思考。这种思考通过作品表达出来，就能进入人们的心灵，引起人们的重视，最终起到益人益世的作用。

清代平民教育家武训，行乞38年，建起三处义学，教育了无数穷人子弟，是中国历史上以乞丐身份被载入正史的唯一一人，被誉为“千古奇丐”。1996年，武训的第五代孙武成广邀请笔者为武训诞辰160周年写一副对联，当时正值北京房价飞涨的时候，笔者于是这么构思：

先生地位低微，乞心高尚，慈善义行长痛我！
时下京都立足，房价冲天，贫寒学子可攀谁？

对联写出来后，有人问我“慈善义行长痛我”怎么理解。我说，办教育本来是政府的事，却让一个乞丐去通过乞讨来办学，我怎能不为这样的社会感到痛心啊？下边联想到现实，北京的房价这么涨，贫寒学子怎么买得起房、如何在北京立足啊？这将直接阻断优秀人才的上升通道，给国家形成潜在的不安定因素。现在，政府也看到了这个问题，明确提出房子是用来住的，不是用来炒的，并且出台了许多相应的举措。如果我们考虑的问题能够与国计民生紧密相连，并且具备了艺术的表达能力，那么作品自然而然地就能达到一个新的高度。我们的作品就不会是娴熟技法中表现的苍白生活、颓废无聊的插科打诨，而是先知的预言、黑暗的明灯、心灵的礼物、追求理想的号角。

六、语言雅化出韵味

什么是“雅”?“雅”是怎么产生的? 野蛮时代的人,赤身裸体,茹毛饮血,何“雅”之有? 没有“雅”,也就没有“俗”的概念。现在看来,当时的“俗”只能叫作“真”。随着社会的进步,物质的丰富,人们逐渐有了精神的需求,说话也有了禁忌,不能爆“粗口”、说“脏话”,慢慢变得文明起来,这就是“文雅”;反之,则叫“俗”。特别讲究的,叫“高雅”;特别不讲究的,就叫“低俗”。一高一低,一褒一贬,就有了价值的判断——“雅”是社会进入文明的标志之一。于是,“雅”就成了人们追求的主流方向,更成为文学创作的审美标准。

文学创作的这种审美传统,可以追溯到《诗经》之“风”与“雅”。“风”“雅”原来只是一种音乐划分标准,“风”大致为先秦诸侯国的土风歌谣,“雅”大致为周王朝京畿地区的音乐。孔子的审美立场是摒斥“国风”中淫俗的“郑声”,将《诗经》中风雅篇什解释为:“《关雎》乐而不淫,哀而不伤。”(《论语·八佾》)孔子要求文学创作对声色之美的追求与社会伦理道德的规范互相吻合。所以他说:“诗三百,一言以蔽之,曰:思无邪。”(《论语·为政》)儒家的“雅正”审美观,就是从孔子的思想发展而来的,主张文学须有“兴、观、群、怨”的社会功用,但在表现上又须含而不露、委婉得体。后代文人,言必“雅正”,就是对儒家这种审美意识的传承。

《毛诗·大序》云:“雅者,正也,言王政之所由废兴也,政有小大,故有《小雅》焉,有《大雅》焉。”由此可知,“雅”既为“正”,就与“欲”“邪”“淫”等相反。“正”就是准则、法则。“典”也是人们信奉遵守的准则、常道。这样,“雅”与“典”就紧密相连,谓之“典雅”。

对于“典雅”,不同的文学理论作品都有过阐述。刘勰《文心雕龙·体性》篇云:“典雅者,熔式经诰,方轨儒门者也。”刘勰标举“八体”，首推“典雅”，要求作文从“雅制”正途入手，以免堕入“淫俗”之道。“器成彩定，难可翻移”，得其风雅，便可“会通八体”。王充《论衡·自纪》云：“深覆典雅，指意难睹，唯赋颂耳！”“典雅”是唐代司空图《二十四诗品》所概括的诗歌风格之一，原文是：

玉壶买春，赏雨茅屋。坐中佳士，左右修竹。白云初晴，幽鸟相逐。眠琴绿阴，上有飞瀑。落花无言，人淡如菊。书之岁华，其曰可读。

这段文字的意思是说：用玉壶买酒，在茅屋中赏雨。坐中有高雅的名士，左右是修长的翠竹。白云飘动在初晴的天空，鸟儿追逐在幽林之中。绿荫下倚琴静卧，山顶上溅玉飞珠。花瓣无言飘落，幽人恬淡，宛如秋菊。如此典雅的境界写入诗篇，值得品读。

司空图“典雅”章之后，超凡脱俗的“雅”就正式进入了文学批评的范畴。清代杨伯夔《续词品·闲雅》及许奉恩《文品·恬雅》都体现了同样的内涵，主要有两个方面：第一，题材内容上要表现雅士清脱风雅的生活情致，如司空图所描写的典雅境界之类；第二，风格语言上追求清远有致，淡泊萧散，含蓄蕴藉，自然真朴。

笔者题湖南师范大学美术学院姜松荣教授麓山别墅院中亭榭联，大抵符合这两条标准：

池映云霞调水彩；
苑栽兰蕙挹天香。

姜松荣教授是博士生导师、著名画家，名副其实的雅士也。其别墅位于岳麓山，别墅中有亭榭，清脱风雅之居也。联语上边将亭边景色与画家的“水彩”相融合，下边将苑中花卉（蕙兰）与润蕙滋兰的教师身份相融合，不可谓清远有致、含蓄蕴藉者乎？

又如笔者题湖南新邵坪上清水村联：

> 庭前云洗迎朱履；
> 陌上风来送翠微。

清水村位于大山深处，恍如世外桃源。白云浣洗庭前，等待游人的到来；田野上微风吹来，将青翠缥缈的山光水色同时送入眼帘。此种美景，不有司空图描绘的典雅境界之韵味乎？

清代著名诗论家叶燮在《汪秋原浪斋二集诗序》中说：“（诗道）请得一言以蔽之曰：雅。雅也者，作诗之原而可以尽乎诗之流者也。……诗无一格，而雅亦无一格，惟不可涉于俗。俗则与雅为对，其病沦于髓而不可救。去此病乃可以言诗。”叶燮认为，“雅”是诗歌最根本、最核心的东西。可以说，诗歌之所以在中国文学史上具有其他文体难以企及的高品位，也正在于其“雅”。雅的反面是俗，“雅”即是不俗，宋人最早明确提出了“不俗”的理念。黄庭坚在《书嵇叔夜诗与侄榎》中说：“余尝为诸子弟言：士生于世，可以百为，惟不可俗，俗便不可医也。或问不俗之状。余曰：难言也，视其平居，无以异于俗人，临大节而不可夺，此不俗人也。”黄庭坚所言既是要求诗人不俗，也是要求诗歌不俗；既是对人品的要求，也是对诗品的要求。他要求诗品与人品相统一，高雅的人写高雅的诗。何绍基是“宋诗运动”的理论代表。他在《使黔草自序》中说：“顾其用力之要何在乎？曰‘不俗’二字尽之矣。所谓俗者，非必庸恶陋劣之甚也。同流合污，胸无是非，或逐时好，或傍古人，是之谓俗。直起直落，独来独往，有感则通，见义则赴，是谓‘不俗’……前哲戒俗之言多矣，莫善于涪翁之言，曰：‘临大节而不可夺，谓之不俗。’”显然，何绍基继承了黄庭坚的“不俗”论。他要求诗人必须做到诗品与人品相统一，既要具有高尚的人格，又要在创作上不落凡俗。

宗祠楹联重视教化作用，都是要体现品德的。宗功祖德是人格传承，属于“雅正”的范畴，但语言上一般人大多直抒胸臆，很难做到含蓄蕴藉。笔者家乡修邹姓始祖旭公祠，族人嘱撰写宗祠对联，其中题神龛联曰：

俎豆常新，愿升起心中旭日；
羹墙不远，好倾听黍谷春声。

笔者不愿把神龛联写成“金炉不断千年火，玉盏长明万岁灯”之类的吉祥语，而是从旭公的“旭”字联想到旭日。“心中旭日”既是对先祖的敬仰，又是做人要心地光明的共勉之语，基本上做到了人格和联格的“雅正”。下边运用邹氏远祖邹衍吹律回春的典故，也有诗意和蕴涵。

鲁晓川先生在《雅切——梁章钜对联批评的核心范畴》一文中，总结了梁章钜所标举的“雅”有三个方面。第一，以“正”为“雅”。思想之“正”、遣词造句之“正”，要求体现深厚的学识修养，展示出语言的典丽文雅之美。与崇“雅”相联，梁章钜还直接表达了对于“纤”“佻”“俚”等“俗”的语言风格的批评。第二，以“逸”为“雅”，即超逸的高雅。“逸”有奔纵、隐遁、放佚、闲适等多种引申义。逸雅即指超脱世俗之雅。第三，以“古”为“雅”，即古雅。王国维认为，审美的功能就在于“使吾人超出乎利害之范围外，而徜徉于缥缈宁静之域”。推广而言，就是使人们的心灵超越眼前的功利，获得欣赏的愉悦。

下面重点阐述对联语言的雅化问题。

（一）化俗为雅

诗歌的核心是思想情感，语言文字只是包裹思想情感的外壳，艺术技巧也只是表情达意的手段。故早期的诗歌语言多质朴，后来随着诗歌表现手法的丰富，逐步开始注重语言对于表达思想内容的作用。语言艺术技巧有了独立的审美意义，更趋于唯美、雅化。对联创作亦然。

诗歌语言与艺术技巧的雅化在南北朝时期已经十分明显。南宋魏庆之《诗人玉屑·诗法第二》说：“要使方寸之中，无一字世俗言语意思，则其诗不期于高远而自高远矣！”意思是说，诗句的遣词造句要选取雅语，避开俗语。例如“水之湄”比“水边”就要雅致。词句雅驯，不类庸俗，当然是一种美。《诗人玉屑》论诗以典重渊雅为贵，宋严羽《沧浪诗话》则以为学诗先须除五俗，即俗体、俗意、俗句、俗字、俗韵，都以趋雅避俗为正则。明李东阳《怀麓堂诗话》甚至有“野可犯，俗不可犯”之说，清洪亮吉《洪北江诗话》也有“怪可医，俗不可医”之论，以为鄙倍俗陋，最不足观，故联家千方百计避俗趋雅。

笔者在对联创作中也总是注意这一点，如题隆回司门前金潭魏氏宗祠联：

笔架山雄摛凤藻；
金潭水耀现龙鳞。

金潭是魏源的故乡，自是钟灵毓秀之地。在俗人眼中，山水本平常之物，而在诗人眼中，肯定是不一样的：山雄能“摛凤藻”，水耀应现“龙鳞”，人杰的出现，应是地灵的缘故，地灵自是不俗也！

化俗为雅是诗联家创作能力的体现。所谓将“寻常事”写得雅致，就是指把庸俗的题材写成雅事。唐代诗人郑畋的《禁直寄崔员外》诗即是：

银台楼北蕊珠宫，复与人间路不同。
在省五更春睡侣，早来分梦玉堂中。

玉堂本是殿名，在未央宫，而待诏者有“直庐”（旧时侍臣值宿之处）在其侧。几个男人在省中值夜（禁直），本来只有些睡觉说梦话、打鼾流口水的俗事，但将其写成了“春睡侣”，说梦话写成了“分梦”，加以银台珠宫玉堂的描绘，好像没有一丝烟火气。原本是值夜班的庸事，被写得情境超逸、笔无俗尘，像仙境一般，十分雅致。

所谓俚俗语变得雅致，就是指将庸俗的字面化为雅句，像桃红、柳绿、梨白等字面可说最通俗常见，李白把它写作“柳色黄金嫩，梨花白雪香”，而杜甫把它写作“红入桃花嫩，青归柳叶新”，字面稍加变换，就去俗为雅了。厕所是最不雅的地方，可魏善伯徵士题范觐公中丞厕联写出了这样的句子：

成文自古称三上；
作赋于今过十年。

联语上边运用“三上”之典，出自宋欧阳修《归田录》卷二：“余平生所作文章，多在三上，乃马上、枕上、厕上也。盖惟此尤可以属思尔。”下边用西晋文学家左思之典。左思以《三都赋》名满天下，一时洛阳纸贵，但他为写这鸿篇巨作，竟“构思十年，门庭藩溷（厕所）皆著笔纸，遇得一句，即便疏之”，连厕所里也准备了纸笔，灵感来了，偶有所得，就赶紧记录在纸上。用这两个典故来抬高厕所身价，让原本大俗的题目，变得大雅起来。棺材也是俗物，甚至俗得令人忌讳。可吴江仲子湘秀才为寿板铺写下了这样的春联：

梦且得官原瑞物；
呼之为寿亦佳名。

按照中国传统观念，梦见棺材，预示要升官发财。梁章钜说仲子湘这副对联写得“温雅可诵”，它的趣味正是通过化俗为雅来体现的。寿材是棺材的雅称，这是古人说话的避忌法，希望高寿用之。使用雅称，就是化俗为雅的方法之一。

宋代沈义父在《乐府指迷》“咏物不可直说”条中专门谈道：

炼句下语，最是紧要，如说桃，不可直说破桃，须用“红雨”“刘郎”等字。如咏柳，不可直说破柳，须用“章台”“灞岸”等字。又咏书，如曰“银钩空满”，便是书字了，不必更说书字。“玉箸双垂”，便是泪了，不必更说泪。如“绿云缭绕”，隐然髻发，“困便湘竹”，分明是簟。……如说情，不可太露。

沈义父之论，若从“作诗要曲 ”这一点来说，不无道理。譬如日常生活中有些寻常之物，有粗俗之感，不堪入诗，故不便说明白，而用雅物代之。比如说，对于男同性恋者，直言说出，则会有粗鄙不堪之感，若说其人有“龙阳之好”或“断袖之癖”，则会文雅许多。又比如，屎之秽物，若从文人嘴中道出，非臭三里地不可。但若说成“人中黄”，则雅致不少，倘若说成“夜来香”，连臭味都掩盖上了，说不定还能使人想入非非了。且看大观楼长联下面这一节：

东骧神骏，西翥灵仪，北走蜿蜒，南翔缟素。高人韵士何妨选胜登临。趁蟹屿螺洲，梳裹就风鬟雾鬓；更苹天苇地，点缀些翠羽丹霞。

这一节中，“神骏”“灵仪”“蜿蜒”“缟素”分别指代金马山、碧鸡山、蛇山、鹤山；“风鬟雾鬓”指代垂柳；“翠羽”指代翠绿色的鸟雀，“丹霞”代指丹红色的云霞。后来很多文学大家都试图修改过，但后人都认为不如作者原作，可见雅词换俗字是人们的审美追求。

换字法本骈文家常用，主要是避免重复，或因声律有碍不得不换用同义异音的字，唯词家更有以之增加色泽的意思。因此之故，换字是以新鲜之字换去陈旧的字，以美丽之字换去平常的字。例如：以“霜丝”换“白发”，以“秋镜”换“秋水”，以“商素”换“秋天”，以“金缕”换“柳丝”，以“银浦”换“天河”。笔者题“中国联坛十秀”聚会舟曲联也采用了换字法：

携湘云楚雨而来，穿越千山万水，喜相会扬州月色，又齐鲁烟霞，巴蜀风情，一杯融入青稞酒；

别拉尕翠峰而去，忍看挥袖回眸，总难忘燕语呢喃，更吴音清切，秦腔豪放，对韵长萦舟曲天。

第二届"中国联坛十秀"分别来自湖南、江苏、山东、四川、重庆、江西、河北、陕西、甘肃等省市。笔者忝列其中，故以"携湘云楚雨而来"起句，联中以"湘云楚雨""扬州月色""齐鲁烟霞""巴蜀风情""燕语呢喃""吴音清切""秦腔豪放"等雅语代十秀们的籍贯特点，全联顿时变得雅致起来。

(二)给词语"化妆"

雅化的另一种办法就是加色泽，给词语"化妆"。这种办法，笔者在"炼字"一节已经讲过，这里再举例说明一下。如唐代上官仪的《咏画障》一诗：

芳晨丽日桃花浦，珠帘翠帐凤凰楼。
蔡女菱歌移锦缆，燕姬春望上琼钩。
新妆漏影浮轻扇，冶袖飘香入浅流。
未减行雨荆台下，自比凌波洛浦游。

整首诗富丽工整，写浦、写楼而用"桃花""凤凰"附丽之。桃花浦，暗用刘晨、阮肇入天台山巧遇仙女的故事；凤凰楼，暗用秦穆公为爱女弄玉和萧史建造凤台的故事。写晨、日用"芳""丽"修饰之，写"帘""帐"用"珠""翠"修饰之，写缆、钩而用"锦""琼"修饰之，写妆而曰"新"，写袖而曰"冶"，精心修辞，追求字面的雅丽华美，为词语"化妆"之典范。笔者题湖南隆回虎形山白水洞梯田联也多用修饰之词：

锄下挑花，秋峦巧绣黄金带；
云间耕垅，春帝高悬翡翠梯。

“挑花”是当地少数民族花瑶的一种刺绣。“挑花”这个词本身就很雅。其他词语如“秋峦”“巧绣”“黄金带”“云间”“春帝”“高悬”“翡翠梯”都是一些雅词。“耕垅”也比耕田、耕地要雅。“锄下”虽然比较俗,但与“挑花”连起来就化俗为雅了。

当然,雅化须自然,不可强借。事物都有其两面性,如用借代强加涂饰,反成一病。纪晓岚在《四库全书总目提要》中就批评沈义父之论:“其意欲避鄙俗,而不知转成涂饰,亦非确论。”比如说杜甫《秋日夔府咏怀奉寄郑监李宾客一百韵》中所言的“雕虫蒙记忆,烹鲤问沈绵”,则属于强事修饰。不说作赋,说“雕虫”;不说写信,说“烹鲤”;不说有病,而说“沈绵”。两句诗,借代有三,有些“矫情饰貌”了。若强行借代之,就仿佛是将乡野“村姑”变成了京都“名妓”,因“艳”而反“俗”。所以,将词从语言、辞藻、修辞等外在的形式层面上的雅化进一步推向思想内容、情调风格等内在精神层面的雅化乃是根本所在。

不过,前人所说的“俗”,并非指俚情野语而言。姜夔说:“人所易言,我寡言之;人所难言,我易言之:自不俗。”(《白石道人诗说》)可见所谓“俗”是指“人所易言”,老生常谈。陈衍说:“诗最忌浅俗。何谓浅?人人能道语是也;何谓俗?人人所喜语是也。”(《石遗室诗话》)如笔者咏家国情怀联:

当归、当归,回乡知母意,听风驱倦翮、雏口呢喃,欲穿生地九重天,驾驭我心追紫电;

独活、独活,游子寄奴情,看雨打浮萍、海波浩渺,愿借阿翁一支点,撬移孤岛入娘怀。

联语嵌入当归、茴香、知母、生地、独活、寄奴、浮萍、穿心等中药名。上边写一只在外觅食的鸟儿欲归巢抚育雏鸟的迫切心情；下边写海外游子的思乡之情。我颇费了一番心思，应属“人所难言”者也。

胡适在《文学改良刍议》中认为：

今之学者，胸中记得几个文学的套语，便称诗人。其所为诗文处处是陈言滥调，“磋跎”“身世”“寥落”“飘零”“虫沙”“寒窗”“斜阳”“芳草”“春闺”“愁魂”“归梦”“鹃啼”“孤影”“雁字”“玉楼”“锦字”“残更”，……之类，累累不绝，最可憎厌。其流弊所至，遂令国中生出许多似是而非，貌似而实非之诗文。……吾所谓务去滥调套语者，别无他法，惟在人人以其耳目所亲见、亲闻、所亲身阅历之事物，一一自己铸词以形容描写之。

笔者深有同感，所以构思创作名胜楹联时，干脆抓住名胜景点的特点来写。如题湖南洞口岩山石人冲联：

山架天桥明月渡；
风摇石像翠微扶。

此联只抓住石人冲山顶上的天生石桥和山谷中的人形石笋来构思。天桥高耸入云，无人能渡，只有明月从桥上而过；石笋很高，一阵风来，似被摇晃，幸好被四围的山色扶住，不然恐怕会被风吹倒。虚实相生，美雅相随。

到了宋代，雅化被特别重视，但人们对宋诗艺术技巧的雅化争议颇多。严羽在《沧浪诗话》中批评宋诗“以文字为诗”，这里包括了雕琢文字、使用冷僻字、拗律等内容。这是宋诗的一个重要特点。宋人秉承杜甫“语不惊人死不休”的炼字精神，学习韩愈因难见巧的文字技巧，运用僻字、奇字、僻典、险韵、拗折句式等等，使诗歌一改唐诗的熟滑，变而生新、涩硬，在语言上体现出了因难见巧、生涩硬拗的总体风格，喜欢在诗中使用一些古籍中存在而平时不多见的事物、器物名词，使用其罕见的异体字、假借字，使人难以辨认或者不易理解，给读者以陌生感，令人感到懵然难懂。这就是俗话说的“吊书袋”，这个特点为清代宗宋诗人所接受。他们除了自觉地追求语言的奇奥生新外，还重视句法生新，就是打破诗歌语言的固有节奏，使用一些在节奏上有悖常规的特殊句式，以造成语言的生涩。有的诗句则故意破坏正常的语法关系，造成语言的拗折，或者使用散文句式等，努力翻新求奇，由此导致诗歌的硬拗晦涩。

当然，宋诗、清诗的语言雅化自有其可取的一面，因为语言的雅化确实是诗联艺术所追求的，只是需要把握一个度而已。例如句式的变化确实是求新的一种方法，但不能过，要找到平衡点。

(三)用典鲜活

用僻典不可提倡，但用典不失为雅化的重要途径。春联本身是一种民俗，俗语难免，但黄凤岐自题春联却因用典而成功避俗：

多种兰荪娱爱日；
更调雕鹗待高秋。

兰荪，即菖蒲、香草，古代喻为佳子弟；雕鹗，猛禽，古代喻为才望超群之士。此为用典方法之一种。以“兰荪”“雕鹗”代称子弟、人才，更显文雅典重。又如“鸿案”“鹿车”喻夫妇相偕，以“椿萱”为父母颂寿，以“鲤庭”指代父训等。沉鱼落雁、闭月羞花为美女之典，子都、潘安乃美男子之代称。笔者在构思邵阳市大祥区西外美食街对联时，总想勾起读者的味觉，体现正宗的邵阳味道。美食中饱含邵阳人的乡愁，但将乡愁写入联中，总觉得韵味不足，后来想起“莼羹鲈脍”这个乡愁的典故，才敢定稿：

西外老街，相思鲈脍美；
城头古月，曾照白公来。

用典贵在贴切，不生硬、不冷僻、不泛滥，不能为用典而用典。如笔者贺徐州市楹联学会第三次代表大会召开联：

三届征程骓马奋；
两行文纛大风扬。

骓马，即项羽的乌骓马；大风，就是刘邦所作的《大风歌》。因为徐州市是刘邦故里和项羽的故都。将两个竞争对手的典故掇合在一起，表达同一主题，本身就很有新意和视觉冲击力。但是，如果将这两个典故同时用于其他地方的楹联组织成立贺联，恐怕就会典义失调了。又如笔者题邓小平征战湖南绥宁指挥所旧址联：

七军赤帜追夸父；
一片绿洲化邓林。

这一类对联一般的人往往从当地山川风物和当年的战斗场面入笔，或者落入标语口号式的歌颂，很难避俗。用了夸父追日的典故之后就不一样了,既体现了红军夸父追日的精神,又切合绥宁“神奇绿洲”之誉。由夸父追日衍生的“邓林”一典,更将作者的思想意识融入其中。同时一语双关,也切合了邓公及邓公改革开放给中国带来的繁荣局面,正如古代神话中的“邓林”,且“邓林”与“绿洲”的形象极为相似。

高手用典,贵在鲜活。如何让典故鲜活起来?让典故融于各种修辞手法之中,语句自然典雅生动。笔者也喜欢追求用典的鲜活,如题贺绿汀故居联:

故土灵思,谱出吴钩寒敌胆;

牧童牛背,韵从笛孔绕环球。

吴钩本来是古代一种武器,但一个“钩”字,与五线谱上的音符有相似之处,于是我用比喻的修辞手法把贺绿汀歌曲的战斗作用表现了出来。《牧童短笛》是贺绿汀著名的钢琴曲,也算是一个典故,将它与故居当地牧童牛背上的笛声糅合在一起,又营造出了另外一种雅致的意境。

死搬硬套的用典很难营造出雅的品位,脱化是用典出新出彩的高超手法。脱化贵在不着行迹。2021年,笔者到江西永丰沙溪西阳宫(欧阳修故里)参观,写了这样一副对联:

冠冕魁大川乔岳,三朝冢宰,百代文宗,任桑海沧田,空中洋溢书香气;

庐陵看凤集鸾翔,进士几千,状元十七,更风行草偃,路上纵横获画痕。

联语的最末一句，因为找不到出彩的句子而纠结了很久。一番“憔悴”之后，突然想起了欧母画荻的典故，喜不自禁，很快脱化出“路上纵横荻画痕”一句，使联语达到高潮。这种虚幻的“象”就是用典的脱化法之一。

对熟悉的典故，要加以改造才能用出新意。元代杨载《诗法家数》说“不可著迹，只使影子可也”，从不同的角度引导读者去思考，使作品生动活泼，新意自出。笔者的家乡湖南隆回县司门前镇双龙村，是“隆回”县名的发源地，风景很美，俨然世外桃源。但如用“世外桃源”则太熟，为“人所易言”者也，于是就将它加以改造：

两条龙激荡半天云海，史志溯源，应记载县名出处；
一棵树PK千里山林，晋朝过客，可见闻陶令行踪?

恰好村里有一棵晋代古杉，古杉自然是晋代的过客，曾与陶渊明处在同一时代。于是由此发挥想象，这位还活着的“晋朝过客”，是否看见陶渊明到访过这里呢？言下之意，这里应该就是陶渊明笔下的桃花源了。

雅化的方法还有很多，在此就不一一论述了。

第十一章　创作实例谈

特点　意象　创新　深邃

——从题岳阳君山联创作谈起

2013年6月15日，湖湘楹联七子到湖南岳阳的君山岛采风，自然每个人都少不了要为君山创作对联。我的对联作品是：

几度过君山，每欲满倾洞庭水，岁岁年年，洗去千秋斑竹泪；
三声敲橘树，相道曾传柳毅书，寻寻觅觅，流来一脉爱情泉。

这是我自己比较满意的一副对联。中国楹联学会名誉会长蒋有泉先生几年前曾嘱咐我写点对联创作方面的体会，我因琐事繁多，一直未能如愿，心中总觉得亏欠。这次，《对联》杂志开辟“名家谈创作”栏目，傅海青总编嘱咐我开篇，我就从这一副对联的创作思路谈一谈写好一副对联的几点认识吧。

一、抓住主要特点

写对联和写作文一样，首先要审题。也就是要抓住所写对象的主要特点来构思。对联的术语就叫作“切”。鲁晓川先生当年的硕士论文题目叫《雅切——梁章钜楹联批评的核心范畴》，由此可见“切”

之于对联创作的重要性。君山，古称洞庭山、湘山，是八百里洞庭湖中的一个小岛，与千古名楼岳阳楼遥遥相对，现为国家级重点风景名胜区，国家5A级旅游区。君山自古盛名，风光旖旎，岛上名胜古迹星罗棋布，神话传说脍炙人口。据《巴陵县志》记载：君山原有三十六个亭、四十八庙、五井、四台等众多名胜古迹，现已修复的有二妃墓、湘妃祠、柳毅井、传书亭、朗吟亭、飞来钟等古迹。其中最著名的是二妃殉夫、柳毅传书两大爱情故事，惊天地、泣鬼神。君山也因此赢得了“中国爱情岛”“东方伊甸园”的美誉。所以，我的构思就从这两个爱情故事入笔。上边写舜帝二妃的故事。传说舜帝南巡，他的两个妃子娥皇和女英千里寻夫，到君山后，闻舜帝驾崩，抱竹痛哭，流泪成血，落在竹子上形成斑点，故这里的竹子又名斑竹。下边写柳毅传书的故事，秀才柳毅赴京应试，途经泾河畔，见一牧羊女悲啼，询知为洞庭龙女，遣嫁泾河小龙，遭受虐待，乃仗义为龙女传送家书，从这个柳毅井进入洞庭龙宫会见龙王。龙女告诉他进入龙宫的密码就是在井边的橘树上敲三下。详细了解这些故事情节之后，写作起来就顺当多了，最起码你写出来的对联就不会失切了。我曾看到一位作者写湖南城步长安营的对联：

长安军事营，烽烟、炊烟、茶烟，满城故事烟翻影；

生态方言岛，新月、弯月、暑月，一曲山歌月吊楼。

此联的视觉冲击力不错，但仔细分析，有些词语就没有抓住特点。长安营是清政府为镇压当地苗民起义而在崇山峻岭中设置的一个军事营垒，后来军事功能丧失后，来自全国各地的士兵在此退役安居，后代中保留着各种方言，颇有特色。作者基本上抓住了这里的特点，“烽烟、炊烟”自不必说，“茶烟”中的“茶”是指当地独特的民俗风味饮品——油茶，也属于“特点”之列，说明作者是用了心思的。但是，“新月、弯月、暑月”就不是这里独特的风物了，这三个词语放在对联中，便给人有不和谐之感和堆砌强对之嫌，使对联创作功亏一篑，令人遗憾。

二、用意象营造意境

何谓意象？原义为主观情思和外在物象相融合的心象。简单地说，意象就是寓“意”之“象”，就是用来寄托主观情思的客观物象。便于更好地理解，可以说是在大脑里表达意思的图像。说白了就是艺术形象。所谓营造意象，即是塑造具有艺术感染力的艺术形象。营造意象的思维过程即是通过具体的艺术形象，以充分表达作者意念与情怀的思维过程，所以也称为形象思维过程。湖南怀化黔城的芙蓉楼书法诗词碑廊有这样一副对联：

妙书鸿戏秋江水；
佳句风行晓苑花。

联语用“鸿戏秋江水”这个意象来形容碑廊书法之妙，用“风行晓苑花”这个意象来比喻碑廊中诗句的意境。给读者营造出一个十分优美空灵的意境，美不胜收，回味无穷。

初学对联者，撰联时往往议论大于形象，实录大于想象，直说大于比兴，显露大于含蓄，作品虽符合联律，但读来索然无味。学会意象表达法是学习对联创作的必由之路。

意象表达是营造意境的前提，意象并不等于意境。意境从字面上理解，“意”为意象，“境”为境界，所以意境就是到了一定境界的意象表达。清王国维说：“文学之工与不工，亦视其意境之有无，与其深浅而已。”由一个或几个意象构成一个意境。空有意象堆砌，是无法盘活意境的。境界是指人的思想觉悟和精神修养。意象用词是固有的，也可以新创，是我们可以使用的材料，可以增加我们思维的广度；而境界，是灵光一闪，是我们思维和灵魂能达到的高度。如朱熹的《观书有感》：

半亩方塘一鉴开，天光云影共徘徊。
问渠那得清如许？为有源头活水来。

诗中所有的意象，如“方塘”“鉴”“天光云影”“源头活水”等组合成由读书而产生的一种心情舒畅、明朗、美好、欢快的精神境界，也是朱熹读书的境界。

我的题君山联，摭取了“倾洞庭水”“洗斑竹泪”“敲橘树”“寻寻觅觅”“爱情泉”等意象，这些意象就像制作木料物件的构件，通过语法逻辑修辞进行榫卯对接，环环相扣，有机地组合成一种崇高的爱情境界。

三、以想象追求创新

创新是艺术永恒的主题。这是由艺术的审美心理决定的，当一种艺术或者一件艺术作品出现审美疲劳的时候，就逼迫艺术家去创新，创新意境，创新艺术品种，唐诗、宋词、元曲就是韵文学门类的创新过程。诗联艺术如何创新呢？南宋诗人姜夔说得好：“人所易言，我寡言之；人所难言，我易言之，自不俗。”怎样做到“人所难言，我易言之"呢？发挥想象力、变换角度去思考问题不失为一种好方法。例如写珠峰，我们一般会想到它的高峻雄伟，可是有一位联家却从宇宙的角度看珠峰，极写它的渺小：

有谁见礁岛，于沧海升高，万万年代来，至伟并称五极；

待我驾飞船，从太空回望，小小寰球上，其微不足一拳。

在这位作者笔下，珠峰不足一个拳头大小。这种角度，这种超乎寻常的想象力，是避免俗气、追求创新的最好方法。古人写斑竹的诗句很多，如刘长卿的"欲识湘妃怨，枝枝满泪痕"，毛泽东的"斑竹一枝千滴泪"等，我在联语中写斑竹，如果不充分发挥想象力，寻求新的角度，就很可能与前人撞车，联语就难以出彩。于是，我想，斑竹代表眼泪，擦洗泪痕自然是人们对美好的向往。那么，用什么来擦洗泪痕呢？自然是用水，在这里当然是洞庭湖的水了。但是，斑竹上的泪痕是很难擦掉的，而且斑竹那么多，怎么擦啊？一盆水、一桶水不够，我就把八百里洞庭湖的水都倾倒过来擦洗；一年半载不够，我就年年岁岁坚持下去，发扬愚公移山的精神，总会感动上苍。下边，我同样以这种"痴心妄想"来写柳毅井。我明明知道龙宫是虚构的，但我还是希望它的存在，希望井边的那棵橘树还在，希望进入龙宫的密码还是敲三下。于是我痴痴地在井边寻寻觅觅，探寻进入龙宫的通道。"我"越痴越荒诞，情感的表达就越强烈。当然，这种荒诞应以读者的感受能够接受为度，否则就是疯言诳语。从想象的角度看，艺术家和神经病人只隔着一张纸，这张纸的厚度代表了艺术的微妙。刘勰在《文心雕龙》"神思"篇中说："至于思表纤旨，文外曲致，言所不追，笔固知止。"诚可信也。

四、深度与高度决定成色

艺术作品是用来表达人的思想的，没有脱离思想的艺术，更没有脱离思想的深度与高度的伟大作品。所以，我们创作对联时，要善于表达自己的思想，而且要在深度和高度上下功夫，多些社会人生之思，蕴含深厚，哲思深刻，这样，你的作品才能锻到一定的成色。如鄂尔泰题菜圃联：

此味易知，但须绿野秋来种；
对他有愧，只恐苍生面色多。

联语由菜圃中的菜色，想到了黎民百姓的饥寒疾苦，这种思想的高度使联语顿时生色。下面两副对联都是题厕所联：

进来三步急；
出去一身轻。

但愿你来我往；
切莫屎少屁多。

我们怎么来分辨两副对联的高下呢？第一副对联有情趣，但第二副对联有深度，是对占着茅坑不拉屎、尸位素餐者的批评和警示。有思想深度者自然更胜一筹。当然，深度和高度也各有侧重，请看下面三副对联：

奴别良人去矣，大丈夫何患无妻，愿后日重订婚姻，莫向生妻谈死妇；

儿依严父艰哉，小孩子定仍有母，倘常时得蒙抚养，须知继母即亲娘。

蓬蒿作一己形容，对世事沧桑，不言只字；

风雨是平生际遇，去人情冷暖，立到永年。

有形骸便有斗争，君不见三千部藏经，将佛塔分为七级；

无欲望即无烦恼，吾且堕十八层地狱，把天堂让与众生。

第一副是清代光泽何氏妇自挽联，它写出了感情的深度；第二副是佚名题稻草人，写出了人生的高度；第三副的作者是曾庆斌，题目是《堕落》，写出了思想境界的高度。

我的骨子里天生就具有悲天悯人的情怀，这种情怀不时植入到我的对联作品中，题君山联即是其中之一。其实，“洗去千秋斑竹泪”，不仅仅是为舜帝的妃子洗泪，而是想洗去全天下人的痛苦，愿天下少一些悲伤，多一些欢乐；少一些离乱，多一些太平。这样，作品就有了蕴涵，思想就有了深度，主题就得到了升华，读者就能感受到你的高度。

当然，自己分析自己的作品，难免有自我标榜之嫌，何况艺术作品本来就可以见仁见智的，但愿此文不会令读者感到不爽，而能给大家有所启发。

（原载《对联》杂志2021年第2期）

雄豪深邃　隽逸空灵

——邹宗德先生楹联欣赏

傅海青

邹宗德先生是当代著名的楹联创作家和楹联理论家，湖湘楹联七子之一，中国联坛十秀之一，第二届梁章钜奖获得者。现为中国楹联学会常务理事兼学术委员会副主任，湖南省楹联家协会副主席兼学术委员会主任，邵阳市楹联学会会长。邵阳市第二届“十大杰出青年”，2009年度中国联坛“十大新闻人物”，2012年获邵阳市政府首届文学艺术贡献奖。其对联著作有《对联散论》《对联快速入门》《邵阳历代名联鉴赏》《邵阳古代楹联集》《邵阳现当代楹联集》《邹曾联墨》《楹联知识读本》《百家联稿·邹宗德卷》等，与人合作的著作有《湖南楹联》《湖湘楹联七子作品集》《湖湘楹联七子创作档案》《城步隐字联探秘》等。

邹宗德先生的楹联作品有一千多副，江西井冈山大学的李争光教授和湖南著名学者刘宝田先生均对他的作品进行了认真的研究，分别有论文发表于《井冈山大学学报》《邵阳学院学报》和《重庆社会科学》等刊物，楹联研究学者李海河先生著有《邹宗德楹联鉴赏》一书，共20万字。在这些研究者看来，邹宗德先生的楹联作品具有新颖、大气、警策、含蓄、深厚、富于文彩、倾向明朗、正气沛然、风韵隽永、意境宏深等特点，我在这里只介绍邹宗德先生作品的四个最主要的特点：雄豪、深邃、隽逸、空灵。

雄豪之气是邹宗德先生作品的艺术特色之一。其对联题材丰富多彩，表达方式也各有变化，但都大笔淋漓，大气磅礴，气势豪迈，格调昂扬。如他题湖南城步南湖公园文昌阁联：

为儒林悬挂一千年明月；

送巫水激扬八百里洞庭。

城步县城曰儒林镇，显然这里是一个文化底蕴十分厚重的地方，唐代大诗人王昌龄《送柴侍御》诗中提到的“武冈”就是指现在的城步，彼时以来，已一千余年矣。联语既紧扣文昌阁，又紧扣儒林镇，文昌阁当为儒林镇之象征也。阁之雄伟，文化之悠久，尽在短短十字之中。无论时空，其雄豪之气已臻高致，谁知下边更上层楼。文昌阁矗立于巫水河边，就像一位城步的长者，目送城步的子弟们像巫水一样汇入洞庭，将八百里洞庭激荡。这是多大的气魄呀！可不是？南方的杨家将、明代的开国名将蓝玉、沐英这些城步精英不都是激扬八百里洞庭的人物吗？

司空图《二十四诗品》云：“大用外腓，真体内充。反虚入浑，积健为雄。具备万物，横绝太空。”作品的雄豪之气，是一种艺术真力的雄劲健满，是一种艺术气韵的恢宏浩荡。邹先生的这种雄豪之气，“超以象外，得其环中。持之匪强，来之无穷”。又如题湖南新宁崀山八角寨云台寺杨公殿联：

云海翻腾，将军正欲骑鲸去；

烽烟激荡，明月曾经寄信回。

杨公殿奉祀的正是“南方杨家将”之一的杨再兴。崀山有将军石，酷似一位将军昂然挺立，八角寨又有鲸鱼闹海的美景，云雾翻腾之时，许多黛色的山峦如鲸鱼在云海中游动，壮丽无比。作者展开想象之笔，将两个奇景结合起来写，说将军正欲骑鲸而去出征，杨将军的胆略、壮丽的美景妙手偶合，正得杜甫“未掣鲸鱼碧海中”一样的气势。请看题湖南隆回白马山联：

故事如烟，烟树几重藏白马；
峰巅有我，我心万丈仰青天。

明末有王氏三女，为躲避追兵，倒骑白马隐入山中，山因此而得名。“故事如烟”，既是对故事的感慨，也是对乱世的嗟叹。“峰巅有我”，豪气干云，峰巅者，山之极致也，也是人生之极致也。极致之上，犹“我心万丈仰青天”，流露出一股浩荡的奇气。似得李杜精神与苏辛妙谛。此乃清代著名文论家刘熙载在《艺概》中所提倡的“坚贞浩气”者也。下边既是对山高的描述，也是作者对太平盛世、清明社会的向往，同时也蕴含着“山登绝顶我为峰”的哲理。

邹先生楹联作品的第二大艺术特点是深邃。他传承外叔太祖魏源公“默好深湛之思”之衣钵，其作品善于表达自己的思想，且多社会人生之思，蕴含深厚，哲思深刻。如题岳阳君山联：

几度过君山，每欲满倾洞庭水，岁岁年年，洗去千秋斑竹泪；
三声敲橘树，相道曾传柳毅书，寻寻觅觅，流来一脉爱情泉。

作者撷取君山上两个著名的典故——斑竹泪和柳毅传书来写，亦幻亦虚，亦真亦切，他痴心地洗涤斑竹上的泪痕，寻觅洞庭龙宫的入口，纯真可爱的描写中流露出作者对美好爱情的向往。其实，“洗去千秋斑竹泪”，不仅仅是为舜帝的妃子洗泪，而是想洗去全天下人的痛苦，愿天下少一些悲伤，多一些欢乐；少一些离乱，多一些太平。多么深邃的主题啊！又如题怀化洪江古商城联：

溯千载时光而上，若遇古人，问财富如何聚起，再如何散去；
携四方山色而来，似翻新史，看繁华怎样衰微，又怎样重生。

昔日繁华，今又重现，一句假设，使人穿越于今古时空之间而感叹世道沧桑。游人至此，不应只是沧桑之叹，更应思考沧桑变化的原因，至于什么原因，他没有说，无数商人和财富的故事留给后人无尽的思考。这种启迪哲思的联语在行业联中也有，如题湖南隆回荷田中学联：

荷花高洁凌波，励志宜修君子德；
田地耕耘种玉，育才可借伯雍锄。

《搜神记》有故事云：古有杨伯雍者，对父母至孝，有人就给他一斗石子，要他种到土里，后来石子竟变成了玉，得白璧五双，娶得徐氏之女为妻。故蓝田种玉常用来比喻美满婚姻，而邹先生则创造性地用于教育，教师通过辛勤劳动，也能把石子变成玉，把后进生转化成才，那才是教育者的最高境界啊！可见邹先生对教育思考也是独到的、深邃的。

当然，深邃的思考也要借助巧妙的表达方式，才能创作出优秀的作品。邹先生正是善于表达的高手，他的语言洒脱隽逸，这正是他最突出的艺术特色，他的作品俊秀飘逸，清新轶丽，读来超群拔俗，气韵悠扬。当年，中国联坛十秀聚会舟曲，他写下一联：

携湘云楚雨而来，穿越千山万水，喜相会扬州月色，又齐鲁烟霞，巴蜀风情，一杯融入青稞酒；

别拉尕翠峰而去，忍看挥袖回眸，总难忘燕语呢喃，更吴音清切，秦腔豪放，对韵长萦舟曲天。

联语将十个人的地域特点，以十分优雅的意象组合成一幅十秀相聚图和一幅依依惜别图，韵味浓浓，情味浓浓。月色、烟霞、风情融入青稞酒，这是怎样的一杯酒啊！黑格尔说：“为着避免平凡，尽量在貌似不伦不类的事物中，找出相关的特征，从而把相隔最远的东西出人意外地组合在一起。”邹宗德先生特别注意动词的运用，他把一些异常的词语巧妙地连接起来，产生了妙趣横生的效果。又如题四川江门古寨联：

寨挹风情，古看盐马今看竹；

帘开画稿，窗挂梯田门挂川。

古寨以竹为特点，当地有画稿溪和盐马古道。联语十分雅切，但最为隽逸灵动的是“窗挂梯田门挂川”一句，开窗就能见到梯田，开门就能见到川流，可作者用一个“挂”字就变成了一幅美妙的画稿，文字的表现力达到了极致。再如题湖南城步十万古田联：

我来踏土怆怀，探寻十里长街，隐藏于十万古田之下；

风至云开雾散，叩问千秋故事，掩映在千年苔藓之中。

十万古田是一处壮阔的高山平原，系明代瑶民耕作、聚落遗址。从前的古街、驿站、田地均已掩埋在草甸之中。中央电视台曾报道过这里的千年巨藓之谜。十里长街，千秋故事，已是沧海桑田，只能待云开雾散，问千年苔藓，在双“十”、双“千”的工整对仗中，将历史的厚重以隽逸的文字托出，令读者唏嘘不已。

楹联作品与其他文艺作品一样，也是以意境美为上乘，而将空灵美视为意境美的最高层次，其意境超脱，不着形迹，常用羚羊挂角以比喻之。传说羚羊夜眠以角悬树，足不着地，无迹可寻，以防患于前。宋严羽《沧浪诗话·诗辨》：“诗者，吟咏情性也。盛唐诸人，唯在兴趣，羚羊挂角，无迹可求。故其妙处，透彻玲珑，不可凑泊。”邹宗德先生的许多联语写得十分空灵，前面的好几副联语都达到了空灵的境界。我在这里再介绍几副最为空灵的联语，如题长沙市白沙古井公园茶艺馆联：

一园月色和茶煮；
万古泉声带韵流。

刘宝田先生评曰：其境之阔大，月色无边；其情之悠深，流韵万古。一壶煮茶，也煮月色；一泉流韵，也流万古。茶耶？月耶？今耶？古耶？井耶？泉耶？声耶？色耶？景耶？情耶？世事沧桑，人生变幻，风物盛衰，皆在14字中。一盅在手，是品茶，还是品画，品诗，品人生，品哲理机趣？天地悠悠，感叹无限，混沌太极，含蕴无穷。苍凉隽美，均在舌头尝遍，均在心头涌流。另一副题长沙岳麓山穿石坡临水阁联也一样韵致空灵：

名茶雪煮香穿石;
大麓云飘醉入壶。

临水阁同样是茶楼。茶楼效党姬烹雪,自然茶艺不凡,从临水阁散发出来的缕缕茶香,弥漫于整个穿石坡,穿透了坚硬的石头。上半联本已将茶香写绝,可下半联更有高潮。岳麓山上的云朵也被这里的茶香所陶醉,掉入了茶壶之中。云醉茶乎?茶煮云乎?茶未尝,心已醉。禅茶一味,此之谓乎?前联煮月,此联煮云,邹先生虽非煮茶大师,却是营造空灵意境的高手。他题湖南新邵龙山药王殿联营造的又是另一种如梦如幻的神仙境界:

药王安在哉?四十八面山中,隐看紫气萦锄,白云入篓;
我辈今来也!一千三百年后,犹见峰峦壮丽,草木精神。

联语劈头就傻傻地一问"药王安在哉",显得特别多情与关心,作者面对四十八面龙山,努力探寻药王的身影,曾经在这里采药炼丹、救济苍生的药王到底在哪里呢?思念之切而幻化出一幅药王采药图,隐隐约约地看见药王飘忽在四十八面山中,紫气萦绕着他的锄头,白云流入他的药篓。这些意象组成一个崇高的意境,一个欢快、空灵的采药场面淋漓尽致地展现出来了。在这绚丽迷人的图画中,药王的仙人神态栩栩如生,药王的高洁品质自然流露。所以我们一千三百年后仍然在怀念他,这里的峰峦因为他而壮丽,这里的草木因为能够无私奉献、救济苍生而特别精神!实际上,这也是联语的深邃所在。雄豪、深邃、隽逸、空灵这四种艺术特点有时又是互相交错的,你中有我,我中有你,天马行空,自然流畅,达到了炉火纯青的艺术境界。“悠然有出尘之致”（黄蓼园《蓼园词选》）真是“求之古今人词中，曾不多见”（王国维《人间词话删稿》）。

（原载《对联》杂志2017年第1期，作者系《对联》杂志总编辑）

巧思奇句　逸韵高情
——邹宗德《家国情怀》联评析

李争光

当归、当归，回乡知母意，听风驱倦翮，雏口呢喃，欲穿生地九重天，驾驭我心追紫电；

独活、独活，游子寄奴情，看雨打浮萍，海波浩渺，愿借阿翁一支点，撬移孤岛入娘怀。

如江流浩荡，似雁叫长空，如骤雨泼天，似烈酒浓香。这就是邹宗德先生的联语《家国情怀》的艺术精神和艺术魅力之所在。“家国情怀”本来是一个古老的人常言之的极平常的题材，很难写出有新意、有深度的作品。然而，邹宗德先生却调动他不凡的艺术才气，以“超以象外”的特殊艺术手段驾驭着新奇的艺术语言，进行了超常的艺术构思，写成一副很有气势和丰厚艺术蕴涵的楹联妙品。

优秀的艺术作品，特别是楹联，无论是开头、结尾乃至全篇，都应奇笔浑雄，异彩纷呈，而通体晶莹的。邹宗德先生是深谙此个中妙谛的。你看此联起始就用“当归、当归”两个字的短句开篇。这两个二字句形式重叠，造成一种急促的声势，而又高壮雄浑。有如雷霆响后，暴雨骤至，盖地铺天，不可收拾。又如岩层中的泉水因千压万挤而喷吐溢出，不可阻挡，淋漓尽致。这种雄浩的声势，自是扣人心弦，具有强大的艺术感染力。接着“回乡知母意”点明为何如此急促地“当归、当归”的原因和本联的主题。作者不是直抒家的情怀，而是写一只在外觅食的鸟儿要回家哺育雏口的心情，十分新奇。母亲离家在外，思子之情，恋家之切，无可比拟。而雏子在家，可知母意否？孩子饿了吗？想妈妈了吗？拳拳母爱，自然深厚，更知“当归、当归”之情理。接下去“听风驱倦翮，雏口呢喃”。乃是“以我观物，而物皆着我之色彩”以渲染气氛，一个“倦”字，妙丽传神，表明母亲奔波在外的辛劳。为何而“倦”？为儿子而倦，为家而倦，为生计而倦，复杂心情皆蕴含其中。此“倦”字真有画龙点睛之妙。“欲穿”二句是写母亲将“当归、当归”之心情化为行动，归心似电，身虽倦而心已回，何其激烈，何其异想天开！又正是前面抒情的大暴发，将“当归”之情推向了高潮，到此似乎收束，而又收束不住也。

下半联正是承上联“当归”之情不可收束而进一步深化，且又大笔挥洒将家的情怀上升为国之情怀。“独活，独活”亦是用重叠词语抒写游子孤独之情。而正因孤独，才进一步将思国之情步步深化。“雨打浮萍”乃化用文天祥“身世浮沉雨打萍”之句，爱国之情已孕其中。“雨打浮萍，海波浩渺”，点明地域和游子的难堪处境，是对上句“寄奴情”的具体说明。因飘泊海域如浮萍，而海波浩渺，无边无际，此境此情何时了？其情似已至高潮了。但其并没有止于此。结尾两句，又将感情掀于更高更浓的境界，“愿借阿翁一支点，撬移孤岛入娘怀”。阿翁，即古希腊数学家阿基米德，他曾言：“给我一个支点，我将撬动整个地球。”邹宗德先生在此引用，从异想天开中更加异想天开。将孤岛撬入娘怀。乃希望钓鱼岛、黄岩岛等孤岛回归祖国的怀抱，将时事热点问题拉了进来，主题又陡然上升。如此结尾将思想内容和艺术技巧都推到高峰极致，令人拍案叫绝。

（作者系井冈山大学中文系教授）

领略王者风采

——“千年古都安邑”海内外征联一等奖赏读

欧阳立群

安邑征联大赛结果揭晓，摘得一等奖桂冠的，是湖南楹联名家邹宗德先生的作品：

乃舜皇息壤，肇五千年华夏文明，天下听虞韶，替黔首阜财解愠；

为禹甸中枢，领百万里山川壮丽，河东重王气，看鸣条虎踞龙蟠。

联界名流相继撰写“追记”“述评”，认为大赛佳构迭出，征联的高度、深度和广度，达到近年联赛的“新高”。可惜对一等奖作品的点评篇幅有限，难以解渴，忍不住一探究竟。

细细品读一等奖联，如果围绕一个“王”字切入理解，感觉王者气息扑面而来，果然不同凡响，令人拍案叫绝。

首先，王者主体。分量较重的综合联，无疑是以安邑整体作为创作主体。然而，同样的安邑，在不同作者眼中，肯定是不同的。如何准确把脉安邑的最主要特征，作者显然是超一流高手。习近平总书记说：“古有尧都平阳，舜都蒲坂，禹都安邑之说，它们均在山西南部。”举办方介绍：“安邑是古中国有史以来，第一个‘开朝’的‘首都’，而且是‘一声喊到底，千年不改名’的古邑”。安邑体现出的王者风范和厚重历史，或者说与帝王的关系，被作者提炼出来并紧紧扣住。

全联开篇首分句，即点题“舜皇息壤”。此处息壤，蕴含双关含义：一乃古代传说的一种能自生长、永不减耗的土壤，意指舜帝的传承生生不息；二乃舜帝安息之地。“息壤”二字，意蕴丰富，竟将纵与横全部囊括。再读全联末尾分句，“看鸣条虎踞龙蟠”。鸣条，在今山西运城市安邑镇北，舜帝即安息于此。因而对安邑而言，“虎踞龙蟠”绝非高攀，乃名副其实也。全联首尾相互呼应，聚焦于“王”这一点进行诠释，并演绎得淋漓尽致，成为作品获得巨大成功的重要前提和基础，艺术地凸显出安邑这座古邑的最显著特点：王气。

其次，王者视角。王者往往具有全局观，站得高、望得远，倾向从大处着眼。作品的语意流向路径，与王者习惯契合，由外而内、由大而小，气吞山河。上下联分别从舜、禹切入，借用王的眼光落笔，谈的是全天下，表达的是王者情怀。表面看，作品涉及的时空极广，上联纵向“五千年”，下联横向“百万里”，对安邑直接着墨较少。实质上，全联字字指向这座古邑，句句不离安邑，无一闲字，无一字可易，巧妙地阐述了安邑的重要地位和作用。

再次，王者内容。上联讴歌舜皇的息壤，衍生出五千年华夏文明。最后两分句，“天下听虞韶，替黔首阜财解愠”。“韶”相传是虞舜时代的乐曲名，由舜所作，“虞韶”谓虞舜（舜帝）时的韶乐。阜财解愠，语出《孔子家语·辩乐解》：“昔者舜弹五弦之琴，造《南风》之诗，其诗曰：‘南风之薰兮，可以解吾民之愠兮！南风之时兮，可以阜吾民之财兮！’”对《南风》歌的内涵，历来各家注疏不一。一种诠释是，“歌南风而天下治”，充分体现出虞舜的民本思想。另一种诠释是，《南风歌》与山西运城，即安邑的盐池和盐业相关。温煦及时的南风啊，请吹干盐池湖中的盐，让百姓财产殷富，让百姓忧愁消散吧！持此观点的包括宋代沈括、明代宋应星等。不论何种解释，入联的内容，皆跟舜皇紧密相关，与王者丝丝相扣。黔首，为古代对百姓的称呼。作者摭取这个词语，不仅满足了对仗需要，也更深刻地表达出作者的民本思想。关心百姓疾苦，带领百姓发财致富的政治家，才会赢得人民的爱戴。

下联亦然，借用禹落笔而逐次展开，高度概括而又准确地指出，安邑为禹甸中枢，具有王者特征。禹甸，本谓禹所垦辟之地，甸，治也，禹甸也用来指称中国之地。最后三分句，“领百万里山川壮丽，河东重王气，看鸣条虎踞龙蟠”，突出展示安邑壮丽山川的引领地位，及其饱含的龙虎之气。河东，指山西西南部，即安邑之所在，上古尧舜禹时代的都城皆在河东，当然王气很重。相传，禹受舜禅让继承帝位，成为夏朝的第一位天子，即建都在安邑。虽然学界对此尚存争议，安邑总是候选地之一。以“禹甸”而非“禹都”入联，这一字之差，在满足对仗需要的同时，也显示出作者对学术严谨的尊重。无论如何，此地“虎踞龙蟠”绝非虚言。如果说，上联内容侧重无形的思想法脉，下联则为有形的外显霸气。

第四，王者语气。王者出场说话，总是一字千金，斩钉截铁，无需矫情，无需铺陈。上下联均开门见山，一出场即亮明观点，掷地有声，气势如虹。上联第一、第二分句的领字“乃”“肇”，下联前两分句的领字“为”“领”，前后上下，形成并列和排比效果，气场十足，不容人质疑，体现出皇者风范。全联采用总分结构，所有分句都为判断句和陈述句，环环相扣，步步深化，没有丝毫犹豫。通过领字的反复运用，充分调动读者的视觉与听觉等感性器官，紧紧抓住和引导读者思维，全联犹如水银泻地，一气呵成，王者气十足。

尤其值得指出，作为综合联和长联，作品对仗极其工稳，如舜皇对禹甸，天下对河东，虞韶对王气，等等，殊为不易，达到了无可挑剔的境界。

最后，王者底色。字词作为对联的原材料，其不同选择，决定了作品的底色和风格，是抒情、欢快、厚重还是现代等。作者显然经过了仔细斟酌，使全联字词充分匹配作品的主题。如果把入联的词汇单独挑出来，如：舜皇、五千年、华夏文明、天下、虞韶、黔首、阜财解愠、禹甸、中枢、百万里、王气、虎踞龙蟠等，放在一起，即使没有成联，作品的底色已然铺就，那就是厚重。联中有些非高频类词汇，如息壤、虞韶、黔首，十分贴切，似乎特意量身定制，处处挥发出王者气，具有浓浓的厚重感。

诚然，一等奖联的成功，建立在作者显露出的高超楹联艺术造诣基础上，比如其作品展示了情与景、或曰“意”与“料”融为一体、无二无别的独特风格。也许更重要的，是作者深入研究创作对象，精准提炼其特点，以高超的艺术手段和严谨的学术态度进行创作，才能奉献出如此浑然天成、滴水不漏的绝妙作品。

（原载2020年6月26日《中国楹联报》和2021年7月15日《中华楹联报》）

视角成就格局

——邹宗德先生《新宁西村坊》联赏读

欧阳立群

湖南邵阳市楹联网络推广群《邵阳对联》第112期同题“新宁西村坊”，看到楹联名家邹宗德先生的作品，眼前一亮：

数百年宅院，任雨洗风磨，相看月挂檐头，为村守望；

三渡水牌坊，赏精雕细刻，恍见梁巢幼子，待母归来。

作品从审题思路、艺术表现、情感格局、语意结构、语言组织几方面巧换视角、出奇制胜，成就一副珍品，是视角切换的一次经典运用。

一、推陈致新，审题视角破难题

西村坊是一处代表性很强的传统名胜景点，拥有庞大的古民居建筑群，省级重点文物保护单位“三渡水节孝坊”是其重要标志。节孝牌坊为清道光年间朝廷拨款修建，以褒奖故儒李赵钱之妻何氏。李赵钱早殁，留下三个孤儿和年轻的妻子李何氏。李何氏立志守寡，节俭课子，辛酸十几载，三个儿子全部金榜高中，一时轰动朝野，遂立牌坊旌表。

节孝这类古代褒扬的价值观，因时过境迁，与男女平等的现代价值观不符，争议很大。因此，联家题《新宁西村坊》时，就面临构思上的两难。“三渡水节孝坊”专为褒扬妇女的节孝而立，如果选择回避，作品会切得不紧，缺乏人文深度和思想内涵。如果正面落笔，无论褒贬皆不适宜。当不少联家在为妇女守寡的价值观犯难时，邹先生以独到的眼光另辟蹊径，转换看问题的角度，同一个故事演绎出另一个积极向上的版本，巧妙地处理了传统题材经常出现的表达难题。

回头看作品。上联描写古村落建筑，历经数百年来自然的剥蚀和人为的改造，民居留下了岁月的疮痕，部分文字和文物在"破四旧"时被损坏，徒留遗憾。然而，作者没有沉沦和抱怨，而是转换视角后发现了另一片美丽的景象。任凭几百年的风雨如何洗磨，"相看月挂檐头，为村守望"。"宅院"经历了那么多的沧桑变化，却依然能够保存下来，因为她有坚韧的品质，她有上天的眷顾，请看：忠诚的月亮如灯笼一般挂在檐头，默默地守望着她，守望着她岁月的美。

下联以人文景物"三渡水牌坊"为主题，赞美牌坊的文物价值——"精雕细刻"。

显然，作者不满足于牌坊外观的品鉴。在仰头欣赏牌坊的精雕细刻时，"恍见梁巢幼子，待母归来"，隐约看见牌坊梁上有一个鸟巢，鸟巢中嗷嗷待哺的幼鸟正伸出嘴儿，等待母亲归来。联的尾句极具震撼力，让读者产生强烈共鸣，既赞扬了牌坊旌表的主人公李何氏无私的母爱，更歌颂了天下所有母亲的伟大，主题表达得淋漓尽致，散发出强烈的艺术感染力，全联情感达到高潮，令人荡气回肠，拍案叫绝！

作品下联从丧夫的年轻妻子精心培养三个孤儿的故事，巧妙转换视角，贞洁的消极价值观陡然转换为讴歌母爱的积极题材，让传统主题焕发出鲜活的魅力。

二、意象出彩，艺术视角具匠心

作品的意象创造十分出彩，以视角转换营造出意境表达所需要的唯美画面。上下联在前面两分句客观描述基础上，后两分句开始升华，盘活了分别作为上下联主题的“宅院”“牌坊”。上联描绘的“月挂檐头”画面，紧扣上联所赋予“宅院”的坚强人格特征，如果被摄影家拍下来，将凄美得令人窒息，成功营造出一种空灵、深邃的意境。下联“梁巢幼子”同样是艺术创造，牌坊梁上未必有鸟窝和幼鸟，作品以“恍见”引入，塑造出感人的艺术形象，虚构得“真实”自然。作品没有直接抒发对主人公的赞美，却深深寓意其中而毫无斧凿痕迹，非大手笔不能为也！

三、小中见大，情感视角品格局

不同维度的视角，必然会看到完全不一样的“宅院”和“牌坊”。以点到面还是以面到点，远看还是近看，虚写还是实写等等，服务于不同的情感目标。佳构无不以思想境界见高低，无不以情动人。

该联不讲排场，没有空洞的大场景，没有泛泛而谈的直白赞美，一切尽在不言中，不说而说，用“月挂檐头”“梁巢幼子”的特写镜头，以小见大，一个有美感，一个有情感，都是艺术美的核心所在。作品聚焦于特写镜头的点，在形式上似乎缩小了，思想内容却得到升华，兼具高度深度，充分体现出作者眼界的大格局和独到的艺术匠心。

四、次第展开，结构视角品圆融

全联采用总分结构，破题、铺垫、高潮，次第展开、层层推进，流畅合理，妥帖自然。上联首句“数百年宅院”开门见山，点题“宅院”，起手式看似平常，实则相当老到。次句聚焦宅院“雨洗风磨”的外观上，不是负面情绪，而是为转折铺垫。后两分句笔锋一转，“相看月挂檐头，为村守望”，由之前的表面平常达到上联高潮，意蕴深远、回味无穷。

下联以“三渡水牌坊”为主题，首句亦直接点题，次句顺次赞美牌坊雕刻的精美，同时完成了后两分句作为联眼的铺垫。“梁巢幼子，待母归来”既是下联高潮，更是全联高潮，正所谓好戏在后头，诚如是也！作品跌宕起伏，呈现预料之外情理之中的语意发展，不断拨动读者心弦，度身定做的圆融结构功不可没也！

五、珠联璧合，语言视角品精微

作品无生僻疑难词汇，无赘字懒字闲字，无一字可易，恰如牌坊的精雕细刻，用词娴熟精准，没有不能体现艺术美的画面和文字。“巢”字的名词动用，“守望”、“归来”的动静组合，每个字词都与意境完美匹配。领字的运用炉火纯青，上联“任……相看……”完美组合，在语意表达上起到蓄势、层递、转折等多种作用。下联“恍见”二领字将前两分句的实写引入尾两分句的虚写，语意流畅，情与景珠联璧合，融为一体，宛若天成。

全联多维度的视角变换巧妙新奇，作品立意高远、情真意切，展现了作者深厚的文学功底和高超的艺术造诣，是一副思想性与艺术性俱佳的珍品之作。

（原载2021年9月3日《湖南日报》）

寄意深厚　情趣盎然
——邹宗德先生题山西运城普救寺联赏析

袁青苗

湖湘楹联七子在山西运城采风时，“七子”成员之一的邹宗德先生在普救寺写下了这样一副对联：

人去长留故事，开卷读经典情书，不禁动春心，剧场千载名天下；

我来欲效张生，踰墙伺梨花深院，蓦然抬俗眼，警句一行在上头。

普救寺位于山西省运城市永济市蒲州古城东3公里的峨嵋塬头上，它是中国历史名剧《西厢记》故事的发生地，是爱情圣地，流传着张生与崔莺莺的爱情故事，这里有张生借宿的“西轩”和崔莺莺一家寄居的“梨花深院”。邹先生这副对联紧扣这一故事展开，所见所感，亦虚亦实，亦幻亦真，贯穿古今，情趣盎然。

上联对景怀人。虽然《西厢记》的主人公张生和崔莺莺早已离去，但美丽的爱情故事却千古流传。当我们打开《西厢记》，阅读这本经典的爱情著作时，总是心潮澎湃，情不自禁地就会春心萌动，因为我们都会被这爱情故事所打动。而演绎这出爱情故事的千古剧场——普救寺也因此成为闻名遐迩的旅游胜地。

下联写实，写作者被这个爱情故事所打动后的一些“出格”的举动，这个举动有点“傻”，有点“痴”，但傻得可爱，痴得真心。“我”来到此地，看到张生和莺莺谈恋爱的场景，被其真挚的情深深打动了。作者甚至也想效仿张生，爬上墙去窥探梨花深院。他明明知道时过境迁，一切都是浮云，可是偏偏萌生了这一种想法，说明他入戏太深。当抬头看到墙上的那一行文字时，才恍过神来。这一细微情节，真是别有一番滋味在心头。警句一词，一语双关，可以说是警示句，也可以说哲言警句。到底作何理解？只能读者见仁见智了。我试着从两个方面理解一下：

首先作警示句理解，在山西普救寺张生踰墙处有一个告示牌，牌上有四个字——“请勿攀爬”。本想来此去体验一下张生踰墙的感觉，体会一下爱情的美好，就在跃跃欲试之时，抬头就看到“请勿攀爬”的警句，让人心生犹豫。爬还是不爬？作者戛然而止。留给读者许多遐想，回味无穷。我想，要爬也有道理，追求美好的爱情往往需要勇气，冲破世俗的藩篱。不爬也有道理，这里是旅游景点，要注意举止文明，注意安全。哈哈，这个警句大反转，趣味横生，让人忍俊不禁。从这可以感受到作者满满的幽默感，真佩服作者的超脱和创新思维。古人云：人之无趣，形同槁木；诗之无趣，其味如蜡。诚哉斯言！

同时，我们也可作哲言警句来理解，梨花院落的门口架有拱门，上书“愿天下有情人终成眷属”一行字。其实，这正是《西厢记》的主题思想、爱情观，当属《西厢》警句。当作者想爬墙的时候，看到或想到这一哲言警句时，突然明白了一个深刻的道理，这使对联的主题得到升华。作者为什么说要去效仿张生，就是为了表达对《西厢记》爱情观的共鸣，对天下有情人美好愿景的祝福，体现了作者心系天下的博大胸襟！

通过这样一分析，我觉得联中的“蓦然抬俗眼”的“俗”字也颇有蕴涵，表面上是作者自谦，实际上饱含复杂的情感，寄意深刻！我们绝大多数的人都生活在现实的“世俗”之中，相对于《西厢记》这种纯洁的爱情，我们的爱情观难免会打上世俗的烙印，所以当我们用世俗的眼光在这里看到“愿天下有情人终成眷属”这一警句时，才深受启发，深受教育，突然发现自己太俗了。由此看来，不同的人来到这里，想法也会不同。看问题的角度不同，得到的结论也就不同了。

整副对联构思独辟蹊径，立意高远，情趣中彰显深厚的内涵，寄意深刻却又生动活泼，给读者留下无穷的回味。

（原载2020年9月8日《运城晚报》和《对联》杂志2020年第10期）

名师教我改对联

蒋春芳

湖南邵阳市楹联学会《邵阳对联》微刊第110期的征联如期而至，这期的微刊为我们推介的是，隆回县虎形山瑶族乡的大托石瀑。这个石瀑实际上是一座宽1000多米、高500多米的独体巨石，远观像瀑布飞流，所以称之为石瀑。

看到这个题目，我立即在脑海中检索出有关瀑布的古诗，首先想到的是李白“飞流直下三千尺，疑是银河落九天”的诗句。在对联创作中，当不知如何着手时，看看与之相关的古诗，借鉴诗中的修辞，化用诗中的词汇，也不失为一种好方法。诗中的“银河”二字，立马让我想到牛郎织女的传说，于是，构思有了初步的轮廓：神话故事中，银河是王母为阻牛郎织女相逢，拔下头上金簪，划下一道横亘于两人之间的天河，织女是神话中的织纴女神，花瑶女子也善挑花，二者似乎揉和成一个美好的意境。因而初稿生成了一半：

王母划簪，银河无声落瀑；

织娘纺布，□□□□□□。

名胜楹联创作，要找准所写之景的主要特点。大托石瀑，状若瀑布，这是它最显著的特点，当然，也只是状若瀑布飞流罢了，却没有瀑布激荡之声，所以把“无声”用到对联里去，石瀑就有别于一般的瀑布了，特点更加凸显，也算是有意设置的“亮点”吧。我思忖了会儿，又觉得不太好对，且平仄失替，于是改成“银河陡泻无声溅”。碍于初学对联，鉴赏水平有限，不知道如何表述得更为妥帖。犹豫疑惑间，我拿着这个初步的构思，向楹联名师邹宗德先生讨教去。邹老师指出，“陡泻”一词欠妥帖，“溅”字欠形象，改成“银河倾泻无声瀑”如何？老师说话总是那么谦虚，当然也是示意我去思考。老师修改的句子既妥帖又灵动，我自然喜不自禁。于是，我再思索下边的后一分句：织女善织与花瑶女子的挑花，似乎有一种奇妙的关联，将两者融合起来，对联不就更“切”了吗？我想，织锦和挑花都是有色的，用“有色”对“无声”，对仗工整，视听结合，想必是不错的。那么，“银河”又该对个什么词呢？“银”属颜色类，也可作金属类。有了，女子挑花，织女纺布，皆凭一双玉指拈针挑线，正是“花随玉指添春色”也。“玉指”对“银河”想必不错，于是，下边第二分句便应运而生了：“玉指挑开有色花”。

对联基本成型后，再仔细检查是必不可少的步骤。逐字推敲，觉得“王母”对“织娘”虽然是名词对名词，不能算合掌，但“娘”与“母”相对，总觉得碍眼，便将“王母”替换为“西姥”。至此，一副完整的对联便出笼了：

西姥划簪，银河倾泻无声瀑；
织娘纺布，玉指挑开有色花。

大功告成，我兴致勃勃地发给邹老师，请他给我把把关。邹老师鼓励我说：“你的想象力丰富，有审美力和创新意识，构思是不错的，很有艺术的天赋，只是需要查一查‘织娘’和‘有色花’这两个词语有没有出处？”邹老师还告诉我，对联创作中，炼字是很重要的一环，应反复推敲，用最贴切最精炼的词语来表情达意，而炼意是前提，讲究的是新而妥，奇而确。一语惊醒梦中人，联意需得流畅，应避免生造词语。然而,除了“有”以外,哪里找得到这样工整的词来对“无”呢?我的思路一时滞留不前,闭塞不通了。邹老师对初学者的心态十分了解,体贴入微,让我如沐春风。他提醒我道:“当思路阻滞的时候,不妨换换角度,不通之路未必非走不可。没有‘有色花’这个词,有七色花呀!”这番话点化了我,便尝试着转换思路。没过几分钟,邹老师即给我发来了他的修改稿:

西姥划簪,银河倾泻千寻瀑;
南天纺布,虹女挑开七色花。

我被老师的修改稿震撼了,激动地品味起它的妙处来。它不但保留了我原来的构思,而且更加工整了,画面更加美了。“南天”对“西姥”属于方位词相对,“虹”对“银”仍然是颜色词相对,“七”对“千”是数词对。真是匠心独运,妙手偶得啊！石壁上开出七色花,那么,是什么样的可人儿挑出这么美丽的绣品呢?七色绚丽纷呈,非七彩的长虹御针不可。“虹女”一词,可谓绝妙,《类说》卷四十引焦潞《稽神异苑·虹化为女子》:“《江表录》:‘首阳山有晚虹,下饮溪水,化为女子。’明帝召入宫,曰:‘我仙女也,暂降人间。’帝欲逼幸,而有难色,忽有声如雷,复化为虹而去。”后以“虹女”称美人。这里一词双关,既指仙女(织女),又指瑶女,真是巧夺天工。霓虹映在绝壁之上,异彩纷呈,似花瑶的女子在挑花,挑出了七色花儿。这一奇特的想象,真是太唯美了！只是这样一来,为对“七色花”上联也应“随机而变”,故而改为“千寻瀑”,虽然舍弃了“无声”的特点,却增添了“千寻”之壮丽,好妙的心思啊！暗自钦佩邹老师的发散思维和遣词属句的高超手段。老师毫不保留地教给我创作的细微思路,这是书本上学不到的。真是

"听君一席话,胜读十年书"啊！老师无私地教我,我也不敢独享,特把这些思路原原本本地记录下来,分享给和我一样的初学联友们。

（原载2021年2月26日《中国楹联报》）

名师教我“炼字”

蒋春芳

炼字之于对联创作，犹如画作之点睛之笔。

我的老师邹宗德先生在《对联快速入门》中说：“联语用最凝练的语言，诠释着最深刻的内涵；用最单纯的色彩，演绎着最绚丽的画卷。诗联者，本为最精炼之文学体裁，故下字稳当与否至关作品好坏，水平高低，甚至可窥一字而见全篇也。”笔者在创作题城步峒茶秘境一联时深有体会。

城步峒茶秘境，位于湖南省城步苗族自治县汀坪乡南境与广西交界的边陲。峒茶采天地之灵气、日月之精华，与天地山川共芳华，由于树形高大，须登梯采摘，又称“云中采茶”。

“清明谷雨两相连，苗家阿妹采茶忙。”茶园海拔高，苗家阿妹着长衫，在茶园中轻盈穿梭，山间烟霞时起，仿佛置身云天。或采茶放歌，或哼曲徐归，烹上一盏清茶，漫山的灵气也一并煮入壶中了。山歌悠远，茶香醇和，集苗歌之神韵、峒茶之气韵，互相交织，如音律绕梁，在宾主耳畔和唇齿间萦回……怎会不令人神魂颠倒呢？联想到这一情景，我写下了初稿：

云天摘碧回，轻裾曼妙染霞晕；
苗曲和茶煮，余韵悠长勾客魂。

感觉我只是在词汇的海洋中淘取一块原石，要想成为玉石，一定需要经过打磨和雕琢，也需要专家品鉴，于是我把这块原石交给邹老师鉴定去。

待我再拿到这块石子时，它已焕然一新，俨然是流光溢彩的玉石。修改作品如下：

苗曲烹茶，余韵悠长留客醉；
云天摘碧，轻裾曼妙染霞回。

我端详着这经雕琢之后的联句，老师妙手一点，并未大刀阔斧，只更改了语序和个别字词，22个字的对联，还保留了我原稿中的19个字，实际上只换了“烹”“留”“醉”三个字，其它的字都是我原稿中的。这样一改，却犹如女子一张素面，化了个“淡妆浓抹总相宜”的靓妆，顿时令人眼前一亮，赏心悦目。

邹老师将“勾客魂”改成了“留客醉”，苗家留客，沏峒茶以待，茶韵醉人，曲韵醉人。我起先写下“勾客魂”一词时，也觉不妥，令人感到一层妖魔摄人心魄的可怖意味了。一盏茶就勾走人的魂魄，夸张得有些过分，不贴切。原想表达茶之味、曲之韵，味觉与听觉交错相通的美感，不论是山中之“客”，外来之“客”……一概沉醉于这神秘而清幽的峒茶秘境之中了。多亏一个“醉”字解了我的窘境，遣词用字准确、妥帖，恰是炼字之灵魂。

关于下联，老师说“染霞晕”一词欠“平易”，宜将前一分句的“回”，替代最后一字，于是成了“云天摘碧，轻裾曼妙染霞回”。少了一个字，多了一份自然，也更有画面感。只调动了一字的位置，形象大不一样。此处似应将“着一字，而境界全出”改为“移一字，而境界全出”也！

如此一来，上联的前一分句要和“云天摘碧”相对，相应地将“烹茶”替代“和茶煮”，少一字，更觉精炼。同时考虑到对联的上联尾字应为仄声字，下联的尾字应为平声字，将上下联位置予以置换，方显稳当。

品味至此，我不由想起清人贺贻孙的话："炼字炼句，诗家小乘，然出于名乎皆臻化境，盖名手炼字炼句，如执杖化龙，蜿蜒腾跃。一句之灵，能使全篇皆活；一字之警，能使全句皆奇。"祝各位联友也能寻觅到炼字的"一字之妙"。

（原载《对联》杂志2021年第10期）

老师为我改对联

杨大强

位于隆回司门前的吉山,原名丫髻山。海拔1140米左右,古隆中四大名山之一。远观山峰宛如仙女婷婷玉立,极象仙女的发髻,因此得名丫髻山,这里流传着一个古老的神话故事,在山腹中有一块巨石,原石为一整体,大如小山包,后来七仙女下凡,在石头上种了一颗桃树,桃树扎根石中央,随着桃树慢慢长大,石头一分二,就成了今天的样子。桃树历经千年以来,只见开花,未见结果,也许真如瑶池仙桃一样,千年开花,千年结果。传闻七仙女下凡和董永所生的儿子,为了寻母,遍访名山,行至此地仙桃树下羽化成仙。也就是现在的太平寺中供奉的乌护真仙。我观吉山胜景,全在仙桃一石,每至春归风暖,石绽桃花,香飘百里。燕舞莺歌,蜓飞蝶逐,文人墨客,竞相吟哦,仁人异士,络绎不绝;欢声笑语,此起彼伏,气象万千,超然世外。最近,我有幸应吉山村委之邀为丫髻山仙桃石撰联。

名胜联创作要求较高,中国楹联学会学术委员会副主任、中国联坛十秀、湖湘楹联七子之一的邹宗德先生多次指导我,写联要独辟蹊径,联意要含蓄蕴藉,语句须超群拔俗。于是,我首先想到的是丫髻山的远观形象,它宛如一位伫立在云雾中的仙女;其次是眼前这颗神奇的仙桃树的形象,想到了雨中桃花的美丽。初稿便油然而生:

乱云丫髻三千丈;
夺目桃花九百年。

考虑到桃树是从石缝中长出来的,于是改为:

乱云丫髻三千丈；
微雨桃花九百年。

思前想后，总觉不妥。于是请教于邹宗德老师，邹老师指出，“乱云”不美，“微”字可酌，因为桃花不可能总是在微雨之中。接下来，我又想到了“沐”，“细”等字，也没跳出“细雨”的这一种思路，都不如意。索性再改，改成了：“乱云丫髻三千丈；破石桃花九百年。”“云缠丫髻三千丈；石育桃花九百年。”邹老师批示：“破石不美，有歧义，表意不准确，缠和育也欠妥帖，还可再酌”，我再想到了“逊”“孕”等词语，总觉得不合情理。自己都不如意，何况读者呢？而景区又急于雕刻，我搜肠刮肚，感觉自己黔驴技穷了，干脆请老师修改算了。不到几分钟，邹老师就给我改好了：

云萦丫髻三千丈；
石绽桃花九百年。

邹老师仅仅改动了两个字，联语顿时生色了，老师用词之精准灵活让我钦佩不已。这“萦”和“绽”本来不是什么难字，我也认识，但为什么我就想不到呢？是我的书读得不够吗？我的书是读得不多，但这个问题又似乎不是，因为不是什么高深的典故。“诗有别才，无关书也”。归根结底，还是我的艺术修为不够。我欣喜若狂，茅塞顿开，如拨云见日。一个“萦”字，一个“绽”字激活了全联，特别是一个“绽”字，将石头绽开和桃花绽开都表现出来了，让局面宏开，实乃点睛之笔呀！真是一字之差，意义相差万里。老师数年如一日，对我无私的教导，我铭刻五内。仙桃石联刻的是我杨大强的名字，其实功劳是老师的，我岂敢独居？特将老师的指点过程分享给大家，供和我水平相差不多的联友共同学习。

（原载2022年1月14日《中国楹联报》和2022年1月15日《中华楹联报》）

第十二章　对格六十一种

对联辞格是对联的修辞技巧。是指属对过程中，在用字、遣词、造句等方面利用各种语言技巧，以达到尽可能好的表达效果的一种语言活动。包括它表述意义的准确性、谐趣性、通融性和感染力。楹联在长期的发展过程中，其格式、体律逐渐完备，修辞技巧很多。其它文体所使用的修辞手段和方法，特别是诗词中的对偶辞格几乎都可以运用于对联。另外，其自身还具有一些特殊的修辞方法，这些修辞方法能够起到强化对联主题、增强对联表现力的作用。在对联中，往往一个字就是一个词，所以用字的技巧也有很多讲究，使之能表达更丰富的内容。对联的用字技巧是根据汉字的音、形、义的特点而生发的，由此产生的名堂和花样是人们孜孜以求、津津乐道的东西，既是联家借以彰显自己高明之处的手段，又是“刁难”他人的法宝。可以说，一个不懂得修辞技巧的人，是难以对出令人叫绝的对联的。20世纪30年代，清华大学教授、著名历史学家陈寅恪在给友人的信中说：“能对对子，才能分辨虚、实词，才会区别平仄声韵，对子作得好坏，可以看出一个人读书的多少，语汇之贫富以及思维、逻辑能力等。”本书只简要地介绍一下对联中独特的一些辞格，一般文体所通用的辞格，如比喻对、数字对、夸张对、设问对、顶真对、用典对、对比对、借代对、比拟对、排比对、双关对等等在此不一一论及。

一、串对

又叫流水对。一般的对联，上联和下联是平行的两句话，各自意思完整。但也有的对仗上联和下联之间往往一气呵成，分别独立来读没有意义，至少是意义不全。这种对联如流水一般，它的前后两个句子通常表承接关系，在意义上有连贯、因果、条件、转折等关系。一副对联从形式看是两句话，但意思并不互相对立，实际上是一整句话分成两句来说。也就是这两句话在理解时应该是如同流水般一气贯穿下来。所以叫做流水对或串对。关于流水对，有这样的说法："古人律诗中之流水对，常为难得之佳联，即因其一气呵成，畅而不隔，如行云流水，妙韵天成也。"如：

未出土时先有节；
纵凌云处也无心。（清郑板桥联）

此联按照竹子生长的先后顺序来写。

直登云麓三千丈；
来看长沙百万家。（长沙岳麓山联）

首先要登上岳麓山，才能看到长沙百万家。

已过三万八千日；
方知四十九年非。（古人五十自寿）

上下边也是一种顺承关系。

明知落凤存先帝；

甘让卧龙作老臣。(四川白马关庞靖侯祠联)

这副对联上联写庞统的牺牲精神,下联交代牺牲的动机。也是一副很好的串对。

二、正对

又称真对、的对。对联中上下两句角度不同,意思互相补充,内容相近或相关,上下联各言其是,两句并列,但两者又形成十分和谐统一的整体。如:

两岸晓烟杨柳绿；

一园春雨杏花红。(清车万育《声律启蒙》)

上下边分别写春天不同的景色。

阅尽人情知纸薄；

踏穿世路觉山平。(古格言联)

上下边阐述两个同类的人生哲理。

近水楼台先得月；

向阳花木早逢春。(古格言联)

上下边采用两个同类的比喻。

山势巍峨，翩鸟不能越过；
崖壁峻峭，飞猿亦苦攀登。（某地摩天岭联）

上下两联都是讲摩天岭的高峻。上联极言其高，下联极言其峻。两联的意思是互为补充的。

月波潋滟金为色；
风濑琤琮石有声。（颐和园谐趣园知鱼桥）

联语都是写桥下之水，上联写水之色；下联写水之声，上下联互为补充，有色有声。

三、反对

所谓反对，顾名思义，就是上下联意思相反。因为内容相反，就形成了上下联的鲜明对比，引人注目，能收到更好的艺术效果。如：

一味黑时犹有骨；
十分红处便成灰。（清徐宗干咏炭联）

此对联描述的事物是煤，上下联分别描述了煤的两种形态。又如：

贫穷说话牙无力；

富贵骄人鼻有声。

“贫穷”对“富贵”、“无力”对“有声”，对比鲜明，亦为对比修辞。

未许田文轻策马；

愿闻老子再骑牛。（河南灵宝函谷关犹龙阁联）

说“未许”者，显因鄙视孟尝君鸡鸣狗盗的伎俩。说“愿闻”者，是希望这样的事能再次发生。两联的意思就相反相成。

苟有恒，何必三更眠五更起；

最无益，莫过一日曝十日寒。（明代学者胡居仁自勉联）

上联正说，下联反说，把治学之道阐述得十分透彻。古人将反对也叫背体对，背体对一名，首见唐皎然《诗议·诗有八种对》，曰：“背体对，诗曰：‘进德智所拙，退耕力不任。’”“进”“退”为反义词。又如唐崔曙《途中晓发》：“云轻归海疾，月满下山迟。”“疾”与“迟”互为反义词，相互对偶，造成背体对。

古人认为反对为优，正对为劣。因为正对，常易犯“合掌”之忌，而反对，不会犯合掌之忌；正对要拓开思路较难，通常都顺着上句下去，而反对则至少要从反向着眼，很容易拓开思路。古人从多数例句进行过考察，也结合自身的体会，自然得出了“反对优于正对”的结论。所以对联中的反对很多，如：

袖里笼花，小子暗藏春色；
堂前悬镜，大人明察秋毫。

此联一说是明代解缙对父亲联，一说是清代梁启超对父亲联。“小”与“大”、“暗”与“明”、“藏”与“察”互为反义词，相互对仗，是为背体对。

四、逆挽对

逆挽对，是指对偶两句语意有先有后，把后发生的先说，先发生的后说，两句前后语意顺序颠倒。将未发生的事先写，是因为此事重要，能够一开始就给人一个强烈印象；把先发生的事在后面写，既可以衬托出句，介绍前事产生的原因、背景。凡违背时间先后顺序或事物发展因果关系写出的对偶句，就好像逆水行舟一般，其间阻碍甚多，行走也十分困难，所以一定要请人助力，拉纤挽绳。“此日六军同驻马，当时七夕笑牵牛。”（唐李商隐《马嵬》）这种对格与流水对相反，如清纪晓岚联：

今日门生头叩地；
昨宵师母脚朝天。

上边写“今日”，下边写“昨宵”。

又如温庭钧《苏武庙》颈联：

回日楼台非甲帐；
去时冠剑是丁年。

回朝进谒楼台依旧，甲帐却无踪影；奉命出使加冠佩剑，正是潇洒壮年。离开时“冠剑”持节，“丁年”去国，可惜回朝之际，“楼台”已“非甲帐”了。

五、互成对

互成对是指一句之中连用两个同类或近类词语，再两两对举的偶对格式。可以将其分为实字互成对、虚字互成对和虚实互成对三种。这实际上是当句对的一种。

> 山河千古在；
> 城郭一时非。

此为宋文天祥《南安军》中诗句，“山”与“河”相对，“城”与“郭”相对。

> 正邪自古同冰炭；
> 毁誉如今辨伪真。

此为杭州西湖岳墓联。“正”与“邪”，“冰”与“炭”，“毁”与“誉”，“伪”与“真”皆单字自对。

向宝幼时应对塾师联：

> 日月两轮天地眼；
> 诗书万卷圣贤心。

"日"与"月"、"天"与"地","诗"与"书"、"圣"与"贤"分别相对。

六、谐音对

利用汉字语音相谐的特点创作出来的联语。谐音对有两种情况。一种是谐音字全部在联语的字面上,如明代才子唐伯虎对画儒张灵句:

贾岛醉来非假倒;
刘伶饮尽不留零。

"贾岛"和"假倒"读音相同,意思不同。贾岛酒量不好,说自己不是假倒,而是真醉了;"刘伶"与"留零"谐音,刘伶是竹林七贤之一,酷爱饮酒,"刘伶饮尽不留零"正是取其饮酒必尽之意。

鸡饥盗稻童筒打;
暑鼠凉梁客咳惊。

此联传说是宋代贾仁赴京赴考途中,见几只鸡偷食稻谷,被儿童用竹筒赶走,他灵机一动,吟出上联;后来,在一个夏日的中午,他躺在旅店的床上休息,忽然一阵咳嗽,几只在屋脊上嬉戏的老鼠受惊躲了起来,于是灵机一动,脱口对出了久思不得的下联。上例中上、下联各用了三组谐音字。

童子打桐籽，桐籽不落，童子不乐；
麻姑采蘑菇，蘑菇真鲜，麻姑真仙。

上下边各用了两组谐音词，其中有一组重复使用。

第二种情况即部分谐音字不体现在字面上，下一联传说是解缙对某友联：

船尾拔钉，孔子生于舟末；
云间闪电，霍光出自汉中。

上联字面上是钉孔打在船尾，谐音寓意孔子生于周末（周朝末年），下联指闪电光舞动于天空（汉为云汉的意思），寓意汉光武帝是汉朝的中兴之主，或者说汉光武帝是两汉时期的人。“舟”谐“周”，“霍光”谐“火光”。

顺风帆逆风帆，帆迟帆快；
涨潮橹退潮橹，橹直橹扳。

此联传说为祝允明（枝山）对某友联。“帆迟”谐“樊迟”，孔子弟子；“帆快”谐“樊哙”，汉初大将；“橹直”谐“鲁直”，宋黄庭坚字；“橹扳”谐“鲁班”，古代巧匠 。祝枝山《猥谈》载陈恰八岁时对父联也有几分相似：

两艇并行，橹速（鲁肃）不如帆快（樊哙）；
八音齐奏，笛清（狄青）难比箫和（萧何）。

七、变读对

利用汉语词汇中同音异字的特点作联，从与联句同音的字中理解作另一种或几种含义，但这种含义必须通过语气、节奏的变化来实现，否则就是谐音对或双关对。如唐李群玉应塾师对：

庭前种竹先生笋；
庙后栽花长老枝。

如果只凭读音的节奏和语气变化可以理解为“庭前种竹先生损”、“庙后栽花长老姿”或“庙后栽花长老知”。它与双关有相似之处，但双关是利用语音语意特点故意使联句具明暗双重含义，字面是一层意思，但仔细琢磨又有另一种意思。而变读格的特点在于变读即能玩味出另一层意思。明冯梦龙《古今谭概》和清褚人获《坚瓠集》中有联曰：

栗绽缝黄见；
藕断露丝飞。

出边说炒栗，绽缝裂壳得见栗黄，谐音暗寓“凤凰现”。对边举席间食品，藕茎折断，藕丝飘飘，同样谐音暗喻“鹭鸶飞”。读本义时节奏应该是“栗绽缝/黄见，藕断/露/丝/飞”，变读时节奏稍有不同：“栗绽/缝黄/见，藕断/露丝/飞”，重点落在了“缝黄”和“露丝”上，变成了“凤凰”和“鹭鸶”。

因荷而得藕；

有杏不须梅。

“荷”“藕”“杏”“梅”另有谐音，形成第二层意思：

因何而得偶；

有幸不须媒。

这也是作者要表达的主题所在。字面上的文字是手段，第二层意思才是目的。

一担重泥拦子路；

两行伕子笑颜回。

此联一说是宋代苏轼对农夫句，一说清代李调元对农夫句。联中“重泥”谐音“仲尼”，“伕子”谐音“夫子”，所以这两处属于谐音。子路、颜回又分别是孔子的两个弟子的名字，而“拦子路”中，子作你的意思，即“拦你的路”，节奏出现了变化；“笑颜回”中，颜作面容的意思，即“欢颜而回”，节奏也出现了变化。

还有一种变读对，它是根据多音字多义字的特点进行变读，如豆芽店联：

上联：长长长长长长长

下联：长长长长长长长

根据汉字“长”的一字多音和一字多义的功能，取“长”字的两种读音和引申的两种含义：一是取“长”字读平声(cháng)，表意为长短的“长”；二是取“长”字读仄声(zhǎng)，表意为生长的“长”。据此，这副以“长”字组成的对联解读为：

上联：长长长长长长长(cháng zhǎng cháng zhǎng cháng cháng zhǎng 平仄平仄平平仄)

下联：长长长长长长长(zhǎng cháng zhǎng cháng zhǎng zhǎng cháng 仄平仄平仄仄平)

变读对与双关对的区别在于变读对中有同音异字，而双关没有。从前，广东有个县令叫叶初春，为人刻毒，百姓恨之入骨。一年元宵节，灯棚上有一联曰：

霜降遭风，四野难容老叶；

元宵遇雨，万民皆怨初春。

此联是双关对。“老叶”“初春”都是一语双关，但没有同音异字，故不是变读对。

变读对与别解对的区别，变读对一定要通过变读，包括声音、声调、语气和节奏的变读，而别解对不用变读。

八、析字对

就是将一个字的偏旁、笔画拆开或者拼合或者省略使用，以出新意和趣味。析字可分为解字、拆字、合字和离合字四种情况。

解字就是通过对某一字的字形进行分析，对字义进行解释，创作成联。相传古时有一位姓尤的医师应对一位姓史的塾师，互相以自己的姓析字为对：

尤郎中直脚便为犬；
史先生脱口不成人。

上边对“尤”字与“犬”字的形态特点加以分析，下边对“史”字与“人”字形态的特点加以分析，以产生谐谑。又如：

若不撇开终是苦；
各自捺住即成名。

上边说的是“若”这个字的撇，如果不撇出去的话就会变成“苦”字；下边说的是“各”这个字的捺笔，只有收得住才是一个“名”字，总体来看一撇一捺就是一个“人”字，所以横批就是“撇捺人生”。又如传说无名氏联：

钱有二戈，伤坏几多人品；
穷只一穴，沉埋不少英雄。

上联解“钱”字，下联解“穷”字。解字有时甚至可以只讲一个字的一部分。例如：

冰冷酒，一点 两点 三点；
丁香花，百头 千头 萬头。

这副对联传为乾隆皇帝和刘墉游独乐寺时所题。上联只讲头三字的左边，下联只讲头三字的上部。一点、两点、三点，是说“氷”（而今写作“冰”）是一点水，“冷”是两点水，“酒”是三点水。百头、千头、萬（万的繁体字）头，是说“丁”是“百”字头（“一”），“香”是“千”字头（“丿”），“花”是“萬”字头（“艹”）。

拆字就是将一个或数个独立的汉字拆成若干个独立的汉字，并用所拆之字完成和表达一个完整的意思。这也是化整为零的手段。《杨文襄公遗事》记载，相传明代内阁首辅杨一清（号邃庵）在翰林时，应对一学士联：

鸿是江边鸟；
蚕为天下虫。

鸿是由江、鸟二字组成，蚕是由天、虫二字组成。一是左右结构，一是上下结构。一作鸟，一作虫，江对天，可为严对之例。又如古代某李氏女骂浪荡子方氏兄弟联：

李氏姑娘，腹怀十八子；
方家子弟，头断一万刀。

李字由“十八子”组成，“方”字上边一点是“头”，下边是“万”字，“万”字又由“一”字和“刀”字组成。

一般拆字联多将所拆之字嵌入联内，使人一目了然。但也有的不嵌所拆之字，暗藏机关，需要细心琢磨，方悟其意。例如：

有水有田方有米；

添人添口又添丁。

这是一副潘、何二姓婚联。作者在姓上大作文章，而且拆字所组之意既合理又吉祥。融汇得体，准确无误。上联是“潘”字的拆字，下联是“何”字的拆字，真是妙趣天成。

合字也叫拼字，就是将两个或若干个汉字合成一个字，做到内容贯通并将所组合的文字巧妙地组成联句。《要谈经》上记载了一副郑板桥对樵夫联：

此木为柴山山出；

因火成烟夕夕多。

“此木”组成“柴”字，“山山”组成“出”字；“因火”组成“烟”字，“夕夕”组成“多”字。且句意也理解得通。又如古戏台联：

虚弄干戈原是戏；

又加装点便成文。

戏的繁体字可拆开为“虚、戈”，又上加一点就是一个“文”字。袁世凯称帝时流传这样一副讥讽联：

或入園中，拖出老袁还我國；
余行道上，不堪回首问前途。

上联“園”和“國”都得用繁体才能表示出来。拖出“園”字中的“袁”，换成“或”字，就成了“國”字，而且含义十分深刻。下边亦然。

离合对，是指联文中的字时而由两个以上的字合为一字，时而由一字拆成两个以上的字。也就是拆字对和合字对同时蕴于一联之中。明胡震亨《唐音癸签》卷二十九说：“离合，字相拆合成文，始汉孔融。”如流传很广的一副古绝对：

妙人儿倪家少女；
混小子孙氏三昆。

“妙”拆为“少女”，“人儿”合为“倪”；“混”拆为“三昆”（昆，兄弟），“小子”合为“孙”。又如某善对神童对一位叫冯驯的知府联：

伊有人，尹无人，伊尹一人元宰；
冯二马，驯三马，冯驯五马诸侯。

伊尹是商初大臣，被后人尊之为中国历史上的贤相。古代官员乘马车，县令以上用四匹马拉车，知府的车再加一马。“伊有人”即“伊”字有人字旁，“尹无人”即“尹”，是“伊”没了“人”字旁；“冯二马”即“冯”由“二”字（两点水）和“马”字组成，“驯三马”即“驯”由竖写“三”字和“马”字组成。“冯驯”二字共五匹马。冯驯是知府，故乘的是五马车。

九、衔字对

衔字对，即同一个字在句中连续使用，再两两相对的格式，但又不构成重叠关系，而是互相衔接。衔字对与连珠对相近而不同。连珠对中所用的叠音词，是一个词，不是两个字；衔字对中用的是两个字，不是一个词。如清末杭州西泠印社创社人之一叶铭撰题孤山四照阁联：

面面有情，环水抱山山抱水；
心心相印，因人传地地传人。

前面的“面面”和“心心”是重叠关系，后面的“山山”和“地地”则是衔字对。又如杭州西湖“断桥残雪”联：

断桥桥不断；
残雪雪未残。

“桥桥”“雪雪”就是衔字对。无锡双忠祠有一联曰：

国士无双双国士；
忠臣不二二忠臣。

“双双”“二二”也是典型的衔字对。清梁章钜《浪迹丛谈》中载一衔字对：

无锡锡山山无锡；
平湖湖水水平湖。

上边两个“锡”两个“山”衔接，下边两个“湖”两个“水”衔接，自然流畅，灵动生趣，有节奏感和回环美。又如讽某贪官联：

早去一天天有眼；
再留此地地无皮。

上联两个“天”字衔接，下联两个“地”字衔接，构成衔字对，使讽刺之语更加辛辣。

十、掉字对

掉字对，是指一句之中两个相同之字彼此间隔连用，再两两相对的格式。如杨大年对寇准联：

水底月为天上月；
眼中人是面前人。

联语中的“月”字和“人”字属于掉字。又如郭沫若题蒲松龄纪念馆联：

写鬼写妖，高人一等；
刺贪刺虐，入骨三分。

“写”和“刺”分别在上下边异位重复，属于掉字对。掉字对也可以两个单字彼此间隔连用的，如清曹雪芹题《红楼梦》太虚幻境联：

假作真时真亦假；
无为有处有还无。

此联中上边的“假”“真”和下边的“无”“有”在联中交错运用而构成交错重言。“假”“真”、“无”“有”属于掉字对。也有双字连用掉字的，如清骆照题保定浙绍会馆戏台联：

别馆接莲池，谱来杨柳双声，古乐府翻新乐府；
故乡忆梅市，听到鹧鸪一曲，燕王台作越王台。

联语中的“乐府”“王台”就是掉字。

十一、复辞对

复辞，亦称“重言”“复说”，制联手法谓之绞连，修辞学则称为“反复”。这种对联要求联中有一个或几个字（词）按一定的规律重复出现，以满足突出某种感情或表现某种内容的需要。复辞与叠字、衔字，既同且异，相同之处是某些字词需重复出现。不同之处则在于：叠字、衔字联重复出现的字必须紧紧相连，中间不得分开，而复辞联则正好相反。与掉字对也有区别，掉字对只有两个相同的字间隔连用，而复辞对是三个或三个以上相同的字间隔连用。相传，有一次，苏轼来到一座寺庙中休息。庙里主事的和尚见苏轼衣着平常，对他很冷淡，随便说了声“坐”，又对小和尚说：“茶！”待与苏轼交谈后，和尚觉得苏轼才学过人，来历不凡，便将苏轼引至厢房中，客客气气地说道："请坐"，并又对小和尚说："敬茶。"后来和尚才知道来客竟是大名鼎鼎的苏东坡，顿时，肃然起敬，连忙作揖，说道："请上坐"，让苏轼进客厅，并吩咐小和尚说："敬香茶。"茶毕，和尚恭请苏轼为寺庙题联，苏轼淡然一笑，挥笔写道：

坐，请坐，请上坐；
茶，敬茶，敬香茶。

和尚看后，顿时面红耳赤，羞愧难当。此联上下边的"坐""茶"分别重复三次。

《儒林外史》第二十二回中万雪斋家的"慎思堂"大厅里挂着这样一副对联：

读书好，耕田好，学好便好；
创业难，守成难，知难不难。

上边四个"好"字间隔连用，下边四个"难"字间隔连用。

广东榕城关帝庙联曰：

师卧龙，友子龙，龙师龙友；
弟翼德，兄玄德，德弟德兄。

上联中"师""友"二字各两次复用，"龙"字四次复用，下联中"兄""弟"二字各两次复用，"德"字四次复用。巧用了刘备、张飞、赵云的字，诸葛亮的号，强调了关羽其人，师友均非一般，兄弟都是贤德之人。又如另一副关帝庙联：

赤面秉赤心，骑赤兔追风，驰驱时未忘赤帝；

青灯观青史，仗青龙偃月，隐微处不愧青天。

联中“赤”“青”分别复用四次。还有词组复用的情况，如阮元贺刘文清太夫人寿联：

帝祝期颐，卿士祝期颐，合三朝之门下，亦共祝期颐，海内九旬真寿母；

夫为宰相，哲嗣为宰相，总百官之文孙，又将为宰相，江南八座太夫人。

“祝期颐”“为宰相”分别在上下边复用三次。

十二、同字对

用三个以上相同的字开头或收尾，并列组句，这种手法称为同字对。它形式上如排比一般，有气韵通贯、遣字巧妙、节奏畅快的美感。大致可分为语首同字和词尾同字两种。

词首同字。如古春联：

春风春雨春色；

新年新景新家。

此联中三个“春”字和三个“新”字属于词首同字。同字对还可以与其他对格同列，如唐伯虎联：

十口心思，思国思君思社稷；
八目尚赏，赏花赏月赏秋香。

此联既是析字对，又是同字对。三个“思”和三个“赏”属词首同字。

词尾同字。明代东林党人顾宪成撰江苏无锡东林书院联曰：

风声雨声读书声，声声入耳；
家事国事天下事，事事关心。

联中前三个“声”与“事”便属词尾同字。这种同字对也可以与其他对格同列，如：

蔺相如、司马相如，名相如，实不相如；
魏无忌、长孙无忌，彼无忌，此亦无忌。

这个同字对同时又嵌入四个人名，属于嵌字对，后边又将名字运用转类手法，属于转品对。

十三、嵌字对

嵌字对就是把专用名词镶嵌到对偶两句中的格式。嵌字正格有七式，任取二字分嵌：

(1)鹤顶格(又称冠顶格、凤顶格、虎头格、嵌头格、冠首格),即将所要嵌的两字分嵌于上下联之第一字,所谓一唱也。

(2)燕颔格　即将所要嵌的两字分嵌于上下联之第二字,所谓二唱也。

(3)鸢肩格(又称鹿颈格)　即将所要嵌的两字分嵌于上下联之第三字。所谓三唱也。

(4)蜂腰格　即将所要嵌的两字分嵌于上下联之第四字(中间一个字)。所谓四唱也。

(5)鹤膝格　即将所要嵌的两字分嵌于上下联之第五字。所谓五唱也。

(6)凫胫格　即将所要嵌的两字分嵌于上下联之第六字。所谓六唱也。

(7)雁足格(又称燕尾格、鱼尾格、坐脚格),即将所要嵌的两字分嵌于上下联之第七字(也是最后一字)。所谓七唱也。

嵌字别格比较多,常见的有以下一些:

(8)魁斗格　即将所要嵌的两字分嵌于第一字及第十四字,即上联的第一字(头一个字)和下联的最后一个字(第七字)。

(9)蝉联格　即将两题字分嵌于第七字及第八字,即嵌入上联的最后一个字(第七字)和下联的第一字。

(10)鼎峙格　就是将所要嵌的三个字任嵌上二下一,或上一下二,但不能相对,不许相连,形成三足鼎的布局。

(11)鸿爪格　就是把要嵌的三字,两嵌上联首尾,一嵌下联中央(即第四字),或两嵌下联首尾,一嵌上联中央。

(12)双钩格　就是把要嵌的四字分嵌于两联首尾,可随意倒置。

(13)五杂俎　把要嵌的五字分嵌两句中,不连不对,亦有许可相连者，此须视字是否险窄而定。

（14）云泥格（又称鹭拳格），就是将所要嵌的两个字嵌入上联的第二字和下联的第六字，形如鹭鸶站立，两爪一立一蜷。也寓意云为天之下，泥为地之上，故又称云泥格。

（15）小鼎峙格　又名拱照、三角、三星，把要嵌的三字，两字分嵌上联正中一字之上下（左右），一字嵌下联正中。

（16）狗尾格　把要嵌的六字连串成词，各嵌两句之尾三字。

（17）流水格　把要嵌的四字分嵌两句之中，字序不可倒置。

（18）比翼格　又名双鹅格，即将两题字任意对嵌于联中，取比翼双飞之意，等于一唱至七唱。是鹤顶格、燕颔格、鸢肩格、蜂腰格、鹤膝格、凫胫格、雁足格的统称。

（19）碎锦格，又名碎流格，三字以上，分嵌两句中，不连，但可对。也就是将所要嵌的字随意嵌入上下联，不管在什么位置，也不管嵌入上下联的字数相等或不相等。可以说碎锦格是无格之格，所有没有办法说清是什么嵌字格的，都可归为碎锦格。

（20）四五卷帘　两嵌字分嵌上下联，一嵌第四字，一嵌第五字。

（21）三四辘轳　两嵌字分嵌上下联，一嵌第三字，一嵌第四字。

（22）小鼎足格　把要嵌的三字，两字分嵌下联正中一字之上下（左右），一字嵌上联正中。

（23）晦明格　又名柳暗花明格，在上下联中，欲嵌的两字一为明嵌，一为暗嵌，隐字面，明暗结合，一显一晦，别有一番风味。如晦明格嵌酒、花联："携酒与鱼游赤壁，随蜂伴蝶赏东篱。"上联明显嵌入了一个酒字；下联没有明说花，但是什么"随蜂伴蝶赏东篱"呢？自然是花，这实际是暗嵌了花字。

（24）碎联格　把要嵌的四字分嵌两句，每句两字，位置不限。

(25)睡珠格 把要嵌的四字,两平两仄嵌于两句之第四字及第五字,上联嵌字不可倒置,下联嵌字须要倒置。

(26)汤网格 就是将所要嵌的三个字,一嵌上联之首,两嵌下联首尾,或一嵌下联之首,两嵌上联首尾,嵌字据四角之三,形成网开一面之局。

(27)八叉格 取二字分嵌两句之打角,高下错嵌于上下句一、二或二、三或三、四等位置上,使所嵌字不得平行使用。

十四、回文对

回文对又称卷帘格,系使用适宜之词语,构成恰当的句子,使对联之全部或部分可以顺读、倒读、回环读,有回环往复的情趣。全部能倒读者,称作全回文或全卷帘、大卷帘;部分能倒读者,称作半回文或半卷帘、小卷帘。

(1)全回文

上下联顺逆同一,能分别倒读,倒读时字、义相同。1948年,美国驻中国特使马歇尔将军奉召回国,到南京接替他职位的是华莱士。当时南京报纸的新闻标题为:

马歇尔歇马;
华莱士来华。

这是一副绝妙的全回文联。又如厦门鼓浪屿腹浦的回文联:

雾锁山头山锁雾;
天连水尾水连天。

(2)倒转回文

上联倒转后作下联,如:

人过大佛寺;
寺佛大过人。

僧游云隐寺;
寺隐云游僧。

以上两联,传为纪晓岚所作。此类回文对仗比较宽松,甚至有同字相对,但它的核心是回文情趣,故忽略了对仗。有的甚至忽略了句脚的平仄,如天然居联:

客上天然居;
居然天上客。

(3)倒换回文

倒读后上下边颠倒互换。如广西梧州北山园观鲤亭有一副回文联:

禽鸣听耳悦;
鲤跃视神怡。

此联倒读后为:

怡神视跃鲤；
悦耳听鸣禽。

又如佚名题武汉龟山联：

迢迢绿树江天晓；
蔼蔼红霞海日晴。

此联倒读后为：

晴日海霞红蔼蔼；
晓天江树绿迢迢。

(4)谐音回文

用谐音字创作回文联，音能倒读，异义者不能倒读。如：

画上荷花和尚画；
书临汉帖翰林书。

又如云南通海秀山联：

秀山轻雨青山秀；
香柏鼓风古柏香。

(5)对应回文

联句中首尾词相互对应,但不能倒读。如某地半岭茶亭联:

半岭茶亭茶半冷;
空楼月夕月空留。

(6)局部回文。如青海某戏台联:

文中戏,戏中文,看戏看文各得雅趣;
调藏音,音藏调,听音听调皆有奇情。

上下边起首二句,均能倒读,其余则不能,故系半回文。又如山西隰县千佛庵联:

果有因,因有果,有果有因,种甚因结甚果;
心即佛,佛即心,即心即佛,欲求佛先求心。

此联也是起首两个分句回文。当然,也有特殊情况:

雪里白梅,雪映白梅梅映雪;
风中绿竹,风翻绿竹竹翻风。

这是宋代米芾所作的一副咏物联。此联是后一分句回文,且只是句意回文,字面又只有部分回文,不能倒读。

十五、回环对

相同或相似的词语回环排列，前者的尾是后者的首，后者的尾又是前者的首，有循环往复之趣。比如谚语“闻名不如见面，见面胜似闻名”。就是回环手法。如戏台联：

舞台小天地；
天地大舞台。

回环与顶真同中有异。相同之处在于：首尾用同一语词，互相衔接。不同之处在于：顶真的特点是“顶”而不回，其轨迹是直线，可用“甲→乙，乙→丙”来表示；回环的特点是“顶”而后“回”，其轨迹是圆周，可用“甲→乙，乙→甲”来表示。另外，回环都是整句，而顶真既可是整句，也可以是散句。

回环与回文也有同异。相同的是二者都采用词语的循环往复的形式。不同处是：回文强调顺读、倒读皆可，而回环则不能倒读。有一个关于回环联的故事，说的是，从前有一座庙，庙里住着一个尼姑。有一天，来了一个醉汉醉倒在庙前，尼姑救起醉汉并住在一起。乡民觉得尼姑这样做有伤风化，就告到县衙。县官把尼姑和醉汉带到衙门审问，问尼姑：“醉汉是你什么人？”尼姑答：“醉人凄（妻）地（弟）尼姑救（舅），尼姑救（舅）者（姐）醉人妻。”联语形成回环：

醉人妻弟尼姑舅；
尼姑舅姐醉人妻。

实际上，尼姑和醉人是父女关系。

回环联可以分为严式回环联、宽式回环联、双回环联三种形式。

严式回环要求两个联句词语完全相同，排列次序完全相反，如前面的戏台联。宽式回环联则不同，要求两个联句词语基本相同，排列基本相反，其间可略有变化。如清郭嵩焘挽左宗棠联：

世需才，才亦需世；
公负我，我不负公。

上联言时势与人才的关系，下联表露对左宗棠的不满。联中“才亦需世”是“世需才”的回环，“我不负公”是“公负我”的回环，为表示强调，在回环的后一分句中分别增加词语“亦”“不”而构成增词回环。

所谓双回环则是指每一个联句本身就是一个回环（不论宽严），一联之中有两个回环。如海南华封岩联：

洞中有天，天中有洞；
山外多景，景外多山。

此联错综回环，也是双回环，后一分句的词语是前一分句词语次序的错综排列，每一边本身就是一个回环。此联用回环修辞手法强调山洞之深，山景之美。如五四时期的学者周纵策联：

美言亦善，善言亦美；
同音容异，异音容同。

此联与海南华封岩联的格式基本相同。

十六、回头对

修辞格中有一种称为双齐的修辞格，其特点是在一组句子的句首、句尾或句中，使用相同的词语。双齐有五种形式。(一)齐头式。如："沧浪之水清兮，可以濯吾缨；沧浪之水浊兮，可以濯吾足。"(二)齐尾式。如"教育改革的目的是多出人才，快出人才，出好人才"。(三)齐腰式。如"吏呼一何怒，妇啼一何苦？"(四)齐头齐尾式。如"因地制宜，因时制宜，因人制宜"。(五)首尾双齐式。如："仁者见仁，智者见智。"

前四种形式可分别归入反复格或排比格，唯有第五种形式，其在对联中运用甚广，为了不致混淆，我们将使用这种形式制作的对联单独提出，给它一个新的名称——"回头联"，也有人叫玉环对或玉莲对，明代俞弁《山樵暇语》卷七曰："其词句，句首尾字相连，故曰玉连环也。"

回头联与反复联的区别：反复的词语复现不论位置，而回头联复用的词语必须在联句的句首和句尾，反复强调加强气势，回头强调前后呼应。

回头联与回文联的同异：相同之处，二者都是首尾同字(词)。不同之处在于：回文联可以倒读，回头联不能倒读。

回头联与回环联。相同处是二者都强调首尾同字。不同处是：回环的轨迹是圆周，中间有中介，可以用"甲→乙，乙→甲"来表示。回头联虽也是圆轨迹却无中介，只能用"甲→甲，乙→乙"来表示。回环联给人以往复循环的感觉，回头联给人前后呼应的感觉，回环联可以有分句，回头联没有分句，所以将回头联定义为：指一句之中首句与尾字用字相同的偶对格式。

回头联可分为字回头和词(词组)回头两种形式。字回头如:

半夜二更半;
中秋八月中。

这是明末清初文学家金圣叹作的对联。“半”“中”分别位于上下边的首尾。

菜籽榨油油炒菜;
棉花织布布包棉。
茶枝烧火火烹茶。

前两句合成一联,是题棉花店的;第一、三句又可合成一联。“菜”“棉”“茶”分别位于上下边的首尾。

无锡双忠祠有一联曰:

国士无双双国士;
忠臣不二二忠臣。

“国士”“忠臣”是双音节词,所以它是词回头对。

十七、释词对

释词对就是联中大部分词句是为解释其主要的词语,对词语在具体语境中的含义加以临时引申发挥或形象化说明,或主观强调,或衍义勾连,具有警策、诙谐幽默、讽刺的效果。如:

欧阳修作诗成于三上：马上、枕上、厕上；
秦少游填词乐在其中：嘴中、愁中、梦中。

“马上、枕上、厕上”解释了“三上”，“嘴中、愁中、梦中”解释了“其中”，从而构成了释词对。又如清薛慰农题杭州衙署联：

为政戒贪，贪利贪、贪名亦贪，勿务声华忘政本；
养廉为俭，俭己俭、俭人非俭，还从宽大保廉隅。

上下边后三个分句都分别是对第一个分句的释词。又如民国时有人讽国民党行政院长谭延闿联：

混之为用大矣哉，大吃大喝，大摇大摆，命大福大，大到院长；
球的本能滚而已，滚来滚去，滚入滚出，东滚西滚，滚进棺材。

上边八个“大”字，下边八个“滚”字，后边的七个“大”字和七个“滚”字都是对第一个“大”和“滚”的阐释。当代邵阳人罗宿先生题湖南省邵阳市双清亭联：

双双对对皆然，为江、为塔、为桥，来人亦复乃尔；
清清白白所在，是月、是风、是水，此身其又如何？

联语巧妙地嵌入“双清”二字，上边抓住“双”字，写资邵双江、北塔东塔双塔、资江沿江双桥以及成双成对的过客，或朋友、或家人、或情侣，相与并肩、携手优游、潇洒情怀，构成一幅优美的山水画。下边抓住“清”字，首句也是总起，接着写月白风清水碧的自然风光，水月双清为邵阳八景之一，附近又有清风古阁。结句设问，含不尽之意于言外，暗示游人当清白处世，让联语的境界陡然升起。上下边后面的分句都是对第一个分句的释词。

十八、顶释对

所谓顶释，是指先概括地描述事物的性质、状态或表达人的总体感受，然后用顶真的形式作进一步的描述或补充说明。

顶释联与顶真联的区别：（一）顶释联一般只有两部分，而顶真则可以一而再再而三地顶接下去。（二）顶释联的前后两部分，是概括、总述与具体解释或补充说明的关系；顶真联则重在前后语句结构链条上的衔接。

北京潭柘寺弥勒殿柱间，悬有一副楹联，曰：

大肚能容，容天下难容之事；
开口便笑，笑世间可笑之人。

又如某书生对朱元璋联：

千里为重，重山重水重庆府；
一人成大，大邦大国大明君。

再如：

烈火煎茶，茶滚釜中喧雀舌；
清泉濯笋，笋沉涧底走龙孙。

十九、顶接对

联文前后句的字、词分别在相应的位置上顶接，各各互相呼应，增添对称美，增强句子的内在逻辑性，加深读者印象。如：

松下围棋，松子每随棋子落；
柳边垂钓，柳丝常伴钓丝悬。

“松”“棋”、“柳”“钓”分别各各前后呼应，互相衔接，情趣盎然。又如湖北监利侯翰卿联：

“臣亮言”“臣密言”，言忠言孝；
“子路问”“子贡问”，问政问仁。

“臣亮言”“臣密言”分别出自《出师表》《陈情表》首句，两“表”分别是言忠心、言孝心的文章；“子路问”“子贡问”均出自《论语》。明解缙应客对：

上旬上，中旬中，朔日，望日；
五月五，九月九，端阳，重阳。

上旬上是朔日，中旬中是望日；五月五是端阳，九月九是重阳。也有利用同音、谐音字与前面的字顶接的，上下联必须各在对称位置上。如明解缙联：

蒲叶桃叶葡萄叶，草本木本；
梅花桂花玫瑰花，春香秋香。

蒲谐音葡，桃谐音萄，梅谐音玫，桂谐音瑰；蒲叶是草本，桃叶和葡萄叶是木本，梅花和玫瑰花是春天的花，所以说是春香，桂花是秋天开的花，所以说是秋香。

药可吃，膏可吃，药膏不可吃；
脾能医，气能医，脾气勿能医。

此联可看作顶接，也可以看作拈连。

二十、对顶对

对顶是一种修辞格，在制联手法中称为“对反”或“倒反”。其特点是把两个意思互相对立或互相排斥的词或词组巧妙地联结在一起，以描述一个事物或说明一个道理。运用对顶手法的对联，读来别具一格，妙趣横生。如古巧联：

锅漏漏干船漏满；
灯吹吹灭火吹燃。

广东郁南名医黄策行，自幼善对。一日，老师上对课，指着窗外圆月吟道：

圆月照方窗，有规有矩；

老师此句，借景寓理，讲做人的规范，当正人君子就要循规蹈矩。句中“圆”与“方”，“规”与“矩”，巧用对反，而且“规”紧扣“圆”，“矩”紧扣“方”，巧妙无比。黄策行指着窗外河边夜钓者对曰：

长杆垂短钓，能屈能伸。

句中“长”与“短”，“屈”与“伸”，亦用对顶，借钓竿的能远能近，寓理于道德修养，为人处世既不可刚愎自用，又不可懦弱屈节，当审时度势，能伸则伸，宜屈则屈。一讲做人规范，一寓处世修养，同是佳作。

对顶之法，表象矛盾，实则统一，这就是其独特的情趣。有一副流传极广的趣联，曰：

大小姐提圆扁篓掰青白菜；
高矮子拿长短棍赶黑黄牛。

相传古时一县官微服出访时见一姑娘在园里取菜情景而题，下联为一牧童所对。小姐排行老大，可称“大小姐”；扁篓口圆，可称“圆扁篓”；白菜嫩时，帮子亦是绿色，故言“青白菜”。下联中，矮子姓高，自称“高矮子”，赶牛棍称“短棍”，其实无一定尺寸，长者自然可呼之“长短棍”；黄牛是与水牛相对的一个畜种，其毛若黑亦不可叫黑牛，而叫“黑黄牛”。矛盾而又统一，情趣顿生。所以对顶对亦称矛盾对，因为它运用的是矛盾修辞法。如：

> 鼠无大小皆称老；
> 龟有雌雄总姓乌。
> 鹦有雌雄都叫哥。

据《清稗类钞》载："道光朝，浙抚有乌姓者，颇注重书院，尝亲自莅试。院中例供诸生食饭，诸生争食，至于攘夺，乌笑曰：'好一群老鼠。'未几，见一纸在公案，取视之，乃一联，文曰：'鼠无大小皆称老，龟有雌雄总姓乌。'"后来又有人以"鹦有雌雄都叫哥"相对。我以为后者比前者要对得好。因为前者只是字面上"大小""雌雄"矛盾，而后者存在逻辑上的矛盾，"老"和"小"是矛盾的一对，"雌"和"哥"是矛盾的一对。这两种互相矛盾、不相调和的事物的情状组合在一起，造成一种"出人意外的，引人入胜的"效果。

> 假山真鹿走；
> 死水活鱼游。

> 船载石头，石重船轻轻载重；
> 尺量地面，地长尺短短量长。

第一副相传为唐伯虎对华太师联，第二副为古巧联。真假、死活、轻重、短长等看似矛盾的词语组合，实则并非矛盾，只是为了冲击读者的感官，产生情趣而已。

二十一、转品对

转品也就是转类，指在词语的应用中，把本来属于某一词性的词语临时活用为其它词性的偶对格式。转品对的应用，促使句子简练紧凑，新鲜有趣而富于变化。例如：

解衣衣我，推食食我；
春风风人，夏雨雨人。

此联为古文集句，用了“衣、食、风、雨”四组重字。联中四组重字“衣、食、风、雨”的后一个字是名词作动词用，同时其读音也发生了变化，除“食”读sì外，“衣、风、雨”成了去声。上联出自《史记·淮阴侯列传》，意思是“脱下衣服给我穿，把自己的食物给我吃。”“衣”“食”的意思分别是“给……穿”“给……吃”。下联出自汉·刘向《说苑·贵德》，其意为：“和煦的春风吹拂着人，夏天的雨水滋润着人。”第二个“风”“雨”也由名词活用为动词“吹拂”“滋润”，比喻及时给人以帮助和教育。康有为挽谭嗣同联：

复生不复生矣！
有为安有为哉？

前一个“复生”就是谭嗣同的字号，后一个“复生”转化成了动词。下边的“有为”亦然。传说唐伯虎对祝枝山联：

水车车水，水随车，车停水止；
风扇扇风，风出扇，扇动风生。

上联第一、三、四个“车”字属名词,第二个“车”字为动词;下联第一、三、四个“扇”字为名词,第二个“扇”字为动词。再如某翰林应乾隆对:

> 南通州,北通州,南北通州通南北;
> 东当铺,西当铺,东西当铺当东西。

上边前三个“通”字是名词中的一个字,后一个“通”字是动词。下边亦然。

二十二、鼎足对

所谓“鼎足对”,就是指三个互为对偶的句子排比对举组成的对联。明王骥德《曲律·论对偶第二十》称为“三句对”。第一句可对第二句,第二句可对第三句,第三句也可直接与第一句相对。三句分立,类似古代宝器三足鼎,故明代宁献王朱权称其为“鼎足对”。其《太和正音谱·对式》云:“鼎足对,三句对者是。俗呼为三鎗。”(按:鎗,音chēng,鼎类,俗作铛。有人将“三鎗”讹作“三枪”,误)朱权还给它取了个十分动听的名字:“燕逐飞花对”。鼎足对起源于汉代民谣,大量出现在元代散曲里。如:枯藤老树昏鸦,小桥流水人家,古道西风瘦马。这是元曲四大家之一的马致远写的一首广为传诵的小令《天净沙·秋思》中的“鼎足对”。

类似的例子在元曲作品中随处可见,如元散曲四大家之一的张可久歌咏宫苑风光的:“山花红雨鹧鸪啼,院柳黄云燕子飞,池萍绿水鸳鸯睡。”

鼎足对可以分为并足对与套足对两种。

“鼎足对”后来逐渐演化为“三柱联”，由一个上联和两个下联组成。传统的中国式房屋张贴对联为屋门的一左一右，而三柱联是为有中柱门的房屋准备的，中柱贴上联，左右两柱分贴两个下联。

如陕西潼关市葛洪岭下的三柱亭，有一副八字三柱联：

上联是：黄鹤南飞，黄河北去；

下联一：诸峰削立，诸夏中分。

下联二：紫气东来，紫关西去。

其实，鼎足对可以有很多。明郎瑛《七修类稿·事物·神童对》：“方朝见，适直隶贡蟹至焉。英宗即出一对试之云：‘螃蟹浑身甲胄。’程对曰：‘凤凰遍体文章。’李对曰：‘蜘蛛满腹经纶。’”这三个句子就可以构成鼎足对：

螃蟹浑身甲胄；

凤凰遍体文章。

蜘蛛满腹经纶。

第一句和后面任意一句都是绝对。又如龙吉水先生题湖南隆回二中图书馆联：

图描天地山川美景；

书写理工文史真经；

馆藏中外古今善本。

图书馆前恰好三个柱子，联语分别鹤顶格嵌“图书馆”三字，很巧妙地解决了这三个柱子的问题。

二十三、同出对

将不同形态却出自同一根源的事物连接一起，两个相似的句子以部分矛盾的词语组成对联而形成难得的机巧意趣效果。如杨升庵应明弘治皇帝对：

炭黑火红灰似雪；
谷黄米白饭如霜。

“黑““红”“雪”三种颜色对顶，但均出于同一事物“炭”；“黄”“白”“霜”三种颜色对顶，但均属于同一事物“谷”。

稻草缚秧翁抱子；
竹篮载笋母携儿。

此联作者传说不一。据《武冈州志》记载为湖南武冈七龄童于子仁对郡守白素联，联语中“草”与“秧”对顶，“父”与“子”对顶，但均出于同一事物“稻”；“篮”（篾织）与“笋”对顶，“母”与“儿”对顶，但均出于同一事物“竹”。其中事物的“不同形态”与对顶对有点相似，这种“不同形态”以对顶关系为最妙，因为它能产生强烈的反差效果。不同的是同出对必须是出自同一根源的事物，对顶对则不一定。例如：

粗棉条，纺细线，织宽布，缝长衫，遮前遮后；
弯竹子，破直蔑，打圆箍，枷扁桶，装东装西。

这是一副古联，联中“粗细”“宽长”“前后”“弯直”“圆扁”“东西”也都是对顶，但上下边分别同出于“棉条”和“竹子”，像这样的对联，就是同出对。当然，它同时也是对顶对。

秤直钩弯星朗朗，能知轻知重；
磨大眼小齿稀稀，可推细推粗。

这也是一副古联，上下边分别写“秤”和“磨”，运用的对顶词语有“直弯”“轻重”“大小”“细粗”，也是一副同出对。

二十四、镶边对

镶边对，是在一句或全联之中把相同偏旁或相同构件的汉字联缀成文的偶对格式。从并列连用的偏旁笔画异同上看，可以将镶边对分为同旁对和同件对两种。

同旁对，是指一句之中汉字偏旁相同的偶格。它又分为对同、边同和全同三类。

对同即上、下联相对应的字的偏旁部首分别相同。如广东虎门有一副同旁联佳作：

烟锁池塘柳；
炮镇海城楼。

此联上、下联中相对应的字的偏旁依次是:“火、金、水、土、木”,五行齐全,极为工巧,令人读后不禁拍案叫绝。

边同对是指每一边内的偏旁相同。宋张宣(世南)《宦游纪闻》载:“安南使入朝,出一对云:‘琴瑟琵琶八大王,一般头面’,程篁墩对云:‘魑魅魍魉四小鬼,各样肚肠。’”或以为前明唐状元皋出使朝鲜事也。此联后又演变为:

琴瑟琵琶八大王,王王在上;
魑魅魍魉四小鬼,鬼鬼靠边。

该联上、下边的前四字分别同旁,构思极为精巧。

偏旁全同的对联即全联所有字的偏旁相同。过去,有一家车马店,贴过这样一副春联:

迎送远近通达道;
进退迟速游逍遥。

全用“辶”的字,而且很符合车马店的行业特色,可谓是别具一格。

明朝宰相叶向高有一次回老家省亲,途中顺便去拜访好友陈达公(一说为新科状元翁正春),并留宿于其府。后者恐招待不周,语带歉意地说了句:

宠宰宿寒家,穷窗寂寞。

叶向高闻言略一沉思，对了句：

客官寓宦宅，富室宽容。

二者遂成一同旁联佳作——上、下联共有18个带宝盖头的字，而且含意贴切，殊为不易。

同件对，是指对偶两句所用汉字构件基本相同的格式。在一些对联中，有些字虽然并不属于同部首的字，但字形部分相同，也可以看作是同旁对，其实就是形同对：

孔孟孜孜教学子；
僧侣念念化仙人。

联中字明显不属于同一部首，但它的上联均含有“子”字，下联同时含有“亻”和“人”，所以，仍然可以看成是同旁。

二十五、别音对

别音对，是指利用汉语一词多义数音的特点造成特殊偶对的格式。在这种对偶中，诗人联家的本意是用此义此音，但在字面上却偏偏采用他义别音来满足词语对举的需求，以此获得工稳整饬的对偶。如：

且独与妇饮；
颇胜俗客对。（梅尧臣《五侧诗》）

古代汉语中，“颇”字有两读：一作平声，是“很”的意思；一作上声，音义与“叵”义同音，以合五字仄声对偶的需求；但实际上却是采用“颇”字的“很”义，以完成与“且”字的语义承接。可见，别音对是在词语对偶的特殊要求下，强行打破语音与语义的固定联系，使它义之音与此义之读暂时结合，来满足词语对偶的需要。这种对偶表面上看来好像是用了一个别音字，实际上却是充分利用了多义多音字的特点，采用一种形式上的变通技巧，以语言上的别音歧义，来满足属词对偶的要求，增添偶句的趣味。

别音对实际上就是我在第二部分中所讲借对中的借调对。晚清湖广总督张之洞贺邵阳地理学家邹代钧母亲寿联曰：

儿似北朝郦善长；
寿齐南岳魏夫人。

郦善长即郦道元，郦善长的“长”，其在名字中本念平声“cháng”。联中“长”是采用它义别音 “zhǎng”，因“zhǎng”是仄声，才能与平声字“人”相对的。

二十六、字侧对

字侧对，是指一联中个别两两相对词语本不能相对，但它们偏旁的意义却可组成工对，是为字侧格。如宋王禹偁《五更睡》：“趁朝鸡唤起，残梦马驮行。”“朝”与“梦”不是同一义类词，但“朝”字有“月”旁，“梦”字有“夕”旁，“月”旁和“夕”旁构成同类对，这就是字侧对。字侧对，就是依字之侧旁构成的同类工对。唐李峤《评诗格》说：“字侧对式,谓字义俱别,形体半同。”唐诗有句曰:忘怀接英彦,申劝饮桂酒。英彦、桂酒字义俱别,然只一字形体半同,英字草属与桂字木属,同为草木门,故可对。字侧对是古人在文意限制下无法获得同类对时而有意采取的一种变通的对仗手法,给其对仗找到理论依据,它表现出诗人对同类工对的刻意追求和强烈欲望,能够造成相对两字在字形或偏旁上的部分整齐的美感。根据字侧对中相对文字和偏旁的异同,可以将其分为全侧对和偏侧对两种。又如张之洞联:

欲解牢愁唯纵酒;

兴观群怨不如诗。

此联许多人认为是无情对,但我认为他只是运用了借对手法和字侧格的一个哲理联,牢中带牛,群中带羊,牛羊是动物类相对。

字侧对中还有一种偏侧对。偏侧对是指只有一个字为“侧”,另一个字为全字。元氏曰:侧对者,若冯翊(对)龙首。此为“冯”字半边有“马”与“龙”为对;“翊”字半边有“羽”与“首”为对。此为侧对。又如泉流(对)赤峰,泉字其上有“白”与“赤”为对,凡一字侧尔,皆是侧对,不必两字皆须侧也。

二十七、切侧对

切侧对,也作侧切对。是指事物本名不能相对,但它的别名可以相对,则以其别名入对。日本和尚遍照金刚《文镜秘府论·二十九种对》说:“切侧对者,谓精异粗同是。诗曰:‘浮钟宵响彻,飞镜晓光斜。’‘浮钟’是钟,‘飞镜’是月,谓理别文同是。”“月亮”与“浮钟”不是同类对,但月亮的别名是“飞镜”,“镜”与“钟”同属器用门,取“飞镜”

与“浮钟”对,就可以造成同类对。

根据切侧对中所用异称别名的多少,可以将其分为偏异切侧对和全异切侧对两种。其实,部分切侧对与借对有相通之处。明藏书家俞弁《逸老堂诗话》说:“洪觉范《天厨禁脔》有琢句法,其中假借格如‘残春红药在,终日子规啼’,以红对子(谐紫)。”为什么不用“杜鹃”而用“子规”,是为了实现借对才采用切侧对。切侧对在药名联中运用得比较多。如:

将军红大戟;
国老金重楼。

这是用四个中药名组成的。“将军”是中药“大黄”的别名,“国老”是中药“甘草”的别名,“重楼金线”是中药“蚤休”的别名,“大戟”是一味中药的本名。如果用“大黄”对“甘草”,一是对联没了意趣,二是对仗也没有“将军”对“国老”那么工整。

二十八、偏对

偏对,是一个复音词与两个单音词对举的格式。如杜甫《除草》:“自兹藩篱旷,更觉松竹幽。”“藩篱”,指篱笆,一物;“松竹”,指松树和青竹,两物;以“藩篱”对“松竹”,是偏对。偏对的主要特点,是以两物对一物,相对之物不是均衡相等,而有大小多少的区别。它们之间在语义上有偏侧,有倾斜,故有偏对之名。

有人将这种对格中的一种情况叫假性自对,即以双字连绵词尤其是同一偏旁部首者的每一个字冒充单字自对,以和真正的单字自对进行相对的对仗形式。我在前面讲自对一节时举了明世宗《送毛伯温》联这个例子：

天上麒麟原有种；
穴中蝼蚁岂能逃。

“蝼蚁”是蝼蛄和蚂蚁，故“蝼”与“蚁”自对，而麒麟则是连绵词，只指一物，但二字均为“鹿”旁，与“蝼蚁”均有“虫”旁相似，形成类似“麒”与“麟”之自对。因非真正意义上的自对，故名假性自对。张家界天门书院有联曰：

天上麒麟原有种；
门前桃李自成春。

以“桃李”对“麒麟”就更加一目了然了。“桃”“李”都是木字旁。当然，不是同偏旁的联合结构词语也可以相对，如郑板桥代富商赠张天师联：

龙虎山中真宰相；
麒麟阁上活神仙。

龙虎不是同偏旁的联合结构词语。

还有一种情况的偏对，是联语中有不同结构的词语相对。例如“萧萧马鸣，悠悠旆旌”的“马鸣”对“旆旌”，“马鸣”是主谓结构，与之成对的“旆旌”是联合结构。这种对古人谓非极对也，非极对而可对，可以称之为解放的对偶。又如“古墓犁成田，松柏摧为薪”中的“古墓”对“松柏”,“古墓”是偏正结构,“松柏”是联合结构,相当于两物对一物,属于不等量对;“日月光太清,列宿曜紫微”中的“日月”对“列宿”,日月为联合结构,列宿为偏正结构;南朝梁·柳浑《捣衣诗》中有一联曰“亭皋木叶下,陇首白云飞”,“木叶”对“白云”,虽然都是偏正结构,但“白”是颜色词,本来要与颜色词相对才算工整的,然作偏对即可,有人想当然改“白”为“秋”字,对仗上是好些,却又出现了三平尾。大诗家的文字是改不动的。所以此格非老手不能为也,初学者不宜学习。也不能以此为借口,掩饰自己失对的联语。唐沈佺期的“春豫过灵沼,云旗出凤城”中的“春豫”是前实后虚,与之成对的“云旗”是两字皆实,按古人虚实相对的理论是不能成对的;从结构看,前者是主谓结构,后者是偏正结构,在诗中也对了。这种通变的对仗,古人特别强调必须是天然语,也就是我们现在所说的不以辞害意。对联是倾向于求工的,短联字数少,故此格鲜有运用,长联字数多,因语出天然,视在长联中所占字数比例的多少用之一至几处无妨。

二十九、巧缀对

巧缀是在有意曲解词语或事物之后,趁势说下去,从而巧妙地连缀两个意义上没有联系的词语或事物,造成一种特别的表达效果的修辞手法。巧缀与曲说相称。或者说,成心曲解某一词语或某一事物,并且还在上文或下文中加以发挥,这种伎俩叫巧缀。巧缀又称巧联、诠名、顾名、衍名、借题、谐趣。巧缀有曲解词语和曲解事物两类,曲解词语又分为曲解词意和曲解修辞意。

清朝有个知县叫王寅,贪赃枉法,有位先生写了一副对联贴到了县衙的门口:

王好货，不论金银铜铁；

寅属虎，全需鸡犬牛羊。

联语讽刺王寅的贪婪成性。“寅”属虎，联中把本来属于十二生肖之一的“虎”，有意当成真的猛兽“虎”看待，并顺势说出老虎喜欢吃“鸡犬牛羊”，曲解词语构成巧缀。无情地揭露出了贪官的凶残本性。

1945年，重庆有人用几个画家、作家姓名巧编成一联，联曰：

齐白石，傅抱石，老石少石，两石画坛同突兀；

许地山，欧阳山，前山后山，双山文苑互峥嵘。

齐白石是著名书画家、篆刻家；傅抱石是现代画家、美术教育家；许地山、欧阳山均为现代小说家。上联贯串一个“石”字，作者把人物名中共有的“石”字抽出，还汉字原意解为“石头”，再用突兀来形容石，以赞两人在书画上的突出贡献。下联贯串一个“山”字，把山解为“山峰”的山，再用峥嵘来形容山，以赞两人在文学上的杰出成绩。前两个“石”是人名，中间两个“石”把人名和事物名混淆起来，后面的一个“石”再顺势展开和发挥，属于曲解事物构成巧缀，下边亦然。

巧缀在形式上也有两种情况，一种是从A到A1式：由语言单位的字面义A转入新一轮表达A1，两者所采用的语言形式相同，但A1是对A的反复和强化。如“太平洋上不太平”先将地名“太平洋”别解为具有“太平”的字面意义，然后再以“不太平”对这一字面义加以反复和强化，使其相互对立。如人名巧对：

蔺相如，司马相如，名相如实不相如；

魏无忌，长孙无忌，彼无忌此亦无忌。

前面的三个“相如”“无忌”都是名词，即A，最后一个“相如”“无忌”都是带有动词性质的形容词，是“相同”和“没有忌讳”的意思，即A1。曲解词意构成巧缀。

另一种是从A到B式：由语言单位的字面义A转入新一轮表达B，两者所采用的语言形式不同，并且B是对A的展开和发挥。如下面两人的对话：“领导老是给我穿小鞋。”“哦，难怪看你走路不正常啊。”惯用语“穿小鞋”指的是在背后使坏点子整人或利用权势使某人难堪的行为。前者的本意是说他的领导经常在背后整他，但后者却故意将其别解成它的字面意义“穿小尺码的鞋子”，并顺势展开说穿小尺码的鞋子走路不正常。

清代某县令实为一酷吏。为了标榜自己清廉，在衙门口高悬一联：

爱民如子；

执法如山。

有人将它续上了几个字：

爱民如子，金子、银子，皆吾子也；

执法如山，钱山、靠山，其为山乎。

此联为反讽联。其意是说你嘴上说“爱民如子”，其实只是把金子、银子真正当做自己的“儿子”；你嘴上说“执法如山”，其实是把金山、靠山真正当做“山”。此联以曲解修辞义构成巧缀，即明知某一词语的修辞义却故意作别的解释，并顺着这一别释义说下去。“爱民若子”的“子”比喻修辞义为子女，属于A。“金子银子”是故意对“子”的比喻修辞义作别的解释，“皆吾子也”是顺着这一别的解释说下去而构成的巧缀修辞，属于B。“执法如山”的比喻义为地理类的山，属于A，“钱山靠山”是故意对山的比喻义作别的解释，属于B。靠山，是指依仗的人或势力。“其为山乎”是顺着这一别的解释说下去而构成巧缀修辞。这种反讽手法，针砭时弊，一针见血，尖锐辛辣，耐人寻味。

三十、同体对

同体对，是指同义虚字相对的偶格。如唐王维《田园乐七首（其五）》：“山下孤烟远村，天边独树高原。”“孤”与“独”对举，两词同义，构成同体对。在对偶两句之中使用同义词，能够在表达同一意思之时，变换词语，避免用词的重复，达到渲染气氛、相映成趣的目的。

《文镜秘府论·二十九种对》说：“若大谷、广陵，薄云、轻雾；此‘大’与‘广’、‘薄’与‘轻’，其类是同，故谓之同对。”如传统春联曰：

庆此良宵，任玉漏催更，还须彻夜；
躬逢美景，不金鱼换酒，尚待何时？

“良”与“美”同义，“还”与“尚”也是一个意思。又如清代著名文学家俞曲园挽妇联：

四十年赤手持家，君死料难如往日；
六旬人白头永诀，我生谅亦不多时。

联语凄婉动人，对仗十分工整，惟“料”与“谅”在此同义。

当然，也有同类实词对举的，例如宋苏东坡以江西地名作联：

新城何日旧？
浮石几时沉？

“何日”与“几时”对举，避免了重复。不过，实词对举很少见，联家不可多用，因为它与合掌仅一纸之隔，很难把握，实不得已而为之也。

三十一、假性对

假性对，是指词性假借对举的格式。当一词有两种不同词性时，对偶在其句意表达中用一个词性，而在字面词性对举中又用另外一个词性，这就造成了词性假借对举的偶格。《文镜秘府论·二十九种对》说：“或有人以‘推荐’偶‘拂衣’之类是也。”“推荐”之“荐”，在这个复音词中是动词；但“荐”字单用，它又可以作为名词，表“草席”义。如果以“推荐”对“拂衣”，就是动词对名词，词性不对。而假借“荐”字的“草席”义与“衣”字对，就是名词对名词了，这样才对得稳当，符合词性对举的要求。如某客舍联：

未晚先投宿；
鸡鸣早看天。

“未”在句中本来是副词，这里是借地支“未”相对，因“未”属羊，与“鸡”成工对。这实际上就是我们前面所说的借对，此处以假性对论之，可以融会贯通也。请再看几例：“厨人具鸡黍，稚子摘杨梅”，因“杨”字与“羊”音同，可以用来对“鸡”；“枸杞因吾有，鸡栖奈尔何”，“枸”音同“狗”，可以借来与“鸡”成对；“五峰高不下，万木几经秋”，“下”与“夏”音同，可以借来与“秋”对；“闲听一夜雨，更对柏岩僧”，因“柏”与“百”同音，可与“一”对；“当时物议朱云小，后日声名白日悬”，朱云是汉元帝时人，为直谏大臣，大有声名，联语借“朱”为红色之意与“白”相对；“一池金玉如如化，满眼青黄色色真”，把金玉看成颜色就能与青黄相对了。

三十二、假平行对

假平行对，是指两两并行句子当中词语互对，但句法结构互异的格式。如唐代诗人常建《题破山寺后禅院》：“清晨入古寺，初日照高林。”出句是状谓宾结构，对句是主谓宾结构。两句实字、虚字对仗工整，但句法结构却迥然不同。昆明五华书院联：

高山仰止，景行行止；

卿云烂兮，糺缦缦兮。

此为集句联。“高山仰止，景行行止”出自《诗经·小雅·车辖》，高山，喻高尚的德行。景行，大路，比喻行为正大光明，后以“高山景行”比喻崇高的德行。“卿云烂兮，糺缦缦兮”出自《尚书大传·虞夏传》，“糺缦缦”，纡缓缭绕貌。“景行行止”原本节奏应为“景行——行止”，这里借其“景行行——止”外形与“糺缦缦兮”对仗，形成假平行对。

古人认为通过实字虚字的排比可以构建句法相同的平行结构。但当我们用现代的语法理论来研究时，会发现对仗句里有一些句法结构不完全相同的假平行结构。如唐李商隐《无题》中一联：

身无彩凤双飞翼；
心有灵犀一点通。

上边“身”是主语，“无”是谓语，“彩凤”是宾语的第一个定语，“双飞”是宾语的第二个定语，“翼”是宾语；下边“心”是主语，“有”是谓语，“灵犀”是宾语，“一点通”是宾语的后置定语。

风雨朝来恶甚；
池塘春去无多。

上下边虽然都是主谓结构，但上边的主语是“风雨”，下边的主语是“春”，而“池塘”却成了定语。不过每个词语单独来看还是相对的，可见句法不一致并非失对的主要原因，反倒是很多变格句追求工稳而导致。任何格律文学，当语法结构与声律结构不一致时，总是语法服从声律，如我在第二部分中谈到的蹉对即是。即使在读古诗时，也要服从这一规则，例如唐无名氏《杂诗》“近寒食雨草萋萋”句，按语法节奏读是：近-寒食-雨-草萋萋，但按声律节奏读是：近寒-食雨-草萋萋（平平·仄仄·仄平平）。又如唐卢纶《晚次鄂州》：

三湘愁鬓逢秋色，
万里归心对月明。

“月明”本来应该是“明月”才能与“秋色”相对，但“明月”不合声律，故倒置为“月明”。

“语法结构一致”与“语法成分相同”有联系，但不完全等同。汉语的句法结构分析经历了两个阶段，最初是成分分析法（如王力的《古代汉语》即是），五十年代后，语法界借鉴西方结构主义语法学，采用了层次结构成分分析法。这些语法理论和古人的实践还存在衔接断层。在古人的实践中，对偶里的可对性和工宽是要尽量落实到每一个字身上的，例如民国时浙江人陈无咎《题楼外楼》：

闲思鲈脍客中客；
买醉湖堧楼外楼。

“楼外楼”是专有名词，“客中客”是三个词组成的词组，在语法学里它们是不对称的。在对偶里，它们字字对称；尽管一为词，一为词组，它们的结构是等价的。另外，偶句里多有倒装、省略、跳脱、杂糅等等非正常的显性语法结构，我们必须在尽可能贴近原句显性结构模式的前提下，分析它们背后正常的、完整的隐性结构模式。如清黄辛白集句联：

（我）劝君更进一杯酒；
（我）与尔同消万古愁。

上边出自王维《送元二使安西》,下边出自李白《将进酒》。括弧中的"我"字,原皆为隐略者。"(我)劝君"为主谓结构,"(我)与尔"为并列结构。

三十三、倒装对

倒装对,即不按照正常语序,有意颠倒句中成分,造成与常规语法不同的奇特格式。如不说"已画眉如月,新梳鬓似云",却说"月如眉已画,云似鬓新梳"(岑参《夜过盘石》)。倒装对,打乱了汉语的正常语序,以一种特殊的句法结构出现,语意多曲,耐人寻味,给对偶带来了不同一般的诗意,被诗家视为作诗秘诀。明李东阳《怀麓堂诗话》说:"诗用倒字倒句法,乃觉劲健。"对联中也常用之:

万丈冰帘,自古无人能手卷;
一轮月镜,迄今何匠敢行磨?

出边原来的语序应该是"自古无人能手卷万丈冰帘",对边原来的语序为"迄今何匠敢行磨一轮月镜"。显然,原来的语序读起来节奏感不如倒装后的语序强,韵味没那么足。又如佚名挽陶云汀联:

答眷恩智勇忠勤,凡如筹海运、策河防、改盐政诸大端,皆我公力瘁封疆,事业称三江柱石;

持政体和平宽厚,尤以培士气、察民隐、励官方为先务,听此日哀阗衢市,英灵仰万古云霄。

上边首句原语序是"智勇忠勤答眷恩";下边首句原语序是"和平

宽厚持政体”，末句原语序是“万古云霄仰英灵”。语序调整后，强调了陶文毅公之智勇忠勤与和平宽厚，末句调整后不仅对仗见工，也更见气势。

三十四、倒文对

为了强调某种意义，或为了协韵、对仗的需要，把联句中的某些字词颠倒，以产生某种情趣或强烈的艺术效果。乾隆八十岁时，到木兰县围猎，路过万松岭，命阁臣彭芸楣作联，彭十分机敏，以“木”“松”析字出句曰：

八十君王，处处十八公道旁介寿；

介寿，即祝寿。“木”可析为“八十”，“松”字可析为“十八公”，十分巧妙，但下边却卡住了，只得求助纪晓岚，纪晓岚才思敏捷，马上对曰：

九重天子，年年重九节塞上称觞。

出边将“八十”倒文为“十八”，对边将“九重”倒文为“重九”。十分贴切，十分雅致，而又机趣盎然。又如某人春联：

破屋过新年，屋破人欢喜；
往事堪回首，事往不重提。

“破屋”“屋破”倒文；“往事”“事往”倒文。还有一种暗倒文，就是

“正文”不在句中，而在人们的语言习惯中。例如章太炎在慈禧太后70大寿前夕作了一副对联：

今日到南苑，明日到北海，何日再到古长安？叹黎民膏血全枯，只为一人歌庆有；

五十割琉球，六十割台湾，而今又割东三省，痛赤县邦圻益蹙，每逢万寿祝疆无。

联语中的“庆有”“疆无”是暗倒文，实际上是“一人有庆”“万寿无疆”中部分词语的倒文。

三十五、骑句对

骑句对，指一副对联的上下边实际上就是一个单句的两个部分，两个句子如相骑的一般。如唐沈佺期《陇头水》：“愁见三秋水，分为两地泉。”此句意谓“忧愁地望见三秋之水分为两地泉”。为动宾句式，出句“见”是谓语动词，“三秋水分为两地泉”是动词的宾语。骑句对在形式上是两句，实际上是一个单句。也有人说这种句格犹如一人骑跨在马背上，两脚分开来踏踩在两镫之上的样子，故有骑句对之名。如纪晓岚《阅微草堂笔记》中一联：

当年始祖初迁地；

此日云孙再造家。

这是一个状谓分骑句对，出句为状语，对句为句子的主要成分，主谓宾齐全。清孟瓶庵题字纸焚烧炉联：

能知付丙者；

便是识丁人。

"丙"系天干之一，又为火的代称，五行之说谓"东方甲乙木，南方丙丁火"，"丁"为目不识丁的"丁"，借对为天干。联语的意思是说，能够懂得把字纸付之于火的，便是认得字的文化人。实际上就是一个单句："付丙者是识丁人。"

三十六、参差对

所谓的参差对，就是指在参差不齐的句子中进行对仗的格式。参差对的基本方法是，如果并列两句长短不一、字数舛异，则以字数最少、长度最短的句子为基础，将长句缩略截短，与之组成对偶句。对于长句之中的多余之字，则挪以它用，将它们处理为领字、衬字或者托字，以此暗合字句整齐要求，完成两两相对的对偶句格。参差对中对多余之字的不同处理方式，可以将其分为领字对、托字对、领托对、衬字对四种不同形式。

领字，是指那些在句中能起领起作用的词语。这些词语负责统率以下数句，使之顺利与上下文意相互衔接，是承上启下的一个重要纽带。领字源于古赓歌，是词曲中常用的一种句法，对联沿袭之。它一般处于句首位置，起引领下面句子的作用，或在句意转折、过渡之处，起串合、联结各句的作用。分为一字领、二字领、三字领，亦称一字豆、二字豆、三字豆，也有的将引领两句以上的才称领字，一句的称逗字。四字领、五字领、七字领比较少见。领字常由动词、副词、连词或短语充当，领字可不计平仄。王力先生《诗词格律》中说："一字豆是词的特点之一。懂得一字豆，才不至于误解词句的平仄。有些五字句，实际上是上一下四。”如清阮元题杭州贡院联：

下笔千言，正桂子香时，槐花黄后；

出门一笑，看西湖月满，东浙潮来。

“正”和“看”就是领字。

衬字，它是元曲中特有的句法特点，即曲牌所规定的格式之外另加的字。曲与词最显著的区别是有无衬字，有衬字的是曲，没有衬字的是词。所谓“衬字”指的是在曲律规定必须的字数之外所增加的字，它不受音韵、平仄、句式等曲律的限制，衬字一般用于句首，也可用于句中，但不能用于句尾。它的作用是补充正字语意的缺漏，使之内容更加完整、充实，语言更加周密、丰富或生动，或者使字句与音乐旋律更加贴合。衬字不占用乐曲的节拍、音调。衬字在对联中偶有运用，因为衬字多无实际意义，故平仄要求可以不拘；与其对应的字，可用衬字，也可不用衬字。如李笠翁题庐山绝顶联：

足下起祥云，到此处应带几分仙气；

眼前无俗障，坐定后宜生一点禅心。

“到—此处”“坐定—后”，音节不相对应，上下边都是“仄仄仄”，也不相对。无论是从词语还是从声律对仗上来看都不合律。这种情况应作衬字对待。

有一种观点认为：领字和衬字均为自对句中的附加词语。领字处于多相自对句的前边，起领头羊作用；衬字则多处于多相自对句末句的前边。如清代黄遵宪自题人境庐联：

有三分水，二分竹，添一分明月；
从五步楼，十步阁，望百步大江。

“添”和“望”即为衬字。

托字对，指有托字的对偶。托字，就是托起之字。它在两句对偶时，起总括、衬托、垫起的作用。

领托对，是既有领字，也有托字的对偶。

三十七、意对

意对，是指字面不对而语意相对的格式。本来不能成对的词语，只因“事意相因”，文字和道理也合乎实际情况，所以可以事对，而称之为“意对”。其实这不是对，当然也成不了“格”。唐以及唐以后的格律诗作者及撰联人，都没有按意对撰写的。初学者更不能以此为据。诗曰：岁暮临空房，凉风起坐隅；寝兴日已寒，白露生庭芜。弘法大师释曰：岁暮、凉风，非是属对，寝兴、白露，罕得相酬，事意相因，文理无爽，故曰意对。又如唐高适《赠别晋三处士》中一联：

拜迎长官心欲碎，
鞭挞黎庶令人悲。

“心”与“令”不对，“欲”与“人”不对。句中大多数词语能相对，只有一二个词语不能入对。这类格式，充其量，也只能算是一种半对半不对的句子。但是古人视这种半对半不对的句子，是一种语意上的对偶，取其名为“意对”。唐王昌龄在《诗格·势对例五》中说这种“意对”，就是指其语意相互对待。其中的词语对与不对，他是不计较的。当然，王氏也承认这样的对偶有点特别，故又称其为“孤绝不对”。对联中的意对颇多。清吴荣光联：

人不可以无师；
物常聚于所好。

联中“不可”与“常聚”、“师”与“好”不能入对。福州百涧山联：

初地引人徐入胜；
好山一望始开怀。

联中“引人”与“一望”不能入对。清何元普撰四川新都宝光寺联：

世外人，法无定法，然后知非法法也；
天下事，了犹未了，何妨以不了了之。

这是一副充满哲理的对联。出家人称为世外之人。上联论佛法，下联论人事。世上没永恒不变的法则，也没有全然了结的事物，既然没有永恒和了结，何必苦苦去执意逐求呢？因为上下边意对十分完美，乍一读，觉得是天生妙对。如果不仔细琢磨，还感觉不出有些词语没有入对。

意对是天马行空的对仗，必须以语意天然为基础，非高手不能为也。初学者若以之为借口，掩盖自己对仗上的毛病，只会画虎不成反类犬，贻笑大方。

三十八、整散对

整散对本是诗的对偶格形式，指一首诗中的两联的对仗形式，上一联（或下一联）用平对，下一联（或上一联）用流水对。如一首七绝，第一二句互相对仗，是为上联，第三四句互相对仗，是为下联。如杜甫《秋兴八首（其二）》："画省香炉违伏枕，山楼粉堞隐悲笳。请看石上藤萝月，已映洲前芦荻花。"前一联各写香炉、粉堞，两翼平列；下联说月光刚刚照到石上的藤萝，现在又照在洲前的芦荻花。句意一前一后，如流水一般，两联由此构成整散对。字面形式齐饬工整，但上联下联的语意关系，却各不相同。再用前后连贯和一泻千里的语意变化，形成新的表现格式。或前整后散，或前散后整。如果是律诗中的颔联和颈联，要么是颔联整颈联散，要么是颈联整颔联散。

这一对格也可以运用于对联中，但必须是每边两句以上。颔联、颈联分别成为对联的上联和下联，多为上下边分别自对出现。如清龚自珍赠魏源联：

读万卷书，行万里路；
纵一代典，成一家言。

上联自对是用平对，下联自对是用流水对。清光绪年间，孙中山留学归国，途经武昌，欲见总督张之洞，帖子上写"孙文求见之洞兄。"张之洞一看很不高兴，叱问门官："来者何人？"门官答："一儒生。"张之洞乃出联曰：

持三字帖，见一品官，儒生妄敢称兄弟？

孙中山对道：

读万卷书，行千里路，布衣亦可傲王侯！

出边和对边的前两个分句是都是自对，出边是流水对，对边是正对。

三十九、扇对

扇对，又叫续句对，本是诗的对格，也是指两联四句，两句一意，隔句相承，交错互进的对偶格式。如曹子建云："昔我初迁，朱华未希。今我旋止，素雪云飞。"第一句与第三句对，第二句与第四句对。又如杜甫《奉和严中丞西城晚眺十韵》："汲黯匡君切，廉颇出将频。直词才不世，雄略动如神。"联对的第一句与第三句，评说汉代名臣汲黯；第二句与第四句，叙说战国名将廉颇。此格也可用于对联中，每边也必须两句以上，但每一边不一定要自对。如题苎麻行联：

如茧所抽，取之原野；
有条不紊，生自邱中。

第一句和第三句讲它的形态，第二句和第四句讲它的产地。又如长沙屈贾祠联：

亲不负楚，疏不负梁，爱国忠君真气节；

骚可为经，策可为史，出风入雅大文章。

上下联的第一句讲屈原，第二句讲贾谊。第三句又是合起来讲两人。第一二句与第三句属于一种分总关系。如果撇开上下边最后一句，就是四句，下边第一句相当于上例中的第三句，第二句相当第四句。

四十、互文对

互文对也称互体对，指出句、对句两句语意交融，互文见义的偶对格式。如《木兰辞》"当窗理云鬓，对镜贴花黄"，不单指当着窗子理云鬓，对着镜子贴花黄，而是当着窗子、对着镜子整理漂亮的头发，在面部贴上装饰物。你中有我，我中有你，参互成文。如古酒馆联：

美味招来云外客；

清香引出洞中仙。

这副对联的完整意思是美味和清香招来了云外客，引出了洞中仙。又如：

求学希能致用；

读书原在虚心。

它的意思是说求学、读书希望能够致用，根本的方法在于虚心。在长联中，可以是部分对句为互文见义的偶对格式，如清周彦升题莫愁湖中山王毅勇侯像联云：

> 儿女不知愁，南朝金粉，北地胭脂，何事干卿，寂寞一池吹水皱；
> 将相本无种，旧庙鸡鸣，新祠虎踞，其人不死，淋漓大笔写图看。

联中的“南朝金粉”与“北地胭脂”是互体对，金粉、胭脂都是指美女，这里的意思是说南朝和北方的美女。

四十一、转名对

联对中把同类又同字的专有名词转换成另一种专有名词，是为转名对。如佚名联：

> 端午门售端午粽；
> 上元县点上元灯。

前一个“端午”是门的专有名词，后一个“端午”是节日专有名词；前一个“上元”是县名，后一个“上元”是节令名。仪征县旧名扬子县，流传着这样一副对联：

> 扬子云渡扬子江，到扬子县；
> 端午桥逢端午日，出端午门。

端午桥系清末巡抚。又如兰州笑春山观月阙联：

月阙美观观月阙；

春山如笑笑春山。

笑春山、观月阙分别是兰州的地名和阁名。但“月阙”既可指观月阙阁名，也可指月宫；春山既可指笑春山地名，也可指春天的山。

四十二、两兼对

句中一个字承前接后均能表达意义，这种字叫两兼词，用两兼词作的对联称为两兼对。如佚名联：

芦中人语响；

柳下惠风和。

“芦中人”即春秋时楚人伍子胥。因其父兄均被楚平王所杀，愤而奔吴，在路上遇一渔父，渔父回家为其取食，伍子胥生疑，藏匿于芦苇之中。渔父取食归，连呼“芦中人”，伍子胥乃出，后遂以“芦中人”代称伍子胥。柳下惠即春秋时鲁国大夫展禽，死后谥“惠”，因居柳下村，遂称柳下惠。联中“人”和“惠”为两兼词，它们与前面的词分别组成“芦中人”和“柳下惠”；与后面的词分别组成“人语”和“惠风”，从而产生意趣。此联的上边还有另一种版本：

李东阳气暖。

又如民国初佚名应某报征对：

易君左闲话扬州，惹起扬州闲话，易君左矣；
林子超主席国府，连任国府主席，林子超然。

民国初年，江苏扬州文人易君左写《闲话扬州》一书，引起扬州人不满，有人出一上联征对，下边为征得的佳句。林森，字子超，1932年起接替因九一八事变下野的蒋介石而任国民政府主席。联中“左”“超”是两兼词，既与前面的“易君”“林子”组成名词，又与后面的“矣”“然”组成动词。据宋文莹《玉壶清话》卷六记载，后唐进士范质，因不满后唐君臣的腐败无能，而辞官回家，遁迹民间。曾经在自己的白纸扇上写了一副对联：

大暑去酷吏；
清风来故人。

这是见于记载的最早的一副扇联。意思是说，让炙热难熬的酷暑和那些贪官污吏一起滚走吧！扇子一摇，凉风送爽，请老朋友和清风一道来我这儿做客吧。联语中的“去”和“来”就是兼词。

四十三、迭映对

迭映，是在句子前后相应的位置上迭用同一个词语，表示相对或相反的意思。

迭映与复辞都有间隔迭用同一个词语的特征，其区别：首先，复辞可以是一个词、一个字、一句话，而迭映只限一句话中某个词语的间隔迭用。其次，迭映讲究迭用的位置，而复辞则不受此限。第三，也是最本质的区别则是，复辞的目的是为了起强调作用，加重语气和感情，无论反复多少次，它强调的是同一个意思，而迭映一般只迭用一次，目的则是为了表示相对或者相反的意思。

武汉龟山脚下的月湖之滨有古琴台，相传为楚国琴师俞伯牙鼓琴处，这里有一联曰：

志在高山，志在流水；

一客荷樵，一客听琴。

山上的樵夫钟子期能识其音律，知其志在高山流水，伯牙便视子期为知己。几年以后，伯牙又路过龟山，得知子期已经病故，悲痛不已的他即破琴绝弦，终身不复鼓琴。后人感其情谊深厚，特在此筑台以纪念。联语上边“志在”二字的迭用，“高山”对“流水”，表示相对的意思。下联迭用“一客”，则表示相反的意思，以同行樵夫不知音，只顾“荷樵”而行来映衬子期“听琴”知音。又如佚名集宋玉《高唐赋》、曹丕《列异传》句作赠雏妓联：

朝行云，暮行雨；

雌者霸，雄者王。

“朝行云”与“暮行雨”，“雌者霸”与“雄者王”都是相对、相反的意思，“行”“者”分别在上下边迭用而为迭映对。

又如纪晓岚祝乾隆八秩寿联：

八千为春，八千为秋，八方向化八方和，庆圣寿八旬逢八月；

五数合天，五数合地，五世同堂五福备，正昌期五十有五年。

“八千为”“五数合”分别在上下边迭用而为迭映对。

四十四、蝴蝶对

蝴蝶对即长联的对格。凡是较长的对联，自然不止一句，于是分作两排，成为上联和下联，上下联的字数自然是相同的，相对应的词性也是相同的，平仄适是相反。这两排文字的对仗性质就像蝴蝶的一双翅膀，具有对称美。翅膀扇动前进多远，对联就有多长，就像马蹄韵一词一样，十分生动形象。

四十五、折腰对

所谓折腰对，就是将一副对联每边截作两半，前半部分用自对格，另加一单句，意致与自对的二句相连属，后半却用蝴蝶格，使上下互对，如此则每联的中间，俨然分为两截，腰间斩断，故名折腰格。如关帝庙联：

> 汉封侯，晋封王，有明封帝，圣天子可谓厚矣！
> 内有奸，外有敌，中原有贼，大将军何以待之？

上下边第一、二分句是自对，有人说第三分句是独立成句，其实它与第一二分句也是相对的，只不过是不等量自对而已。只有末句是上下边互对，是为蝴蝶格。但联意是一气贯注而下，只是属对的方法悄然变化了，也是出于自然。文字的自然是属对的基本要求，也是最高境界。

四十六、飞白对

飞白是一种修辞手法，明知其错，故意做错，也就是将错就错，多用于戏谑嘲讽。如抗战时期，有人作联：

死；

死。

这副对联的意思是表达宁可站着死，不愿倒着生的民族气节。倒写的“死”字是不合常理的，这里却产生了意趣。

王闿运挽袁世凯联有人认为不合对联字数相等的基本特点，不是对联：

袁世凯千古；

中华民国万岁。

以“袁世凯”不能与“中华民国”相对而别解为“袁世凯对不起中华民国”。它恰好是运用了对联要求字数相等的特点创造出来的一种意趣。对联如果没有上下联字数要相等的特点，此联就没有意趣。

相传清初苏州秀才韩慕庐在一蒙馆任教时，曾将《礼记·曲礼》中“临财毋苟得，临难毋苟免”中的“毋”误读作“母”。适逢一名士路过听到，口占一联讥之：

《曲礼》一篇无母狗；

韩也觉难为情，即应出下联以解嘲：

《春秋》三传有公羊。

“三传”是指解释《春秋》的三部著作《公羊传》《谷梁传》和《左传》的合称。联中“公羊”巧对“母狗”,乃天造地设,极具趣味。“母狗”就是飞白。

民国初年,四川陆军第三师师长孙兆鸾本是大老粗一个,却偏爱装腔作势,不懂装懂,假充文人。常常弄巧成拙,洋相百出,人们叫他“别字将军”。他为人祝寿,便说:“你真是个人面寿心”。把“人面兽心”一词用到这里了。部队里死了个官,他便说:“开个追掉会”。把追悼的“悼”读成“掉”。他去探望友人母亲疾病,劝病人多保重,说:“你老人家要保暖思淫欲。”像这样的笑话,不知闹过多少。念起别字来,更是行家。他斥责随便杀人的恶棍:“真是草管人命。”将“菅”字读成“管”字;给士兵训话说:“我们军人就是要准备马革里尸!”因为原来“裹”字与“里”(“里”的繁体字)相像,他就把“裹”念成“里”,使“马革裹尸”变成“马革里尸”了。于是,有人便故意嵌入他念的别字,作成对联:

山管人丁,水管财,草管人命;
皮里袍子,布里裤,马革里尸。

让孙兆鸾看了,他还不知道是讽刺他,反而假装正经卖弄风雅地称赞说:“作得好,作得好,真是对得‘公温’。”又把“工稳”念成“公温”。

这样故意将读错的字、词将错就错搬出来,构成飞白修辞。嘲讽孙兆鸾不学无术,令人发噱。

四十七、更容对

更容，顾名思义，就是更换容貌。本不能与彼词相对的词语，更容后便可以对仗了。如唐刘长卿七律《观校猎上淮西相公》偶句：

师事黄公千载后；
身骑白马万人中。

"黄公"系秦时隐士黄公石更容去"石"字而成。通过整容而与"白马"成工对。又如佚名挽民族烈士温生才、陈敬岳等联：

生经白刃头方贵；
死葬黄花骨亦香。

"黄花"即黄花岗更容截除"岗"字，扮成黄色的花，而与白刃相对成工。2005年中央电视台春节联欢晚会有这样一副对联：

碧草毡房，春风马背牛羊壮；（内蒙古）
苍松雪岭，沃野龙江稻谷香。（黑龙江）

联语上边写内蒙古，下边写黑龙江，将"黑龙江"更容为"龙江"与"马背"相对。

四十八、连珠对

两个叠音词对举的格式，就是连珠对，现在又称叠字对。"连珠对"一词，始于唐代。唐上官仪曰："盖两字相叠，连串而下，犹如珠玉相贯，美丽玲珑，夺人耳目，动人心脾。”听觉上如贯珠悦耳，视觉上齐整对称，语意上能渲染气氛，旋转辞气。连珠对根据叠音词在句中的位置，可以分为首珠对、腹珠对和尾珠对三种。首珠对又称头珠对，如李白《古意》中句：

枝枝相纠结；
叶叶竞飘扬。

腹珠对如杜甫《简吴郎司法》中句：

云石荧荧高叶曙；
风江飒飒乱帆秋。

尾珠对如韦庄《登汉高庙闲眺》中句：

天畔晚峰青簇簇；
槛前春树碧团团。

根据叠音词的多少，可以将连珠对分为双珠对、滚珠对和全珠对。

双珠对，是一句之中只用一个叠音词，对边相应位置叠音对举的格式。如传统对联：

不求金玉重重贵；
但愿儿孙个个贤。

联语中只有“重重”和“个个”两个叠音词相对，这就是双珠对。

滚珠对，是把两个叠音词叠用之后再两两对举的方式。如杭州九溪十八涧亭联：

重重叠叠山，曲曲环环路；
高高下下树，叮叮咚咚泉。

全珠对，是指一副对联中全部用叠音词对举的格式，如杭州西湖天下景亭联：

水水山山处处明明秀秀；
晴晴雨雨时时好好奇奇。

还有的连珠对是同字相连，如何澹如题赛龙船和搭棚唱戏联：

扒扒扒扒扒扒扒扒扒，扒到龙门三级浪；
唱唱唱唱唱唱唱唱唱，唱出仙姬七姐词。

四十九、隐字对

相传北宋宰相吕蒙正早年生活十分贫困，某年除夕，他见家中一贫如洗，便写了这样一副对联贴在大门两旁：“二三四五；六七八九。”横批为“南北”。联语的上下边故意分别缺一个“一”字和一个“十”字，横批故意缺“东西”二字，谐缺衣少食，没有“东西”之意。联语将作者穷困酸楚之情以诙谐的手法表现了出来。

《聊斋志异·三朝元老》中也介绍了这样一副对联：一二三四五六七；孝悌忠信礼义廉。联语上边隐去一个“八”字，意喻“忘八”，谐“王八”之音，下边隐去一个“耻”字，意喻“无耻”。联语将嘲讽对象比喻成“王八”“无耻”之徒。后来有人又借用此联来讽刺袁世凯。

此二联是两副典型的隐字联。隐字联，亦称缺如联、藏字联，即人们在作对联时，故意空出某个字（这个字与联面上的字紧密相连），让别人去填补，使之在填补的过程中领会联语的言外之意。因此，所隐之字正是联语的“联眼”，具有画龙点睛之妙，与相声中的“包袱”有些相似。也可以说是作者话到嘴边不明说，故意卖关子，但有心的读者一看便知。当然，有些隐字联也不需要读者“脑筋急转弯”，因为所隐之字为成语中的某一个字，只要懂得成语的就能知晓。如某人嘲讽名叫“吉生”的庸医联：未必逢凶化，何曾起死回。“逢凶化吉”和“起死回生”均为成语，一看便知隐“吉”“生”二字，讽刺庸医医病不“吉”无“生”。

有些隐字联，读者必须了解典故才能领悟其中的奥妙。如清代某人讽刺鄂州候补知府续立人联：尊姓原来貂不足；大名倒转豕而啼。《晋书·赵王伦传》中有“貂不足，狗尾续”之语，隐其姓“续”字；《左传·庄公八年》中有“豕人立而啼”之语，“人立”倒转即为“立人”，全联暗射“续立人”之名。

有些隐字联，是集古人诗词名句而成。如诗人易君左五十年代挽因情自杀的香港国泰机构影星莫愁联：与尔同销万古；问君能有几多？上边出自李白的《将进酒》，原句为“与尔同销万古愁”；下边出自李煜的《虞美人》，原句是“问君能有几多愁”。上下边均在末尾隐去一个“愁”字，紧扣被挽者之名。

还有些隐字联，系集古文名而成。明代冯梦龙的《古今谭概》中记载着这样一则故事：某书生家贫，无酒为友祝寿，遂持水一杯，谓友人曰：“君子之交淡如。”友通其意，应声曰：“醉翁之意不在。”这两句恰好构成一副对联，末尾均隐去一字。上联出自《庄子·山水》：“君子之交淡如水，小人之交甘若醴。”下联出自欧阳修《醉翁亭记》：“醉翁之意不在酒，在乎山水之间也。”主人有意隐去“酒”字，足见这对朋友之间真挚的友谊。

在集古文名句的隐字联中，有的还是嵌字联。如章炳麟讽康有为联：国之将亡必有；老而不死是为。上联集自《礼记·中庸》：“国之将亡，必有妖孽。”隐去了“妖孽”二字；下联集自《论语》：“老而不死是为贼。”隐去一“贼”字。两句古语隐去三个字后，恰好构成一副妙联，且联尾还嵌“有为”二字，说明了讽刺的对象。章炳麟的“骂技”真是绝了。

这种集隐字、集句、嵌字为一体的联语，其创作难度很大。因此，作者为使联语对仗工整，隐去的部分有时不止一两个字。而可能是几个字，或者是一句话，但是在这几个字或一句话中，必有其字眼。清代王士卿，因贪污而被革职处死，于是有人题一副隐联予以嘲讽：“士为知己；卿本佳人。”上联出自《战国策》，原句为“士为知己者死；”下联出自《北史》，原句为“卿本佳人，奈何作贼？”

联语所隐字眼“死”“贼”，讽刺王士卿是“死人”和“贼人”。单从联语的字面上看，还以为是对王士卿的褒扬呢。由此可见所隐之字在联语中的深刻含义。

当然，也有的联语隐字并没有什么深刻的含义，而是为了点明某一特定的名称而引发出某种情趣，如杭州西湖黄龙洞联：“黄泽不竭；老子其犹。”联语的上联不缺字，下联表面看来也不缺，但所用的仅仅是孔子在洛阳见到老子后回鲁国对人讲的一句话的一部分，原话是

“老聃其犹龙乎?”为了与上联相对,故意把“龙”字隐去,一补上来,联中即嵌上“黄龙”二字,使联语切合了地名。

一般的隐字联,作者都不会用隐字符号标出,但也有故意标出的。传说明天顺年间进士李东阳小时聪慧善辩,他一次参加知府会客,知府出句戏之:“童子六七人,独汝狡。”李东阳应声对:“员外二千石,唯公□。”故意留下最后一字,知府诘问,李东阳说:“你给我钱,我添一“廉”字,不给我钱,我添一“贪”字。小东阳“以毒攻毒”的幽默和机智确实令人赞叹。

上世纪末,在湖南城步儒林镇一户人家的槽门上有这样一副隐字联:

门垂碧柳□□
宅近青山□□

围绕这副隐字联,在全国掀起了一场大讨论,我的“隐隐、空空”的观点成为争论的焦点,在后来找到了这两句诗的出处之后,我的“似陶、同谢”的观点获得头奖。但是有许多人还不赞同我的观点,中国楹联学会评奖时也把一等奖空缺,意即这幅隐字联的破译尚未在楹联界取得一致意见,成了中国楹联史上唯一没有填上大家公认答案的一副隐字联。可见,隐字联是幽默和机智在对联艺术中的体现。

五十、玻璃对

所谓玻璃对,就是由玻璃字组成的对联。玻璃字就是把汉字书写在玻璃上,从正反面识读,字形基本不变的字。 其特点:就字形而言,上、下或左、右字形结构基本对称一致,造成字本身的一种形态美。清代联家梁章钜先生在他的《楹联续话》中说："吴山尊学士，始出意制玻璃联字。一片光明，雅可赏玩。"可见，玻璃字是吴山尊首创的。因玻璃是透明的，所以一片光明。吴鼒，字山尊，清乾隆年间举人，嘉庆年间又中了进士，曾任翰学院编修，后又升至侍读学士。吴大学士自己还创作了一副玻璃字对联：

金简玉册自上古；
青山白云同素心。

同时还加了个玻璃字横批：幽兰小室。

古时的玻璃对多以篆隶书体辨识，因篆隶书体的汉字多对称字。有些字看起来不对称，但是写成篆书就对称了。如：

文同画竹两三个；
丁固生松十八公。

此联载于清人李伯元的《南亭四话》，联语中"文同"，是宋代画师，以善画竹山水著称。"两三个"是指竹叶，拆合字。丁固，三国时吴国人，初仕尚书，因梦松树生于腹上，便对人语："松字拆开乃十八公也，再过十八年我当为公。"后来果然官至司徒（汉时称司马、司徒、司空为三公），此联不仅反正皆宜，且用典自然，可称形式与内容完美统一。

由于简化字的普遍运用，有一些玻璃字就不对称了。如果要用，需恢复繁体字的面目。如萧玉苍先生联：

萬里東风香百卉；

一宵喜雨贵千金。

玻璃对虽然是文字游戏，但置于一些特定的场所，是颇有意趣的。如萧玉苍先生题美容美发厅的对联：

贵客美容齐革面；

主人营业盡开心。

这样的对联“贴”在大门的玻璃门上，肯定能吸引顾客。

五十一、谜语对

将谜语用对联的形式表达，就是谜语对或谜语联。某年元宵夜，清乾隆与群臣在文华殿欢娱。乾隆出一对联，说是一谜语，打两个字，要大臣们猜谜。联曰：

黑不是，白不是，红黄更不是。和狐狼猫狗相仿，既非家禽，又非野兽；

诗也有，词也有，论语还也有。对东西南北模糊，虽为短品，却为妙文。

在场的纪昀抢先道出谜底“猜谜”。原来，这副谜联的上联说不是“黑白红黄”，暗寓一个“青”字，“和狐狼猫狗相仿”，意为反“犬”部首，合起来便是一个“猜”字。下联“诗词论语”上都有，意为“言”字偏旁，“对东西南北模糊”则扣一个“迷”，合起来则为“谜”字。故这副谜联的谜底是“猜谜”。古代有名的谜联很多，如：

日落香残，免去凡心一点；（谜底：秃）
炉熄火尽，务将意马牢栓。（谜底：驴）

吴下门风，户户尽吹单孔箫；（谜底：吹火筒）
云间胜景，家家皆鼓独弦琴。（谜底：弹棉花）

白蛇过江，头顶一轮红日；（谜底：油灯）
青龙挂壁，身披万点金星。（谜底：秤）

五十二、隐切对

所要讲的事物并不言明，而用相关的话去暗指所要讲的事物的修辞手法。从联语字面看是“隐”，而内容上却“切”。 运用隐切，可使联在含蓄中旨意更加明确。如韩姓宗祠联：

有客如擒虎；
无钱请退之。

上边典指隋朝大将韩擒虎；下边典指唐代文学家韩愈（字退之）。作者想切的是“韩”字，但在联中并不出现，欲说偏藏。又如“开绿破青”巧对联：

龟浮水面分开绿；
鹤立松间点破青。

明代学者郭希颜幼时，与一长者共浴，长者见一龟浮水上，因出上句，希颜即对下句。联语描绘与“分开绿”“点破青”相扣的“龟浮水面”“鹤立松间”，暗指所隐的“黑”“白”二色。龟壳“黑”和鹤羽“白”，字面上隐去却在内容上紧密相切“黑”“白”二色，构成隐切修辞。隐切使“黑”“白”二色愈明。如题酒店联：

刘伶问道谁家好；
李白回言此处高。

刘伶和李白两位都是历史上嗜酒的名人，他们俩都说这里好，自然说明这里的酒好。欲说偏藏而隐切“酒”。因联句不是大家熟知的成语或句子，故这种修辞与隐字是不同的。又如浴室联：

到此皆洁己之士；
相对乃忘形之交。

上边隐去一个“浴”字，进浴室洗浴之后，自然一身洁净了；下边隐去“浴室”二字，在浴室中，大家赤身相对，自然是忘形之交。联语不仅仅隐切，而且蕴涵深刻。“洁己之士”，即洁身自好的意思，“忘形之交”，即不拘形迹、坦诚相对的知心朋友，饱含人生哲理，同时也是一副修身格言联。

五十三、事类对

事类对，是引用古今事类及现成辞句表情达意的对偶格式。刘勰《文心雕龙·事类》说："事类者，盖文章之外，据事以类意，援古以证今者也。"即指此类对偶格式。所谓事类，就是典故。典指经典，即历代典籍中的言辞成语；故指故实，泛指古今事类。典籍故实在对联中的运用，有利于精炼对联的文字，扩大内涵，是对联追求含蓄蕴藉艺术风格的重要表现。一个典故，只需几个字就能把需要用一大段文字来阐述的内容和蕴涵表达出来。明谭俊《说诗》卷上说事类对能"沿革成语，扩克同类，譬寸辖制轮，尺枢运关"，就是这个意思。诗人和联家在事类对中用跨时空的方式表达自已的思想，把熟悉的事物陌生化，以获得典雅、含蓄、隽永、丰容的表达效果。对联用典通常有正用、反用、曲用、明用、暗用、改造、缀合、借用、引出等。下面从用典的多寡、用典的类型、用典的隐显和用典的标准等几个方面予以分析。

①用典的多寡

依据用典的多寡，可以将事类对分为一典对和两典对。

一典对，即在一副对联之中，只用一个典故的偶格。明谭俊《说诗》卷中，称一典为"一事对"。如湖南岳阳楼联：

四面湖山收眼底；

万家忧乐到心头。

此联乍看不见用典，其实不然。下联应是将范仲淹的名句"先天下之忧而忧，后天下之乐而乐"的意思脱化。重在"忧乐"二字。二字关情，用得极巧。

二是两典对，即一副对联之中，上下边各用一个典故，一联两典的偶格。如蒲松龄的镇纸铜条联：

有志者，事竟成，破釜沉舟，百二秦关终属楚；

苦心人，天不负，卧薪尝胆，三千越甲可吞吴。

联语中用了两个典故，上联借用项羽救赵过漳水后，沉船、破釜、背水一战，终获大捷的典故，无半点雕琢之感。下联借用越王勾践卧薪尝胆苦熬十年的典故，体现绝不罢休的顽强意志和远大志向。两典对，是对联最规范的一种用典形式。

②用典的类型

根据用典类型的异同看，可将事类对分为语典对和事典对。

语典对，即截取古代经典或古人言论入对的格式。这种修辞方式，就是通常所说的“引经”。如杭州岳庙联：

天下太平，文官不爱钱，武将不惜死；

乾坤正气，在下为河岳，在上为日星。

上联引自岳飞的话：“文官不爱钱，武将不怕死，则天下太平矣。”只将顺序颠倒一下，属拈来之笔，下联引自文天祥正气歌：“天地有正气，杂然赋流形，下则为河岳，上则为日星。”只改动几个字，即翻成新联。语典对一般要求所用语典要在上下边相同位置互对，这在一定程度上增加了语典对的难度。

事典对，指引用历史故事和前人事迹，借此寄托某种含义的偶格。这种修辞方式，就是通常所说的“稽古”。如安徽霍山县韩信祠联：

生死一知己；

存亡两妇人。

此寥寥十字，便全面概括了韩信一生中的重大经历。上联"生死一知己"，是说韩信得以重用及后来谋反被识破者，均为萧何一人。世人说"成也萧何，败也萧何"此理也。下联是说，韩信在早年因家贫挨饿，幸被一洗衣妇人救助，才保全生命。后韩谋反被捕，被吕后所杀。存与亡分别因为两个妇人，即是下联的含义。

③用典的隐显

根据用典的显隐与否，可以将事类对分为显典对和隐典对。

显典对就是将所引之事清楚明白说出来的用典格式。如小凤仙挽蔡锷联：

不幸周郎竟短命；

早知李靖是英雄。

袁世凯本想利用小凤仙以磨洗蔡锷心志，但小凤仙与蔡锷相识后，结为知音，爱憎同道，视为患难知己，后来小凤仙冒险救蔡脱身，完成倒袁大业。不幸蔡病逝，作者将蔡锷明比周郎岁在青年而夭，又暗喻袁世凯是曹操，用典贴切；下联将蔡锷明比李靖，实际上是暗将自己比做红拂。两喻中人物同是在政治上做过一番大事业的英雄，所以此联用典贴切、自然，令人生发联想。

隐典对，就是联句中字面上看不出用典，需分析会意才能明白。如朱姓宗祠联：

两朝天子；
一代圣人。

“两朝天子”指五代时期篡唐的梁朝开山皇帝朱温，另一个则是朱元璋。“一代圣人”自然指朱熹，朱熹乃是宋明理学的泰斗级人物，儒家大宗师之一，后世朝廷都封其“朱圣人”。这副对联口气之大，可说到了极致。其夸宗耀祖，更是让人叹为观止。天下之大，大不过天子；影响之巨，巨不过圣人。真是让百家姓之首也羡慕姓朱的。哪知邻家的项姓很不以为然，随即在自家祠堂大门上大张一联，此联笔酣墨饱，气势酣畅，读之令人悚然变色，请看：

烹天子父；
为圣人师。

这副对联出自这么两个典故：“烹天子父”是说，楚汉相争时期，两军对阵广武山，项羽以“烹杀太公”威胁刘邦投降。“为圣人师”（《三字经》中曰“昔仲尼，师项橐 ”），是这样一个典故：春秋时候，有个人叫项橐，在大路上面砌墙，恰好孔二先生路过，作势要跨，项橐立马拦住：“君子岂有越墙之理？”孔子觉得此言有理，遂绕墙而过，并拜项橐为老师。

④用典的标准

在对联中用好典故，并非易事，南朝梁·刘勰《文心雕龙·丽辞》中就有“事对为难”之叹。关于事类对的标准，也是众说纷纭，但大多以浅近、异处、贴切、无迹四端为要。所谓浅近，就是说事类对中的用典，要用大家都了解的，浅显易懂的，不能过于生僻。清方世泰《辍锻录》说:"(用事)当取诸唐以前,唐以后故典,万不可入诗,尤忌以宋元诗人作典故用。"这是因为唐以前古书有限,故事多为人们熟悉。当然,这种观点未免偏颇。其次是异处,是指典故的书籍当来自不同的书籍,凡从一书一处的典故,所表现的历史故事和背景有一定的局限性,会给人以读书少、见识谫陋之感。清方东树《昭昧詹言》卷一说:"用事忌出一地一书,如既本昔人陈意,事词又出一处,此最不可。"再次是贴切,不管用什么典,一定要注意能够准确表达作者的意思,不可凑合。四是无迹,就是在贴切的基础上,做到自然无痕。杜甫曾说过:"作诗用事,要如禅家语'水中着盐,饮水乃知味'。"后人将杜甫此说当作诗家秘籍:"乃诗家秘密藏也。"

用事更高一点的要求,就是活用,就是不要被故事所拘束,要有变化。"夺胎换骨,点铁成金"(黄庭坚语)。清代陈权《竹林答问》曰:"实事虚用,死事活用,常事翻用,旧事新用,两事合用,旁事借用。"清朱庭珍在《筱园诗话》也说:"正用不如反用,明用不如暗用,借宾以定主,托虚以衬实。死事用之使活,熟事用之使生。"这些都是用典的经典论述。不过,真正要用好典,还需要自己在创作中去摸索。

五十四、闪避对

为了回避比较敏感的问题,故意使用含义宽泛的概念,或者是不够精确的模糊语言加以表述,话语显得不具体、不明白,而又不失礼貌,不失机智,这样的修辞方式叫闪避。闪避的"闪"可以理解为躲闪,即回避正面作答,"虚晃一枪",避过锋芒,依"闪"的手法,闪避可以粗分为两类:一是虚指闪避,二是宽泛作答。闪避辞格的功能主要有两方面:一是可以在不方便直接回答问题时,不会因为拒绝回答而伤害对方,同时又没有泄露关键信息;二是面对不怀好意的提问时,使用闪避的修辞手法,可起到言语保护的作用。

杭州灵隐寺前有座山,古木参天,岩石突兀。东晋咸和初(约公元326年),印度高僧慧理登此山,说:“此天竺灵鹫山之小岭,不知何年飞来?”此山因此得名飞来峰。峰前有灵隐涧,涧水清幽。明代著名书画家董其昌为涧间的冷泉亭题写一联:

泉自几时冷起?
峰从何处飞来?

对联采用天问对形式,这两个问题都是没人能回答的。但此问诱得游客浮想联翩,也引来不少应答妙联。清代名臣左宗棠题联道:

在山本清,泉自源头冷起;
入世皆幻,峰从天外飞来。

学者俞曲园答道:

泉自有时冷起;
峰从无处飞来。

石治棠题曰:

泉自冷时冷起;
峰从飞处飞来。

这三联都各具巧思，意味隽永。“泉自几时冷起？峰从何处飞来？”本是无头之案。左宗棠答以“泉自源头冷起，峰从天外飞来”，前句出自实情，后句出自传说，都属于宽泛作答。俞曲园和石冶棠的回答却是闪烁其词，属于虚指闪避。然而古今游客读到这样的巧思妙答，都会陡然生趣，游兴大增。

广东潮州市西湖步月亭联亦有异曲同工之妙。联为：

伴云何处住？得住且住；
问月几时圆？见圆便圆。

上下联前部设问，后部作答，但“得住且住”“见圆便圆”并无定数，似答非答，用的也是闪避手法，却蕴含着大自然的超然哲趣。

闪避手法的另一种形式是故意不作正面回答，而是转个弯，换个角度来回答。相传乾隆皇帝出游江南遇见少年阮元，得知后便出句戏问：

阮元何故无双耳？

“阮元”二字只一“耳”偏旁，何来双耳？乾隆帝这个问题是刁难阮元。阮元巧妙答道：

伊尹从来只一人！

伊尹是商代的贤相，恰巧“伊尹”二字只有一个单“人”旁。以“伊尹”对“阮元”可谓天造地设。阮元避开了正面回答的难题，另辟蹊径作了妙答。“伊尹从来只一人”可有两种理解,其一是说像伊尹这样的贤相,古来只有他一个;其二是说,像伊尹这样贤相的姓名都可以只有一个“单人”旁,那我“阮元”的姓名为什么不能“无双耳”呢?闪避乾隆皇帝的诘问。如此妙答,足显少年阮元的才气过人。

明代大学士杨一清,年少有才华,一次与国公、尚书同席,国公、尚书各赐酒一杯。杨双手接过,尚书出句问道:

手执两杯文武酒,饮文乎?饮武乎?

意思是说,你手端着文臣(尚书)和武将(国公)所赐的两杯酒,你是喝文臣赐的酒,还是喝武将赐的酒呢?这显然也是个难题。杨一清却冷静地对以下联:

胸藏万卷圣贤书,希圣也,希贤也!

其意是,我胸装万卷圣贤书,当然是希圣又希贤啰!言外之意是,您两位大人赐的酒我都饮。杨一清一句妙答,闪避了尚书的难题,间接地作了明确的回答。尤其是借此答话,表明了他不凡的抱负。尚书、国公二人听了都连声夸奖。

清末维新派代表人物梁启超,曾经经过武汉时,想要拜访一下早年洋务运动的领袖人物张之洞。当时梁启超意气风发,先给张之洞写了一封信表登门拜访之意,他在信上落款“愚弟”。张之洞看后觉得这少年太狂妄了,竟敢与我称兄道弟。于是出了一个句子为难梁启超:

四渎江第一，四时夏第二，老夫居江夏，谁是第一？谁是第二？

四渎为长江、黄河、淮河、济水总称，按序长江当然排第一；四时，即春夏秋冬，按顺序当然“夏”排第二。老夫，张之洞自称；江夏，即武昌。从这副对子中，张之洞想给梁启超来一个下马威，言下之意：你这次来江夏，那咱们俩人究竟谁第一，谁第二呢？可是梁启超毕竟是学贯中西的少年才俊，他略一思索，答案就出来了：

三教儒在先，三才人在后，小子本儒人，不敢在先，不敢在后。

三教，指儒释道，儒教列前；三才，天地人合称，以“人”居后。小子，梁启超谦称。儒人，读书人。这下联不卑不亢，表明梁启超本一介儒生，不敢说居于先生之前，但是也绝不甘心落于人后。梁启超的回答巧妙地避开问题，却极有道理，张之洞心悦诚服，收敛起了轻视之心。

郭沫若少年读书时，有一次和同学们偷吃了庙里的桃子，和尚告到先生那里。先生追查学生，但没有人承认。于是，先生出了一个对子，声称，对上了可以免罚。先生的出句是：

昨日偷桃钻狗洞，不知是谁？

郭沫若稍加思考，故意“王顾左右而言他”，应声对道：

他年攀桂步蟾宫，必定有我！

郭沫若的对句也是闪避了先生的问话，避开尴尬，表明志向，巧妙地回答了先生的问题。先生惊其才志，十分高兴。全体同学都免除了处罚。

五十五、拆词对

所谓拆词，又称“析词”，即把多音节的词语临时拆开来用，以增强表达效果的一种修辞手法。在一句话中，将一个词作词用后，又作词组使用，或将一个固定的词或成语故意分离重新组句的语言表达方式。体现了语言运用的灵活性，使表达幽默生动。例如“画水画山，山水画出山水画”一句中的“山水画”，简称“山水”，中国画的一种，是描写山川自然景色为主体的绘画。末尾的“山水画”是专有名词，就是指这一种中国画。前面的“山水画”则要拆开来理解了，山水/画，“画”成了动词。这就是拆词的修辞手法。拆词分直接拆词和谐音拆词两类。直接拆词对如康有为题谭嗣同墓碑联：

复生不复生矣！
有为安有为哉？

1914年，康有为从日本回来后，到湖南浏阳县城西门外吊谒谭嗣同墓，抚今忆昔，百感交集，触景生情，悲痛满怀，遂在烈士祠，即兴以自己的名“有为”和谭嗣同的字“复生”，组成了一副巧妙的墓联。上联的意思是谭嗣同再也不会复生了，即死者长已矣的意思；下联的意思是康有为有什么作为呢？有生者何堪之意。康面对谭墓，悲从中来，万分哀痛，百感交集。维新吧，而维新变法失败了，不仅谭嗣同等六君子被杀，自己也差点送了性命；保皇吧，而清朝皇帝被赶下了台。

人生的前途何在呢？莫名的悔恨、思旧、失落、彷徨……均在十二字之中。上联中的第一个“复生”是名词，指谭嗣同；第二个“复生”是动词，意为不能重生了。同样，下联中的第一个“有为”是名词，指康有为本人；第二个“有为”是动词，意为有什么作为呢？康有为挽刘光第联也运用了同样的手法：

死得其所，光第真光第也；
生沦异域，有为岂有为哉？

常熟县令杨子器对府尹联：

常熟年年告水荒，非为常熟；
长安夜夜防风火，不是长安。

这副联也是直接拆词。前一“常熟”为地名，后一“常熟”为词组，为“年年稻熟”之意；前一“长安”为地名，后一“长安”亦为词组，乃“长久平安”之意。属句的后一分句，分别拆“常熟”“长安”，并加否定词“非”“不”，表达与前句的“常熟”“长安”字面上相反的意思。

拆词对的另一种是谐音拆词，如酒店联：

贾岛醉来非假倒；
刘伶饮后不留零。

这副对联也有一种说法是明代画家唐寅和张灵酒后互对联。谐音拆词，即将一个词作词用后，又以原词的谐音作词组用。贾岛是唐代著名诗人，刘伶是西晋“竹林七贤”之一，终日醉酒，世有“杜康造酒醉刘伶”语。属对中，“贾岛”“刘伶”在前面作名词用后，又以“贾岛”谐音为动宾词组“假倒”，“刘伶”谐音为“留零”（没有留下一点）。“贾岛”与“假倒”、“刘伶”与“留零”皆无双关意，为谐音拆词的明拆，又是混异。金圣叹绝命联则是暗拆：

莲子心中苦；
梨儿腹内酸。

联面上的“莲子”“梨儿”为果品名，“莲”又谐音“怜”，“梨”谐音为“离”，“怜子”“离儿”为动宾词组。“莲子”“梨儿”明作果品名用，又谐音作词组而构成谐音拆词，因字面上没有显现，故为暗拆。通过暗拆，使语意双关却旨在取“怜子”“离儿”之意，情深语妙！

五十六、别解对

别解是运用词汇、语法等手腕，暂时赋予词汇以新的意义。或者说，在一定的语言环境中，赋予某一词语以另外的或常设的意思，即成心歪曲某一词语，从而收到幽默风趣的艺术效果，亦可达到主观上要求的语言效果，这种修辞方式叫别解。如陈寅恪题防空洞联：

见机而作；
入土为安。

此联作于抗日战争时期。联意一解为：见到飞机而建造防空洞，入防空洞才安全；另一解是：见到机会就立即行动，埋到土里（坟墓）

才得安稳。联句巧用成语、俗语，妙语天成，意趣横生。如山东王凤喈应对前人联：

翠屏山出巧云，方显石秀；
清风寨落时雨，才露花荣。

上边的故事情节，出自《水浒传》四十六回，杨雄在义弟石秀帮助下，在翠屏山杀死其妻潘巧云。但是，这个上联的用意，主要不在故事情节，而是借它表达生动而又美妙的诗情画意。下边依据《水浒传》三十三回至三十五回的叙述描写，及时雨宋江几经折磨，落难到了青州清风寨。清风寨文寨主刘高，不仅不感谢宋江救妻之恩，反而诬蔑宋江为寇。武寨主小李广花荣，久仰宋江义气。他历尽风险，三次射箭，不仅搭救了宋江，而且赚得秦明、黄信等大将，一同投奔了水泊梁山。这三回书真把花荣描写得有声有色。“时雨”是“及时雨”的省略。春雨之后，清风徐来，百卉争艳，溢香流彩，自然是“花荣”美景。

清嘉庆年间，龙汝言殿试独占鳌头，衣锦还乡，因为忙碌而忘记了及时拜谢业师。业师遂托人给龙汝言送了一边出句：

嫩竹长长过老竹，荫蔽先生。

龙汝言看后，知先生意，连夜上先生家请罪，并呈上对句：

旧莲种种出新莲，包涵小子。

属对中的“嫩竹”“新莲”，喻“后学”；“老竹”“旧莲”喻“先生”。“包涵”指新莲由旧莲种子生成，莲子又包在莲蓬之中，联中别解为“宽容”“原谅”。“小子”指莲蓬中的小莲子，别解为龙汝言自称。“荫蔽”，指嫩竹遮住了老竹，联中因取比喻义而别解为“掩盖”住了先生的光芒。出句和对句都用比喻意，以构成别解，委婉地表达了自己的意思。

五十七、假称对

假称对也称借称。是作者有意将对联中要表达的意思，假借有关对象之口，以第一人称的方式表达出来，以达到联语生动有力的效果。如题财神庙联：

> 只有几文钱，你也求，他也求，给谁是好？
> 不做半点事，朝来拜，夕来拜，教我为难！

作者借财神之口劝阻世人丢掉不劳而获、坐享其成的幻想，风趣幽默，直言不讳的大实话，教人听了忍俊不禁，又是实实在在的大道理。这样的庙宇联还有，如湖南邵阳新宁城隍庙有这样一副楹联：

> 做事光明，到此无须惧胆；
> 为人险诈，看你怎样下场。

上联像法官安慰守法的百姓一样：如果做事光明磊落，你到这里无须害怕，我城隍爷一定会保佑你的！下联像法官训诫犯人一样：你为人险诈，不会有好下场的！你不要来拜我了，求我也没用，我保不了你的！菩萨不保坏人的！联语警示人们要光明磊落，不要阴险狡诈，极具震慑力。位于湖南邵东范家山镇的上桥村上车庙联，更见咄咄逼人的镇邪之语：

好大胆，敢来见我？
快回头，莫去害人！

这两句话颇有点像阎王爷的口气：你好大的胆子！还敢来见我？做了那么多的坏事，你以为我不知道吗？我的谱子上给你一笔一笔记得清清楚楚，我不会饶恕你的！——但是，你敢来拜我求我，也说明你有悔改向善之意，好在你阳寿未尽，我就给你一次改过自新的机会。佛海无边，回头是岸。你快快回头，再也不要去害人了！如此声色俱厉地教化世人，在庙宇联中是少见的。

再如讽某庸医联：

入吾门千差万错；
要我诊九死一生。

作者以庸医愧悔的口吻，叫病人不要再登门找他治病，这种有违常理的表达方式，讽刺更加辛辣。

五十八、串组对

是将两个以上本来没有逻辑联系的事物名称，按对联的规律组合成联并表示一定意思的修辞手法。串组有直接串组、加词串组、同类串组、混合串组和谐音串组五类。常见的有串组人名、地名、植物名、词牌名等。串组修辞以串组事物名称创意而见构思之巧，能增加联语的趣味性。

串国名、地名联:

中国捷克日本;
南京重庆成都。

此联是为欢庆抗日战争胜利而作。乍一看这副对联的上联是三个国名,下联则是中国的三个城市名。但其更深层的意思,上联是中国战胜了日本(这里捷克别解为攻克),下联是南京重新庆祝成为首都,重庆也是别解。所以这副对联同时又是别解对。这样,就用三个国名和三个城市名,巧妙地组合成一副庆祝抗日战争胜利的贺联。

串词牌、曲牌名如:

水仙子持碧玉簪,风前吹出声声慢;
虞美人穿红绣鞋,月下行来步步娇。

此联传为苏氏兄妹巧趣对。联中串出六个词、曲牌名:《水仙子》《碧玉簪》《声声慢》《虞美人》《红绣鞋》《步步娇》,描绘出了一幅美人轻移莲步、观月赏景的美丽画面。

串中药名如:

相传古时候有一穷秀才,在过年的时候写了一副对联贴在门上,这副对联是:

二月兰、三白草、四叶参、五味子;
六神曲、七叶莲、八厘麻、九里香。

联中用了八味用数字命名的中药，但是唯独没有用“一”和“十”开头的中药，也就是说缺一少十。细品之，寓意缺衣少食，与那副“二三四五，六七八九”的隐字联一样，表达了自己饥寒交迫的困境。也可以说是对社会现实的反映，可谓不着一字，尽得风流也。另外还有一副这样的药名联：

栀子牵牛犁熟地；
灵芝贝母入常山。

这副中药名串对串入六味中药名，中间只加了动词“犁”和“入”，描绘出驾牛耕田、背母入山两个场景，文意贯通，工巧有趣。

五十九、列品对

列品是连续列举三个以上的事物，中间不用别的词语间隔的修辞手法。联中列举事物具体、抽象不限，用词或词组也不限。运用列品对可以使联语简明、醒目、紧凑，引发读者更多的联想。如傅山联：

竹雨松风琴韵；
茶烟梧月书声。

又如徐悲鸿自题联：

白马秋风塞上；
杏花春雨江南。

以上两联上下边分别三个名词相连，没有任何虚词作粘合剂，却天衣无缝。又如笔者虎年(2022年)春联：

大道春风绿码；
小康虎略蓝图。

上下边也分别是三个名词相连。当然，多分句就不能全部是列品了，还要有其他文字作铺垫，但列品的事物间不能加字。湖南邵阳流传着一副陆蔚奇讽刺败家子的对联：

兄弟三人，酒癖赌癖烟癖；
田园万顷，今年明年后年。

上联说，有一大户人家，生了兄弟三人，他们各有嗜好，一个是酒鬼，一个是赌棍，一个是鸦片鬼。下联说，这户人家田园万顷，但是有了这三个败家子，三年时间就会挥霍殆尽。联语十分的简洁，都是名词组成，没有一个动词，却动感强烈，将酒鬼的醉态、赌棍的痴狂、瘾君子鬼迷心窍的颓颜都活脱脱地展现了出来；全联没有任何讽词，却似投枪匕首，直刺不良嗜好的要害；全联没有任何说教，却含意深宏，令人深思。

如佚名嘲讽袁世凯称帝联：

洪水横流，淹没汉满蒙回藏；
宪章文武，尽是公侯伯子男。

上下联首嵌入“洪宪”二字，矛头直指袁的倒行逆施。上联视其人其事为洪水猛兽，汉满蒙回藏，此指民国初年的五族共和，因为袁称帝而被淹没破坏；下联指其广为封爵，诱使他们为“洪宪”帝国效力，公侯伯子男，是古代五等封爵名。联中五个民族名和五等爵位名，中间不用别的词语间隔而构成以具体事务名称列品。全联讽刺有力，揭露其卑劣伎俩一针见血，把窃国大盗的嘴脸暴露在光天化日之下。又如郭亮讽刺伪自治局、乡公所联：

鱼所，肉所，麻将所，所内者甜，所外者苦；
猪公，狗公，乌龟公，公道何在？公理何存？

上边列品三“所”，下边列品三“公”，极尽讥讽之能事。再如袁枚自题联：

柴米油盐酱醋茶烟，除却神仙少不得；
孝悌忠信礼义廉耻，没有铜钱可做来。

开门七件事，柴米油盐酱醋茶。清代查为仁《莲坡诗话》中载有张灿的一首诗：“琴棋书画诗酒花，当年件件不离它。而今事事都变更，柴米油盐酱醋茶。”他把烟也列入了生活必需品，可见嗜烟如命；孝悌忠信礼义廉耻，乃宋代理学家朱熹总结，世称“朱子八德”，体现了儒家的处世准则。全联围绕生活起居、道德修为展开，口语化，以日常生活用品衬托道德规范的重要，于今仍有借鉴作用。“柴米油盐酱醋茶烟”是具体的，“孝悌忠信礼义廉耻”是抽象的，但都是以单纯

词列品。严问樵赠六舟上人联,则是合成词列品:

商彝、周鼎、汉印、唐碑,上下三千年,公自有情天得度;
酒胆、诗肠、文心、画手、纵横一万里,我于无佛处称尊。

列品与串组的区别:两个以上事物名称组合即可构成串组,列品所列事物必须三个以上。串组各事物名称间可以加字,列品所列事物名称间则不能加字。串组事物名称不一定是并列关系,相互间有限制或修饰关系,列品的事物间只能是并列关系。

六十、押韵对

对联本不需要押韵,因为上联尾字是仄声字,下边尾字是平声字,由于平声韵和仄声韵不在同一个韵部,上下边不具备押韵的条件。但是,对联早就有"押韵"这一格。如朱熹赠漳州某士子联:

东墙倒,西墙倒,窥见室家之好;
前巷深,后巷深,不闻车马之音。

这便是一副上好的押韵联。不过,它不是上下边尾字押韵,而是每一边各分句的尾字押韵。因为是分句押韵,所以属于长联的范畴。由此出现了一种仿词对联。因为词牌是最短的,如"苍梧谣",也有四句,十六字,仿用此词牌写出来的对联,则有八句,三十二字;至于长调"莺啼序",计有四片、二百四十字,若仿用此词牌撰写对联,则可长达四百八十字。这样,它既有丰富的内涵,又有和谐的韵律,增强了对联的音乐美和可读性。这类对联,联中每句的平仄安排,均可依照词牌。至于联脚的平仄,关系到上下边的安排,不可一概而论。假如对联两边的脚字(煞尾字)一定要恪守"仄起平收"的原则,那么,若某词牌的末句脚字为仄声的,则可定位上联,而另配以下联,例如"卜算子""满江红"等;要是某词牌的末句脚字为平声的,则只得移作下联,而另配以上联,例如"长相思""采桑子"等。如萧玉苍先生的题山水图画联(调寄"十六字令"):

水,流出小涧奔千里。不回头,逝者如斯矣;
山,突起高峰拥万峦。齐迈步,登之必自然。
画,朝阳溢彩旻天挂。泯鸿沟,两岸金桥架;
图,特色增辉彩笔书。凭巨擘,九州锦绣铺。

这是两副分题事物、合表主题的写景联,第一联分咏"山"与"水",第二联分咏"画"与"图"。仿用"十六字令"词牌,又名"苍梧谣",属单调小令,且是平声煞尾,故只能移作下联,而另配上联,以合成一副。

六十一、双声叠韵对

双声对,指两个双声词对举的格式,叠韵对就是两个叠韵词对举的格式,双声叠韵对就是双声词与叠韵词对举的格式。双声叠韵,起于六朝。《南史·谢庄传》:王玄谟问庄:"何者为双声?何者为叠韵?"庄达曰:"玄护为双声,碻磝为叠韵是也"。刘勰云:"双声隔字而每舛,叠韵杂句而必睽。"意思是说,两个双声字被别的字隔开了,念起来往往不顺口,两个叠韵字分在句中两处,念起来一定别扭。皮日休《杂体诗序》曰:《诗》云"蝃蝀在东""鸳鸯在梁",双声之始也。《北史·

魏收传》:崔岩尝以双声嘲收曰:“遇魏收衰曰愚魏。”魏答曰:“颜岩腥瘦,是谁所生。羊颐狗颊,头团鼻平。饭房苓笼,著孔嘲钉。”此双声之法也。关于“双声”,前人认为一个双音节词中两个字的“反切”上字相同,必为双声。用现代汉语说,就是一个双音节词中两个字的汉语拼音的声母相同,就是双声。也就是同声母的字,可以构成双声。双声词语的应用,能够造成悦耳动听的语音效果。在联语中,双声字用得比较密集的就是双声联。双声联因为双声字用得多了,在声韵上略显夸张,于表意没多大益处,诵读时不免拗口,故宋人称之为“吃语”。如苏东坡《吃语》中一联:

解襟顾景各箕踞;
击剑高歌几举觥。

两句十四字,其声母全部是牙音见母字,即中古汉语中的全清声母,为同声母的双声字对偶。读起来声韵不谐,所以人们很少作双声联,只是在联语中偶尔用双声对格,也就是说在短联中一般只用到两个双声词对举。

关于“叠韵”,按照前人的说法,“反切”之下一字与所切之字相同,必为叠韵。《谈薮》载梁武帝尝作五字叠韵诗曰:“后牖有榴柳。”命朝士仿之。刘孝绰曰:“梁王长康强。”至唐末,全句叠韵者最多,皮日休、陆龟蒙尝以此唱和。用现代汉语解释,也就是同韵母的字可以构成叠韵。韵母是汉字发音中最响亮、最清晰的部分,把相同韵母的字连用到一起,可以收到声韵铿锵、节奏鲜明的效果。例如李白《秋登巴陵望洞庭》中的“北渚既荡漾,东流自潺湲”中的“荡漾”对“潺湲”就是叠韵对。同韵字连续排列,就成了叠韵联,也称同韵联。如祝枝山

《猥谈》所引用的明尚书徐晞的巧对：

屋北鹿独宿；
溪西鸡齐啼。

此联乃明徐晞为郡吏时，郡守所出，晞为属对者也。上边五个字皆入声，除“北”在“十三职部”外，其余四字同在一屋部，下联五个字皆平声，均在平声八齐部。

双声词与叠韵词对举时，与纯正的双声对或者叠韵对相比，似乎没有那么和谐，对仗不是那么严肃规正，故明谭俊《说诗》中则以“梵语诗”称之，因为它诘屈聱牙，不过语音有变化，便于表情达意。但在对联中还运用不多。对联中的双声叠韵对，一般只用一个双声词与一个叠韵词对举，或在句首，或在句中，或在句尾。句首双声叠韵对如唐司空曙五律《题落叶》颔联：

萧条故国异；
零落旅人同。

“萧条”叠韵，“零落”双声，属于句首双声叠韵对。句中双声叠韵对如清沈国梓七律《黄鹤楼用崔司勋诗为首句》颔联：

山林落叶参差舞；
客棹惊风次第收。

“参差”为双声，“次第”为叠韵，属于句中双声叠韵对。句尾双声叠韵对如明李延兴五律《读贾谊王粲传》颔联：

万言词慷慨；
一赋气峥嵘。

“慷慨”为双声,“峥嵘”为叠韵,属于句尾双声叠韵对。

连珠对、双声对、叠韵对三种对偶格式统称为赋体对。

附录 学对歌诀

平对仄，仄对平。平仄两分明。有无与虚实，死活并重轻。上去入声皆仄韵，东西南字是平声。

武法 实对实，虚对虚，轻重莫偏枯。留心勤事业，满腹富诗书。古人已用三冬足，年少今开万卷余。

五音 寻义理，辨声音。呼吸习调停。宫商角徵羽，牙齿舌喉唇。难呼语气皆为浊，易纽言词尽属清。须熟习，莫闲嬉。讲解更思微。磨穿桑氏砚，坚下董生帷。一旦首登龙虎榜，十年身到凤凰池。

天文 天对地，地对天。日月对山川。祥云对瑞雪（清风对皓月），暮雨对朝烟。北斗七星三四点，南山万寿十千年。

地理 泉对石（溪对谷），水对山。峻岭对狂澜。柳堤对花圃，洞壑对峰峦。舟横清浅水村晚，路入翠微山寺寒。

时令 朝对暮（春对夏），夏对春（夜对晨）。五戊对三庚（夏至对秋分）。重阳对七夕，冬至对秋分（上巳对清明）。三百枯棋消永昼，十千美酒赏芳辰。

宫室 楼对阁，院对宫。栋宇对垣墉。墙头对屋角，寺外对庭中。几万黄蜂寻苑囿，一双紫燕入帘栊。（楼对阁，寺对宫。庭院对垣墉。千门对万户，屋角对亭中。画栋雕梁风殿阁，明堂净室月簾栊。）

国号 今对古，汉对唐。五帝对三皇。三国分吴魏（晋齐韩赵魏），六朝有宋梁（吴蜀宋陈梁）。虞夏商周为四代，禹汤文武是三王。

伦道(人伦) 夫对妇,主对宾。父子对君臣。弟兄分内外,朋友别疏亲。永立三纲扶世道(日用三纲扶世道),常惇五典叙人伦(天常五帝叙彝伦)。

姓名 韩对赵,吕对申。张耳对李膺。贾山对潘岳,魏绛对陈平。萧曹汉代称良相,李郭唐朝是伟人。

身体 心对口,面对身。皓齿对朱唇。咽喉对肺腑,肝胆对腹心。赤面丹心诚烈士,朱颜绿鬓是佳人。(头对面,口对身。白发对红唇。咽喉对肺腑,目盼对眉颦。玉骨琼肌非俗子,朱颜绿鬓尽佳人。)

衣帛(衣服) 襦对袜(衣对袖),帛对巾。束带对垂绅(衣褐对书绅)。罗帏对绣被(罗帏对珠履),纱帐对锦茵(束带对铺茵)。礼乐衣冠成(由)上国,文章黼黻美吾身。

文史 经对史,赋对诗。传记对歌辞(文词)。典谟对风雅(易奇对书奥),赞语对箴规(训诂对箴规)。萤窗励志穷经日(五行俱下读书日),风陛成名射策时(一举成名射策时)。

珍宝 犀对象,玉对金。宝瑟对银筝。珠珰对象简,玉笛对瑶琴。玻璃可作床书枕,玳瑁常为食客簪。(犀对象,玉对金,玉殿对琼京。琉璃对玳瑁,玉烛对银灯。融融春近冰消玉,凛凛冬来雪积琼。)

器皿 书对画,碗对觥。砚匣对棋坪。藤床对竹几,晓角对寒砧。光射斗牛知剑气,志存山水辨琴音。(器用　书对画,瑟对琴。笛韵对钟声。宫箫对塞管。晓角对寒砧,炳耀斗牛横剑气,清冷山水作琴声。)

食馔(饮食) 茶对酒,饭对羹。美酿对香粳。炮羊对脍鲤(烹羔对脍鲤),煮笋对餐英(煮茗对调羹)。雪夜烹茶真韵事(菜久思犹客旅),春初煎韭见交情(梅相和待公卿)。

果品 柑对桔,榧对菱。圆眼对榄仁。荔枝对松子,都李对林檎。交梨火枣仙家品，银杏朱樱御苑珍。

蔬菜 虀对菽，藻对萍。捋笋对采芹。春来堪剪韭，秋至便思莼。羊肚鸡跖蔬味美，猴头凤尾菜名新。

饔食 酥对脆，粿对糇。米果对麻球。饽饽逾粽子，馎饦胜馒头。凡糕必用糖调粉，诸饼多将面插油。

茶酒 斟对酌，盏对瓶。酒谱对茶经。龙膏逾凤髓，紫笋过绿醽。绍浙宜城醪尽美，武夷阳羡品俱馨。

草木(花木) 松对柏，柳对花。紫萼对红葩。葡萄对橄榄，石竹对山茶。翠麦摇风千顷浪，红桃映日万川霞(一川霞)。

药石 丸对散，灸对针。百合对山棱。乌头对狗脊，枳壳对桃仁。甘草茯苓为佐使，黄耆白术是君臣。

鸟兽 麟对凤，鹭对莺。马走对牛鸣。猿玄对豹赤，象白对鸾青。蝴蝶梦中家万里，子规枝上月三更。(鸾对凤，雁对莺。犬吠对鸡鸣，龙吟对虎啸，社燕对秋鸿，蝴蝶梦中家万里，杜鹃枝上月三更。)

水介 虾对蟹，鲫对鳊。双鲤对三鳝。鼋羹卿指动，鲈脍客心悬。鳆鲞鲳鲨皆海味，鲥鲂鲫鳜尽膳鲜。

虫名 虫对豸，蚓对蝇。蛤蚧对螟蛉。螳螂对蟋蟀，蚱蜢对蜻蜓。谁信蠹鱼成脉望，始知宵烛即流萤。

色彩(五色) 黄对白(黑)，黑(白)对红。碧草对青松。丹墀对紫阁(朱颜对绿鬓)，绀发对青瞳(粉蝶对黄蜂)。鹅黄鸭绿分深浅(鸳鹭丹墀先俊彦)，月白天蓝别淡浓(貔貅紫塞上英雄)。

数目 三对五，万对千。两眼对双拳(四季对三元)。孤灯对只履(孤秦对两汉)，百世对千年(万寿对千年)。春过园林花一梦，日长苑圃(庭院)柳三眠。

声色 声对色，艳对香(影对光)。月影对星光(柳影对花香)。

山形对地势，挹秀对腾芳（世秀对连芳）。去国心如帆影没（砧韵碎），思乡梦与角声长。

情怀（人事） 忧对喜，性对心。意气对精神（胸襟）。钟情对减兴（吟怀对饮兴），息怒对生嗔（思浅对情深）。旅客愁怀堆万斛（逆旅羁怀言万斛），佳人笑靥值千金（佳人娇态笑千金）。

方隅 南对北，上对中（北对东）。后阁对前宫（东里对南宫）。南山对北海（山南对岭北），北斗对东风（落日对西风）。星光灿灿皆朝北，水势滔滔尽（必）向东。

分别 中对外，后对前。日下对云边。山头对谷口，室内对堂偏。户外松须凝晓露，门前柳眼锁朝烟。

如似 疑对信（讶），似对如。似玉对如珠。黄云常似盖（如烟对似火），新月竟如梭（似盖对如梳）。风摇樵叶如旌曳（一川杨柳如丝袅），日照（十里）荷花似锦铺。

重叠 重对叠，叠对重。岌岌对融融。依依对灼灼，喔喔对雍雍。梨花院落溶溶月（云头艳艳开金饼），柳絮池塘淡淡风（水面沉沉卧彩虹）。

助语 然对乃，且对夫。是也对非欤。散其对彰厥，乐只对刑于。圣人所谓焉耳矣，君子如期而已乎。

将乍 久对暂，乍对将。欲绽对初芳。偏宜对雅称，甚愧对何妨。横斜北斗夜将半，萧瑟西风天正凉。

干支 商太甲，李长庚。甲折对丁宁，庚申对甲子，亥往对寅行，黄甲榜中曾分甲，白丁眼里不知丁。

卦名 乾对巽，坎对离，正观对中孚，同人对大有，既济对明夷，革面小人长蹇蹇，恒心君子屡颐颐。

半虚半实字 中对外，后对前，月下对云边，山头对谷口，圃内对林间，檐外松杉滴清露，门前桑柘起寒烟。

又　长对短，盛对衰，大小对高低，古今对终始，否泰对安危，数盘棋罢收成败，一幅书藏息是非。

虚字　然对则，乃对于，往矣对归欤，历然对彰若，乐只对凄如，仁君似此之至也，廉吏如斯而已乎。

通用　堪对可，乍对将，欲绽对初芳，偏宜对雅称，所愧对何妨，低昂北斗夜将半，断续西风天正凉。

巧对　汾水鼎，岘山碑，虎豹对熊罴，镜花对水月，青眼对白眉，几阵秋风能应候，一犁春雨甚知时。

勤学　歌对读，偶对联，勤读莫迁延，成名应有日，得志可朝天，绿袍著处君恩重，黄榜开时御墨鲜。

得志　新进士，好男儿，得志便扬眉，琼林恩赐宴，玉殿御颁诗，一举首登龙虎榜，十年身到凤凰池。

（注：括号中为不同版本）

快速入门以臻高境

李争光

我国当代著名楹联家邹宗德先生的《对联创作学》一书，是一本指导对联写作的理论佳著，也是一本高层次的雅俗共赏的文艺理论杰构，是适应当今我国对联创作的繁荣，迎接发展高潮、形成高峰的迫切需要的产物，它丰富了楹联理论知识，将为弘扬我国传统文化、繁荣文艺创作起到积极的推动作用。

对联或曰楹联，以其独具的艺术特色，在我国的文化领域里，像花朵艳丽着迷人的春色，像星星璀璨了深邃的夜空，像波光点缀着浩荡的大海，像美女优美的舞姿倾倒了快乐的人群。每一副对联，总是踏着中国人喜怒哀乐的节奏，抒发着他们的深情，激动他们的心志。

世界上没有哪一个国家能像中国人这样利用汉字独特优势，而发明对联这种奇妙便捷的文学形式，广泛地使用于各种场合来抒情述志。你看，每逢春节来临，几亿以上的家庭，其门口都要贴上迎春的对联。各种喜庆时刻，不论商店、学校、机关门口也都要贴对联。在我国，对联可谓洋洋大观，盛矣，丽矣，众美备矣！举世鲜矣，奇矣！

特别是当今，我们国家步入了历史上空前的快速发展时期，走向繁荣富强的新时代，各行各业都祈盼更好、更美、更盛。这种情势诉诸于文字，唯有对联最便于表达，最便于宣扬。因而邹宗德、刘宝田二位楹联家曾在2013年第四届中国楹联论坛上预言中国传统文学，在继唐诗、宋词、元曲的高峰之后，将会出现对联文学之高峰。然而，任何一种文学形式的繁荣兴盛乃至高峰的形成，都离不开高明的理论指导。对联创作也是如此。况且目前我国的对联创作总体来说，质量并不高，一般化的联语比较多，甚至常有错误。连我国的最高学府北京大学教授们为著名学者季羡林先生写的挽联，不但不合联律（上下两联起句不合平仄，联中还有不规则的重字），甚至文理不通（“通汉梵”和“通中西”合掌）。所以，当今我国的对联创作，多么需要一本言简意明，既具体介绍对联的写作普及知识，又能指导提高对联创作质量的高层次的理论著作啊！

邹宗德先生的《对联创作学》就是一本既倡导普及，又指导提高的高层次对联理论著作。此书即是一本十分难得的具有新意与艺术高度的对联理论著作。

《对联创作学》分十二章，第一部分讲述对联的源流；第二至第五章分别介绍对联的文体属性、社会功用、类型特点、审美品味；第六章讲述对联的一般规则，即对联的一般常识。这一部分文字十分精要，可谓言简意赅。当说的都说了，不当说的，绝不啰嗦，还告诉你许多记忆的诀窍，令人一看就了然明朗，且容易记住。第七章，介绍对联的特殊规划，如借对、自对、粘对、蹉对、马蹄韵、朱氏规则、李氏规则、其他规则等等。这一部分在当今很多对联理论书中少有提及或没有着重全面的论述，但是这些内容是相当重要的。要学对联，必须掌握这些规则，不然就不能学好对联。因为有时为了表达内容的需要，必须采用这些对仗形式，才能表达得好。而且阅读和欣赏别人的对联时，也必须了解这些形式，才能见怪不怪，才能了解别人联作奥妙之所在。如果你不了解这些形式，以为别人违反对联的规则，而进行批评指责，那就表现出你是外行，而贻笑大方。如当今某学者对当代文学泰斗郭沫若先生《赠侄媳魏蓉芳》的一首嵌名联，提出尖锐批评，认为不合联律。其实郭老的"莫学芙蓉空有面;应效芬芳发自心"一联,是采用粘对形式,正如《对联创作学》中所说,粘对虽然上下联二、四、六位置上的字同平、同仄,即所谓失对,但单句并未违反平仄相间的规则。这是一种合粘失对的特殊调声现象,它确实鲜为人知,许多人面对这种现象感到茫然,甚至批评这种现象不合对联要求。殊不知这种写法古人早已有之,且多出于名家之手。郭沫若先生乃一代文学大师,国学功底十分深厚,现今我们这些学人无可企及。该学者就是因为不知对联中有许多特殊对仗形式,而错评大师,真令人遗憾。如果读了邹宗德先生书中的这一部分知识,就不会如此闹笑话了。

邹先生书中第六、七两章都是学习对联规则的不可分割的重要部分,二者不可或缺。了解了第六章,你就懂得写作对联的起码要求,掌握了基本知识;了解了第七章,你就懂得了写对联的特殊形式,掌握了更全面的知识,而游刃有余,更多地得其奥妙,使对联写得更好。可贵的是邹宗德先生在此两大部分中皆讲述得一清二楚,且全面深入。令人读后清晰明朗,大有相见恨晚之感。

这两章,虽大体用笔精简,但有时为了将问题说明得特别清晰,又大笔淋漓,用墨如泼,不厌其烦而放纵恣肆。叫你如入满园春色,而眼亮心明,快哉爽然。如在介绍上面所提到的粘对,为了加强其说明力,证明粘对历来就被名家高手所采用,而不惜列举了自古以来的18副粘对名联,反复明辩之。叫你无以质疑而豁然、释然、愧然矣。

在这一部分里,我们不仅窥见到邹宗德先生的丰富学识和不凡才气,而且窥见到他严谨的治学精神和治学风格。对于一个诗人、一个楹联家来说,有了较好的学问功底和写作才气就行了。而对于一个学者、一个文学理论家来说,光有这两个条件还不行,更重要的是学术水平,特别是治学风格。有了良好的治学风格,往往就有超凡的识见和良好的治学方法，而写出精粹的学术著作来。此书第六和第七章尽管只是将对联的一般规则和特殊规则进行阐述，但是无论从内容和行文上我们已看出邹宗德先生在治学方面超群的识见与胆略及精密严谨的态度和方法。他善于创新，在许多地方发表了自己的创见，又很讲究严密厚重，把问题论析得十分深透，毫不含糊，且全之尽之，力求静思，力求完善。

本书第八章，讲词性从宽的范围，让读者了解从宽是为了进入到一个更高的境界。第九章讲对联的炼字，不仅论析了炼字的重要性和炼字的一般规律，而且在很多方面论析楹联炼字的特殊性和炼字的种种技巧。这些技巧的论述很有新意，很有艺术识见。他往往把自己创作实践中炼字的经验介绍给读者，并对别人的炼字发表自己的独到见解，同时又着重指出炼字是为了炼意，炼字在于提高炼意的高致，在于牵一发而动全身。这不仅表现了一个理论家很高的美学修养，而且更重要的是表现了邹先生作为一位著名楹联创作家宝贵的实践经验，为许多理论家所不能达到的理论深度和文艺美学见解的高层次。

第十章讲如何提高对联的文学性，是全书最大的特色，也是其他对联理论书籍所未见的。古往今来，人们对于世事人生的种种向往和追求，都希望能够进入到高层次而不断进取。英国文豪萧伯纳曾经说过，一个人不进入到高境界，一刻也不得安宁。我国伟大诗人杜甫有诗句曰："会当凌绝顶，一览众山小。"(《望岳》)我国东岳泰山石刻上有徐宗干的集句联曰："仰之弥高，钻之弥坚，可以语上也；出乎其类，拔乎其萃，宜若登天然。"都表现了对高境界的追求。伟大的孔夫子到了晚年，已在学术上大有成就，却还说："加我数年，若是，我于《易》，则彬彬矣。"(《论语》)他这样说，就是还要在学问上进行更高境界的追求。

当今我们文学创作，不论是小说、戏剧、散文，还是诗词、对联，精品甚少，低层次一般化的作品比比皆是。一方面，许多作者本来功底浅薄，才气不足，却满足于低层次的写作而大量粗制滥造。他们也不懂得什么是优秀作品，以为自己的一般化的作品就很优秀。正如孔子所说的："中人以下，不可以语上也。"(《论语·雍也》)另一方面，我国长期以来采用政治标准第一来评论文学艺术作品，而造成一种误导，以为作品只要思想内容好，艺术上差一点没关系，甚至反对在艺术上的追求。我国有个著名的诗词杂志，竟然在醒目的扉页上由一位著名学者发表论文反对评论诗词追求诗味，只要题材好就行。楹联创作也大致如此。邹宗德先生是深知这个现状的，因此，他的《对联创作学》一书，采取循序渐进的办法，先指引对联入门之道，然后重点指引登堂入室的奥妙。所以他在只用比较短的篇幅讲解入门知识之后，即用大量的篇幅着重论述对联创作如何登堂入室，如何提高文学性，就是提高艺术质量。这体现了宗德先生作为一个楹联创作家和理论家的治学风格。这一部分的突出特点是创新，宗德先生以他丰富深厚的楹联研究学识和高超的楹联创作实践水平，现身说法，撮其精要，深入浅出，毫不保留，向我们展示了楹联艺术和楹联美学的一个令人大开眼界的新天地。而且还在第十一章安排了"对联创作例谈"，以他人对其作品的评述作进一步补充说明，让读者进一步领悟作者创作之精髓，真乃对联创作出彩之葵花宝典。

本书的最后一章讲对格61种，占了相当多的篇幅，是全书的另一特色。很多内容是一般楹联学习者，甚至是楹联创作家和理论家见所未见，闻所未闻，而又必须见、必须闻的楹联知识领域。这么多的对格，实在是博会精思，广采众芳、洋洋洒洒、浩大新奇，发人之未发，见人之所未见。叫人如入一个波光耀金、含宏万汇的对联艺术的浩瀚海洋。迄今为止，我国任何一个楹联理论家，任何一种楹联理论著作都未发现和提出有这么多的对格，然而这又是客观存在的。几百年乃至千余年的中国楹联创作实践证明，这些对格早已有之。理论来于实践，并指导于实践。既然楹联创作实践早已有之，作为楹联理论就必须予以发现，加以总结，而特别归纳提炼出来，使之在理论上有一个合理的位置。不然就不能很好地指导和发展创作实践。如此看来，61种对格实在令人大开眼界、目瞪口呆而惊诧莫名。但当你仔细读来，却觉得宗德先生实在高明，他把楹联创作实践中这么多的艺术花朵一一采集给人们欣赏，真使人欣喜之至而怡然自得。

此书第十至十二章占了全书很大的篇幅，成为此书的重要部分，其用意就是在于将此书上升到楹联艺术理论的高层次，上升到诗学理论、文艺美学的高层次，从而奠定了此书的学术价值和学术地位。一本文艺理论著作如果只停留在一般知识的介绍上，那就只能停留在低档次的普及读物范畴之内。宗德先生此书虽然精要明了地写了许多应写的入门知识，然而，邹先生的用意不仅仅停留在入门的初级阶段上，而更在于把此书提高到楹联理论乃至文艺美学的高层次上。为什么这样呢？因为楹联创作实践告诉我们，必须了解这些、懂得这些，才能进行多方面内容、多种构思和多种方式的楹联创作，才能将楹联写得更好，才能广泛地多角度、多层次地推动楹联创作的发展。而且一本艺术理论书若不上升到艺术理论的高层次，就没有学术价值，就没有艺术生命力，很快就会被人遗忘的。宗德先生蕴藉着杰出的才华和学识写作此书，当然不会停留在这样一个低层面上。

宗德先生不仅是一位楹联理论家，而且是一位著名的楹联创作家。他曾多次获过全国性的大奖，写出过很多高质量的楹联佳作。

所以他在此书中,往往能以自己的独到创作实践经验和高层次审美视角,而发人之未发,论析了许多艺术的真谛,从而形成他独特的治学风格和高屋建瓴的真知灼见。这实在是十分难能可贵的。其中对联炼字、提高文学性和对格61种的提出,实在是既十分新颖又十分精审厚重的前所未有的理论佳构。而且,只有作为一个优秀实践家,才能很具体地洞悉创作中的艺术妙谛,才能发现一般人难以发现的艺术技巧。宋代著名诗人和诗歌理论家刘克庄(后村)曾经说过:“诗必与诗人评之。不习于诗,于诗人高下深浅,未尝涉其藩墙津涯,虽强评要(总)未抓着痒处。”(《后村诗话》)宗德先生的这本对联理论著作,无论是讲述对联的写作方面,还是鉴赏别人的对联佳作,都有很多新的、深的见解,总是切中对联写作中的肯綮,而出乎其类,拔乎其萃。

宗德先生在这本书中,不仅向人们介绍了许多对联乃至文艺理论的知识以指导创作和对联鉴赏,同时还在论析时精心例举了大量的历代广为流传的名联,以开阔读者的眼界,提高读者的鉴赏品位。古人说:“熟读唐诗三百首,不会作诗也会吟。”宗德先生如此用心,如此为读者着想,亦可谓用心良苦深厚矣!

我相信,宗德先生的这本《对联创作学》不仅可以指导广大楹联爱好者快速入门并登堂入室,其功莫大焉!本书的理论水平和艺术质量,我可大胆地预言,此书可以流传后世,成为我国研究对联和诗歌文学的重要著作,乃至经典理论著作,实在可喜可贺。

(作者系江西井冈山大学古代文学教授、诗词楹联家)

后 记

对联是民族文化的瑰宝，是文学艺术的珍品。短短两行文字，将汉语言的特殊优越性发挥到了极致——她“触摸”到了汉语言的声音、形体、色彩、结构、分量、品质等，从而使人们领略到汉语本身独特的声、音、义的综合美以及立体美，可谓“通文理捷径”。对联几乎具备一切文学形式的表达元素，字、词、句、篇、语法、逻辑、修辞、音韵、训诂，无所不包。

文之妙者为诗，诗之精者为联。一副优秀的对联，要求每个字都有极强的表现力，用最恰当的词语表达密度最大的思想感情，用最精炼的字句表现最丰富的内容。对联从诗词曲赋散文中提炼，于文学中升华，在生活中感悟，和情感共振，与灵魂共鸣。对联就是浓缩的语文，是语文之精华。想学好语文，深刻领略汉语言文字之美，学习对联，就是一条终南捷径！

千百年来，楹联艺术广为人们青睐，历久不衰。帝王将相、雅士文人、黄发垂髫、工农商贾，无人不喜，无人不爱；亭台寺庙、驿站码头、酒肆茶楼、杏坛衙署、官邸民居，乃至竹篱茅舍、断碣残桥，到处都有她的芳踪。她蕴含丰富多彩的美学境界，在平仄对仗的形式之下，处处显露出对称美、声韵美、时尚美、情趣美、抒情美、理性美、意象美、含蓄美、简洁美、空灵美。在词句沸腾的羹汤里喷溢出中华文化的天香！

“千门万户曈曈日，总把新桃换旧符”，每到春节，神州大地一片红，还有哪种传统文化能红过她呢？中国人对楹联之爱，使用频率之高，可以说超过了其他任何文学体裁，几乎所有的场合都离不开她。一个人从呱呱坠地时的生子联，到满月联、入学联、婚娶联、乔迁联、祝寿联，甚至百年后，子孙还会为之镌刻伴随千古的墓碑联。可见中国人的一生，根本离不开对联。所以我曾预言：“如此美丽的高雅文化，如此深受大众欢迎的民俗文化，必将成为中国文坛下一个文学高峰！”

当我有了这个发现之后，我就很少写诗了。因为鲁迅先生说过：“我以为一切好诗，到唐已被做完。”所以我从二十多岁开始，就专注于对联的理论研究、创作实践，出版了一些著作。在对联教育和普及推广过程中，我逐渐摸索出了一条让大众快速了解对联知识，快速进入对联大门的捷径。我在全国各地开展对联讲座数百次，每一次讲座，都能吸引不少人进入对联圈。我原来的讲义很简单，只有几万字。后来我发现，很多人入门之后，又遇到许多新问题需要解决，于是我就本着从易到难、由浅入深、由简入繁的原则，增加了许多章节。特别是第十章《对联创作如何提高文学性》，是我最近完成的。这是对联最高层次的理论探究，在其他的对联理论书中还未曾见过。初学者可能感悟不深，但对于那些“为伊消得人憔悴”、亟待寻找突破口的读者来说，可能会有“豁然开朗”的启发作用。建议有一定对联基础的读者也可以有选择性地阅读、查询，《对格六十一种》等章节同时具有工具书的特点。对于初学者，我还是建议从头开始，消化一章后，再学下一章。循序渐进，才能与我的写作初衷接轨。

余著是书之初心，即引导更多的人涉入对联门径，进而步入对联堂奥之境。如能遂愿，则幸矣哉！幸矣哉！

企业家、艺术收藏家刘述觉先生主动解囊，玉成拙著出版，在此谨致谢忱。

著者辛丑年庚子月于山河表里之地《对联》杂志社